KB118946

옥황상제 막내딸
설화
1

옥황상제 막내딸 설화 1

이지혜 장편소설

네오픽션

차 례

프롤로그

"할머니, 나 그 이야기 다시 해주어, 응?"

"아, 이놈의 자슥이 수백 번도 더 한 야그를 또 해달랴."

"설이는 이제 다섯 살인데 뭐가 수백 번이야. 나 선녀님 이야기 다시 해주어, 해주어! 아니면 잠이 안 와, 할머니."

꼬부랑 할머니의 따뜻한 품에 안긴 백설기처럼 뽀얀 설이가 칭얼거리며 할머니를 못살게 굴었다. 잠을 자려고 하면 꼭 할머니의 자장가 같은 옛날이야기를 들어야 얌전해졌다. 때문에 설이의 외할머니는 배꽃보다 더 예쁜 손녀를 품에 안고 다시 이야기를 해야 했다.

"이 녀석, 또 또 중간까지 듣다가 잠들 거면서 이른다잉."

"그래도 나 처음부터 해주어, 할머니! 설이 이번엔 꼬옥 얘기 다 듣고 잘 테야."

눈이 펑펑 내리는 산골 마을에서 엄마 아빠를 기다리며 칭얼거리는 아이의 목소리가 방울 소리처럼 앙증맞았다. 읍내로 나간 엄마 아빠를 기다리는 시간은 외할머니의 이야기로 전혀 지루하지 않았다. 설이가 두꺼운 솜이불 아래 할머니의 품에 안겨 콩콩콩 두근거리는 마음으로 외할머니의 다정한 목소리를 기다렸다.

"에구구, 그려. 이번이 마지막이여. 낼부턴 네가 아무리 졸라도 할머니 그냥 잘 거여."

"응!"

짐짓 엄한 목소리로 할머니는 으름장을 내렸지만, 내일이면 다시 귀여운 손녀딸의 애교에 스르르 녹을 것이었다. 그렇게 할머니는 설이에게 몇 번이고 다시 이야기를 풀어놓을 것이라는 사실을 소녀 또한 잘 알고 있었다.

"그렇께 말이지, 옥황상제님에게 마누라가 셋이 있었는디……."

뽀얀 아가 설이가 따뜻한 아랫목에 누워 다시 할머니의 이야기 속으로 빠져들었다. 집 밖에는 하얀 눈이 소복소복 소리도 없이 쌓이고 있었다.

서장 / 언니들의 계략

옛날, 황국이 생기기 아주 오래전, 옥황상제님께는 세 명의 부인이 계셨더래요. 첫째 부인께서는 젊은 옥황상제님 바람기에 딸 하나를 낳고 집을 나가시더니, 두번째 부인께서는 딸을 둘 낳고 옥황상제님 형님이신 영보천존(靈寶天尊: 우주의 시작인 혼돈을 상징하는 신)님과 눈이 맞아 상제님을 떠나셨더래요. 마지막으로 옥황상제님이 가장 사랑하신 셋째 부인께서는 백옥같이 어여쁜 딸을 낳는 도중에 그만 명을 달리하고 마셨어요.

셋째 부인을 마지막 사랑이라고 여기며 진심으로 아끼셨던 상제님께서는 그 상심이 너무나도 커 백 년 동안 지상을 돌보지도 못하고 시름에 잠겨 계셨어요. 그로 인해 망가져가는 지상의 모습을 보다 못한 다른 신들이 모여 간청하여서 겨우 비를 내리고 바람을 내려주며 생명이 돋아나는 새 땅을 돌보기 시작했대요. 헌데, 이 딸부자 옥황상제님이 떠나가신 세번째 부인을 생각하시며 막내따님을 무척이나 귀여워하신 나머지 항상 예쁘고 좋은 것은 막내따님에게 주셨더래요. 지상에서 가장 빛나는 별도, 가장 어여쁜 꽃도, 아름다운 강도 모두 막내딸 너 가져라! 하시는 바람에 언니들이 화가 났어요.

게다가 이 막내가 심성이라도 못되면 대놓고 미워하기라도 할 텐데⋯⋯. 얘가 순둥이에 착해빠져서 오히려 언니들이 더 속이 꼬이는 거였죠. 그뿐이겠어요? 바람을 음률 삼아 춤을 추면 나비가 날아들고, 지상을 좋아해 틈틈이 지상을 돌보니 온갖 신들이 그녀를 어여뻐했죠. 그렇게 막내가 항상 모든 귀여움을 독차지하니 언니들은 질투가 나서 배길 수가 없었던 거예요. 아이고, 모난 돌이 정 맞는다더니! 딱 그 짝이었던 거죠. 그래서 결국 이 옥황상제 막내따님은 질투에 눈먼 철없는 언니들의 계략에 넘어가게 되는데⋯⋯.

자자, 우리 이 이야기 한번 자세히 들여다볼까요?

"이번에 아바마마께서 또 매괴화(玫瑰花: 해당화의 꽃)를 막내에게 주셨대! 아유, 분해 죽겠어! 아바마마는 왜 좋은 것은 항상 설화雪花에게만 주시는 거야!"

하얀 구름 위에 지어진 단정한 정자 위로 천상의 여인 셋이 보였다. 그중 한 여인이 분을 참지 못해 씩씩거리는 손길로 다탁을 쾅 내려쳤다. 분노에 일그러지기는 했으나 무척이나 아름다운 그녀들이었다. 향기로운 꽃들이 그녀들 주위로 가득했고, 주변을 맴도는 바람조차 비단처럼 부드럽게 그녀들을 감싸주었다.

가슴이 들썩일 정도로 분기를 참지 못한 여인의 이름은 정음貞茳이었다. 머리를 곱게 반으로 묶고, 나비가 흔들리는 비녀로 쪽을 진 정음은 순하게 내려온 눈망울이 마냥 착해 보이는 인상이었다. 하지만 그 눈 아래로 새초롬하게 찍힌 검은 눈물점이 여인의 농염한 미를 더해주었다. 화려한 옥색 비단과 진분홍 비단을 겹쳐 입어 그 자태가 몹시 풍성하고 아름다운 정음이 다시 한 번 다탁을 쿵 손으로 쳤다.

"분해, 분해, 부운해!"

"정음이 넌 꽃도 많이 가지고 있으면서 왜 그렇게 분

해하는 거니. 이미 네가 가진 꽃이 우리 셋이 가진 것을 합한 것보다 많지 않니."

분에 못 이겨 버럭 소리 지르는 정음을 보며 자매들의 첫째 언니인 화란花蘭이 향긋한 꽃차를 음미하며 혀를 찼다. 화란의 고운 눈이 새치름하게 둘째 정음을 흘겨보았다. 고운 자매들 중에 맏언니임을 자랑하듯 위풍당당하고 화려한 화란은 꽃 중에서도 왕이라 하는 모란과 같은 여인이었다. 풍성하고 고고한 자태와 모든 것을 내려다보듯 도도한 눈빛을 가진 그녀는 정음과 달리 누운 달처럼 끝이 올라간 눈매가 매혹적이었다. 그 눈은 천계天界에서 알아주는 미인이었던 화란의 어미 요화瑤花에게서 물려받은 것이었다.

화란의 눈동자가 조금은 날카롭게 정음에게 꽂혔다.

'저 욕심 많은 것.'

씁쓰레한 혼잣말을 부드러운 꽃차로 삼킨 그녀가 정음에게 어르듯 말했다.

"도대체 넌 왜 그렇게 꽃을 좋아하니? 네가 아바마마를 졸라, 그리고 우리를 졸라 얻어 간 꽃만 벌써 수십 가지다. 그래도 모자란 게야?"

어린 동생을 가볍게 흘기던 화란이 다시 뜨거운 꽃차를 호 불어 식혔다. 목구멍을 넘어가는 따뜻하고 향긋한 차향이 그녀의 마음까지 어루만지며 흘러 내려갔다. 하지만 그녀의 동생 정음은 아직 분기를 다스리지 못한 듯 보였다. 정음이 입술이 삐죽 내밀며 불퉁스럽게 중얼거렸다.

"그게 뭐가 많아! 아흔 개도 채 되지 않는데!"

"천계의 그 어떤 여신들과 선녀들의 꽃을 합쳐도 백 개나 되는 이는 없단다, 정음아. 저 위에 마고(麻姑: 마고할미, 옥황상제와 더불어 세상을 만들었다고 일컬어지는 여자 신선)님 정도 돼야 겨우 120여 개 정도를 가질 수 있는 것을. 그저 천계인일 뿐인 우리가 백여 개나 되는 꽃을 소유한다는 건 욕심이지."

"우리가 그냥 천인은 아니잖아!"

날카롭게 외치는 정음의 말에 화란은 다시 한숨을 내쉬었다. 이 어리석은 동생의 욕심이 하늘을 찌르다 못해 넘어서고 있었다. 이미 있는 것에 감사해도 모자랄 지경이건만…… 정음이 유독 아름다운 것에 집착하는 줄은 이미 알고 있었지만 어린 동생의 것까지 탐내는 그녀를 화란은 이해할 수가 없었다.

"아바마마께서 매괴화를 내리신 것은 연유가 있어, 언니."

하지만 그런 정음의 마음을 이해해주고 감싸주는 이

가 하나 있었으니, 그것은 바로 정음의 쌍둥이 동생 정연貞演이었다. 그녀만큼은 애가 타고 화가 나는 정음의 마음을 감싸주었는데, 어미의 배 속에서 본디 하나의 씨앗이었던 영향인 듯했다.

"설화가 인간계에 몰래 내려갔다가 아름다운 매괴화를 보곤 그대로 가져와 아바마마께 선물해드렸대. 몰래 내려갔던 것을 용서해달라 뭐 그런 의미였는데, 여튼 그것을 아바마마께서 바로 하사하신 거래. 딱히 설화가 먼저 달라고 청한 것은 아니지만, 언제나 아비를 생각하는 마음이 갸륵하다 하셨다나……. 그러니 어쩔 수 없었던 거지, 뭐."

"아! 내가 먼저 드렸어야 했는데! 하지만 난 기품 없고 험준하기만 한 인간계 따윈 딱 질색이라……. 아이참, 아무튼 짜증 나! 속상해 죽겠네."

칭얼거리는 정음을 담담한 눈으로 보고 있던 정연이 문득 숨죽여 한숨을 내쉬었다. 정연은 정음의 쌍둥이라 과연 그 외양이 퍽 닮았지만, 그녀에게는 눈 아래 까만 점이 없었다. 게다가 살짝 처진 눈을 가진 정음과는 달리 정연의 눈은 길고 곧게 뻗어 있었다. 그렇기에 두 사람은 같이 두고 보았을 때 쌍둥이라 하여도 어느 정도 구분이 되었다.

"웬 한숨이니?"

배가 아파 울상을 짓던 정음이 동생의 처연한 한숨 소리를 어찌 들었는지 눈을 동그랗게 떴다. 아무리 야트막한 변화라도 쌍둥이 동생 마음의 변화는 정음에게 예민하게 느껴졌다.

"왜 그래? 또 풍風 대군이 설화랑 같이 나간 거야?"

"그게……."

"그래, 왜?"

망설이듯 잠시간 혀를 물고 있던 정연이 다시 한 번 묵직한 한숨과 함께 속사포처럼 상한 마음을 토해냈다.

"이번에 설화를 지상으로 데려가준 게 청원 대군이었대. 항상, 매번 창길 대군이 데려다줬는데……. 이제 다들 수군거리기까지 한다고! 청훤 대군이랑 설화가 특별히 가깝다며, 무슨 사이 아니냐며 소곤대는 게 다 들리는데 내가 어찌 속이 안 상하겠어? 연분이 든 거야. 연분이 든 게 틀림없어……. 언니, 설화가 나한테 어찌 이럴 수 있지? 응? 으흑흑! 어찌 나에게 이럴 수 있냔 말이야."

제 입으로 말하는 것도 괴로운 듯 먹먹한 외사랑의 가슴을 부여잡으며 정연이 눈물을 그렁거렸다. 이미 50여 년 전부터 동녘 바람을 관리하는 풍 대군 청훤을 연모하는 그녀의 가슴은 요즘 부쩍 무너져 내리고 있었다. 천인들에게는 시간이란 건 무력했지만, 사랑을 하고 있는 이의 시간은 하루하루가 의미를 달리했다. 임을 따라 매 순간이 기쁨이고 슬픔이었으니 정연의 가슴은 이미 수십 번 문드러졌다 피어나기를 반복하고 있었다.

요즘 들어 정연의 가슴을 가장 아프게 하는 이는 차마 대들고 따져 물어볼 수도 없는 자매들의 막냇동생이었다. 질투하기도 부끄러운 막냇동생을 매일매일 질투하는 제 자신의 모습에 정연은 더욱 괴로웠다.

더군다나 설화는 자신의 눈으로 보아도 썩 곱고 어여쁜 아이였다. 거기에 산과 강과 들을 좋아하는 그 성격이 풍운風雲 대사들과 썩 잘 맞아떨어져, 얌전하고 숫기 없는 그녀와는 다르게 그들끼리 곧잘 어울려 다니곤 했다. 그러니 풍운 대사들이 그녀를 아끼고 사랑하는 것이 어찌 보면 당연한 것이었다. 허니 그러다가 그들 중 하나와 눈 맞는다 하더라도 이상할 일이 없었다. 그런데 혹여 그 대상이 청훤이라도 된다고 한다면…….

아아! 무심한 동생 같으니! 다시금 청훤과 어울려 밖을 유람하고 있을 설화를 떠올리니 정연의 가슴에 찌릿 통증이 올라왔다. 설화가 아무리 착하고 어여쁜 그녀의 동생이라도 양보할 수 있는 게 아니었다. 옥색과 제비꽃색이 어우러진 치맛자락을 들어 올린 정연이 못난 제 외

사랑과 동생에 대한 미안한 마음 사이에서 괴로운 눈물을 찍어냈다. 그런 정연을 보는 정음의 마음으로 동생이 겪고 있는 심연의 괴로움이 전해졌다. 그 순간 찡그린 정음이 이를 악물고 반딱 일어났다.

"좋아! 나 결심했어."

"뭘 말이니?"

결연히 눈을 빛내는 정음이 상앗빛 고운 비단으로 덮인 다탁을 탕탕 내려쳤다. 그런 정음을 화란과 정연은 놀란 눈을 동그랗게 뜨고 지켜봤다.

"우리, 이러지 말고 설화를 한번 골려주자. 내 이 계집애가 언니들 무서운 줄 모르고 아바마마 비호 아래서 천방지축으로 나다니는 게 꼴 보기 싫어!"

마음을 굳게 먹은 듯 확고히 말하는 정음을 보고 화들짝 놀란 화란이 손을 내저었다.

"정음아, 그런 말 하는 거 아냐."

"아이참! 언니는 가만히 있으슈. 언니도 사실 설화가 얄미웠잖아. 내 그 마음을 모를 줄 알아? 설화가 태어나기 전까지만 해도 아바마마가 가장 어여뻐 여겼던 것은 언니였잖수. 안쓰럽다, 미안하다 하며 아꼈잖아! 그 사랑을 몽땅 빼앗겼으니 언니 속도 쓰릴 만하지!

"내, 내가? 아니야, 그렇지 않아."

화란은 짐짓 점잖은 척, 놀란 척 고개를 저었다. 하지만 정음의 말을 두 번 부정하지는 않는 그녀였다. 이제껏 장녀란 이유로 아닌 척하며 가슴 아래 꼭꼭 묻어놨던 설움이었다. 그 설움을 정음이 한마디 말로 들춰낸 것이었다.

'계집애……. 눈치는 빨라서는.'

뜨겁지도 않은 붉은 화차를 마시며 화란이 새침하게 정음을 흘겨보았다. 그 눈빛을 보고도 정음은 앙큼하게 눈을 빛내며 목소리를 낮추어 곁에 있는 자매들을 끌어당겼다.

"자자, 나한테 좋은 수가 있어. 설화에게 세상 구경을 시켜줄 수도 있고, 세상 무서운 것도 알려줄 수 있어 좋고! 더불어 우리를 위해서도 좋고. 좋은 게 좋은 거 아니겠어?"

"그, 그래도……."

심약한 정연이 두려운 듯 정음을 말렸지만, 그녀는 자신의 쌍둥이 언니가 한번 고집하기 시작한 것은 멈추지 않는다는 것을 잘 알고 있었다.

"괜찮아, 괜찮아. 그냥 살짝 골려주는 거야. 그저 두 사람은 내가 하자는 대로 하기만 하면 돼."

정음이 고운 입가에 비뚜름한 미소를 걸고서는 자매

들의 마음을 미혹했다. 그녀의 머릿속에는 이미 완벽한 계획이 그려지고 있었다.

'자, 이제 곧 설화의 꽃은 모두 내 차지가 될 거야!'

질투에 눈이 먼 언니의 어리석은 마음은 그녀의 눈을 가리고 머리를 혼란스럽게 했다. 살갑게 지내지 못한 어린 동생에게 가진 열등감이라는 독이 세 자매의 가슴에 잘못된 불을 지피고 있었다.

*

"요 며칠 설화가 보이지 않는구나."

황금빛이라고도 할 수 없고, 노을빛이라도 할 수 없는 지엄하신 상제님의 정궁 안으로 묵직한 옥음이 울려 퍼졌다. 궁 안으로 분주히 오가던 모든 이들의 발걸음이 우뚝 멈춰 섰다. 하늘의 지존이자 천제天帝이신 옥황상제께서 그의 옥 같은 막내딸의 모습이 보이지 않는다 하셨다. 하루가 멀다 하고 아비를 찾아와 담소를 나누던 막내딸이 벌써 3일째 모습을 드러내지 않으니, 아비의 마음에 걱정이 올라온 것이다.

허허. 때마침 천존께 들러 제 계획을 시행하려던 정음, 때는 바로 이때다 싶어 냉큼 아바마마의 곁으로 달려갔다. 서둘러 천존이자 아비인 그에게 깊이 예를 보인 정음의 내리깐 눈동자가 앙큼하게 반짝였다.

"아바마마! 정음이 들었사옵니다."

"오, 정음 공주가 들었구나."

찾는 막내딸은 온데간데없는데, 어쩐 일인지 평소에 뜸한 정음이 천존을 알현하러 왔다. 힐레벌떡 상제께 한달음에 다가온 정음이 흐트러진 치맛자락을 정리하려는 생각조차 못 하고서 다급한 얼굴을 들어 아비를 바라봤다.

상제께서 따님을 보시곤 인자하게 반겨주시던 중, 그 다급하고 떨리는 눈동자에 멈칫 미소를 멈추셨다. 무언가 다급한 사연을 가진 얼굴이었다.

"큰일 났사옵니다, 아바마마."

"어허, 무슨 일이기에 이리 얼굴빛이 흐린 것이냐?"

벼락처럼 묵직하면서도 훈풍처럼 다정하신 천존의 목소리에 슬쩍 흔들리는 마음을 다잡은 정음이 울먹이듯 목소리를 펼쳐냈다.

"아, 아바마마……. 소녀 잠시간 망설였으나, 아바마마께서 알지 아니하시면 안 될 것 같아 이렇게 다급하게 발걸음을 떼었습니다. 흑흑, 어찌 이런 일이 일어났는지."

다급하게 떨리는 정음의 말에 놀란 옥황상제는 놀라 되물으셨다.

"무슨 일인고?"

"두렵고 무섭습니다만, 말을 해야겠지요."

긴장한 듯 조금 과장된 몸짓이었지만, 이미 입 밖으로 나간 말을 되돌릴 수는 없었다. 정음은 짐짓 심각한 얼굴로 천존을 바라보았다. 생각보다 떨리는 일이라 그녀의 손이 촉촉하게 젖었다. 하지만 이내 그 떨리는 속내를 추스르며 침을 꼴깍 삼켰다.

'아이, 괜찮아. 괜찮아, 괜찮을 거야. 이것도 다 우리를, 설화를 위한 일인걸.'

자신 없어지는 마음을 다시 한 번 추스르며 정음은 곤혹스러운 표정으로 입을 열었다. 생각보다 목소리가 매끄럽게 나오니 다행이 아닐 수 없었다.

"설화가 황국의 구슬을 가지고 가출을 한 것 같습니다!"

"…… 뭐야!"

둘째 딸의 말에 천존께서 버럭 놀라시어 자리를 박차고 일어나셨다. 하늘을 울리고 땅을 진동케 하는 천존의 우레와 같은 울림이 하늘 세상에서 쩌렁쩌렁 울렸다. 선인 한태수가 관리하는 천도복숭아가 천존의 그 쩌렁쩌렁한 소리에 우수수 바닥으로 떨어졌다. 하늘이 울리고, 땅이 진동하는 엄청난 기백이었다.

1장 / 인연의 시작

은은한 달빛이 내려앉은 기다란 쪽배 위에 신비로운 분위기의 남녀가 밤 소풍을 즐기고 있었다. 나이를 알 수 없어 보이는 그들의 눈빛은 세월이 미처 꺼트리지 못한 신성하고 싱싱한 젊음의 기운으로 충만했다.

그중 다정함이 함빡 담긴 은근한 눈빛으로 앞의 여인을 어루만지듯 바라보던 사내가 조용히 입을 열어 운을 떼었다.

"월하, 오늘따라 달빛이 밝군. 딱 당신의 어여쁜 이름처럼 이 은근한 달빛 아래 있으려니……."

하얀 머리를 점잖게 올린 함(嫆)이, 그의 앞에 얌전히 앉아 두 손으로 차를 받쳐 든 묘령의 여인을 향해 앙큼한 눈길을 보냈다. 그 눈빛이 하 농밀하고 은밀하여 다른 이가 봤다면 얼굴 제법 붉힐 듯했지만, 정작 그 눈빛을 받아내는 여인은 여유로운 미소로 그저 웃어넘길 뿐이었다.

여인의 이름은 월하月下, 달빛 아래 있을 때 가장 아름다운 여인이었다. 꿈속의 달맞이꽃처럼 아름다운 미소를 가진 월하는 특이하게도 군데군데 머리가 하얗게 세었다.

월하는 손에 들고 있는 찻물을 바라봤다. 찻잔 안으로 미세한 파문이 작게 퍼지고 있었다. 순간, 월하는 찻잔을 받쳐 들고 있는 한쪽 손을 빼내 마치 허공에서 직물을 짜듯 오묘한 손짓을 해 보였다.

새하얀 손이 허공에 슬쩍 움직이는 모양을 홀린 듯 바라보던 함이 다시 시선을 돌려 월하를 바라봤다. 벌써 몇 10여 년의 시간을 알고 지낸 이였지만, 그는 여전히 그녀의 모든 것을 알고 있다고 생각하지 않았다. 함은 그녀의 미소가, 그녀의 마음이 어떤지 평생 온전히 이해할 수 없을 것이라고 여겼다. 하지만 그 뜻이 무엇이고, 무엇을 생각하든 함은 그저 이 여인이 좋았다. 그랬기에 그는 지금 이 시간, 이 절호의 기회를 놓치고 싶지 않았다.

빙그레 웃던 함이 다시 고요하게 찻물을 바라보는 월
하의 손을 덥석 움켜잡았다.

　"허허, 언제 봐도 참 손이 곱단 말이오. 달도 밝으니 내
당신 손 한번 잡아보고 싶구려."

　"어머나."

　월하는 함의 느닷없는 지분거림에 놀란 듯 작게 소리
를 질렀지만 정작 그렇게 놀란 것 같지는 않았다. 그녀
는 동그랗게 뜬 눈으로 말간 웃음을 터트리며 싫지 않은
척 자신의 손을 얌전히 함에게 내줬다.

　"휘영청 달빛 한번 좋구나!"

　함이 손안에 풍족하게 감겨드는 작고 고운 손의 감촉
을 느끼며 가슴을 들썩거렸다. 깊어만 가는 연정戀情에
사내의 마음은 절로 벅차올랐다. 함은 고요한 수면 위에
두둥실 떠다니는 쪽배에 앉아 흥겨운 콧노래를 부르며
더욱 흥을 돋웠다.

　　호수 위로 고운 임의 얼굴 떠오르네
　　허상이랴 실물이랴 넋을 잃고 바라보니
　　오호통재嗚呼痛哉라!
　　서툰 사내 마음 우롱하는 달님의 얼굴
　　넋을 잃은 이내 마음 속절없이 흔들리네

함은 흥얼거리던 시조를 마치고 술잔을 들어 꿀꺽꿀꺽 맑은 술을 잘도 넘겼다. 그는 입술 끝에 미소를 그리며 혀에 감기는 향기로운 술맛에 나지막하게 감탄했다. 술맛이 어찌 이리 단고? 허나, 단 것은 술이 아니라 사내의 마음이었을 것이다.

"달도 어여쁘고 흥취가 이리 좋으니, 내 기쁜 마음으로 옥황상제님께 술 한잔 올려야겠소."

함이 흰 자기로 만들어진 술잔에 향기로운 술을 가득 따라 하늘을 향해 번쩍 들어 올렸다. 그리고 빙빙 두 번 돌리고는 밝은 달을 품고 있는 호수 위로 냅다 뿌렸다.

"허허, 비록 이게 옥황상제님께 진상되는 천상의 술만 못하겠지만 달도 산도 모두 담긴 멋들어진 술이 아니겠소?"

껄껄껄 시원하게 웃는 함의 웃음소리가 호수를 넘어 숲 속을 가득 메웠다. 헌데, 함의 웃음소리가 분명 사람의 소리로 나왔을진대 숲 속에서는 쩌렁쩌렁한 호랑이의 울음으로 들리는 연유는 무엇인고?

"귀한 손님께서 오실 것 같습니다."

문득 하늘을 바라보던 여인이 입을 열었다. 수줍은 여인처럼 뽀얗게 밝은 달은 잔잔하게 그들을 비춰주고 있었다.

"음? 그게 무슨 말이오?"

"손님 맞을 준비를 하시어요. 내일 태양이 떠오르기 직전 황산 중턱의 목초지로 가보세요. 귀한 손님이 나타날 것입니다. 중요한 분이십니다. 꼭 함 당신이 모셔 와야 해요."

차분히 말하는 월하의 말소리가 유독 심각하게 느껴졌다. 평소 말이 적고 신중한 여인이었지만 지금은 더욱 조곤조곤 말하는 것이 어쩐지 경건해 보이기까지 했다. 그런 그녀를 보는 함의 눈빛이 흥미로움에 반짝였다.

'천하의 월하가 말하는 귀한 손님이라…….'

함은 들뜬 마음으로 어서 해가 뜨기를 기다렸다. 평온하던 그들의 일상이 조금은 재미있어지지 않을까 하는 작은 기대와 함께 함은 남은 술을 입에 마저 털어 넣었다.

*

"여긴가?"

울창한 숲과 푸르른 들이 넓게 펼쳐진 산 중턱에서 첩첩산중과는 어울리지 않는 곱디고운 처자가 돌연 모습을 드러냈다. 그녀는 마치 하늘에서 떨어진 듯, 들에서 솟은 듯 눈 깜짝할 새에 나타났다. 다행인 것은 그런 그녀의 모습을 본 이가 아무도 없다는 것이었다.

"…… 아닌가?"

나풀거리는 비단옷을 겹겹이 입고 그 위에 색색의 띠로 장식한 그녀는 천상의 선녀처럼 고운 빛이 났다. 반짝거리는 눈동자는 물론 보드라워 보이는 복숭앗빛 뺨은 참으로 사랑스러워, 누구든 그녀를 한번 보면 저절로 그 볼에 손이 갈 것처럼 탐스러운 여인이었다.

"흐응? 흥?"

콧노래를 부르며 주변을 두리번거리던 설화는 황산으로 내려가달라고 청하던 정음의 얼굴을 떠올렸다. 평소 설화의 거처로 잘 찾아오지 않는 배다른 언니 정음이 하루는 부탁이 있다며 그녀를 찾아왔다.

이 황국 어딘가에서 백 년에 한 번 핀다는 '황후화'를 찾아와달라는 것이었다. 무척이나 귀한 꽃이라 아바마마께서 찾으시는데, 자신은 지상에 내려가는 것이 두려우니 지상의 산과 들을 좋아하는 설화에게 부탁한다는 것이었다. 아바마마께서 직접 하명하신 것이라 꼭 좀 부탁한다는 정음의 말이 설화의 귓가에 계속 맴돌았다.

'언니가 한 번도 내게 이런 부탁을 한 적이 없는데, 꼭 찾아서 가져다줘야겠다. 분명 이 황산이 가장 유력하다 했지?'

정음의 말을 가슴속에 꼭꼭 새기며 설화가 다시 한 번 눈빛을 빛냈다. 설화가 정음의 말에 이리 흥분한 데는 다 그만한 사정이 있었다. 설화는 평소 언니들과 잘 어울리지 못해 항상 외로움을 느끼곤 했다. 그 외로움을 달래려 산과 들로 달려가 바람과 어울리고 어린 동물들과 어울리다 보니 언니들과의 교류는 더욱 줄어들게 되었고, 그 엇나간 쳇바퀴가 계속 돌고 돌아 결국 설화는 자매들과 더욱 소원해지고 말았다.

거기에 아바마마의 귀여움을 독차지하고 있다는 오해 아닌 오해까지 받게 되었으니, 본의 아니게 그녀와 언니들과의 거리는 점점 더 멀어졌던 것이다.

"그러니까, 이 일로 꼭 언니랑 더 가까워져야 해."

새삼 다시 언니들의 얼굴을 떠올리며 설화는 야무지게 주먹을 쥐었다. 이번에 올라가면 이일을 계기로 더욱 살갑게 지내리라. 설화는 새삼 다짐해보았다. 크게 숨을 들이마시는 그녀의 가슴 안으로 청량한 공기가 달큼하게 들어왔다.

"근데, 여기 참 좋네?"

문득 시선을 들어 주위를 둘러보던 그녀의 마음에 훈훈한 봄볕이 들었다. 청량한 공기가 가득한 너른 들판 뒤로 산들이 겹겹이 둘러싸인 절경이었다. 숲은 어스름한 새벽빛을 받아 더욱 촉촉하고 향기로운 빛을 발하고 있었다. 물기를 머금고 올라오는 깨끗한 흙 내음과 폐부를 찌르는 차가운 공기 그리고 이슬 향이 설화의 머리를 맑게 만들었다.

"우와! 우와, 우왓!"

신이 난 설화는 들판을 뛰어다녔다. 그녀가 신은 비단신은 이슬을 머금고 금방 축축해졌다. 이제는 여인이라 불러도 될 법한 소녀의 발걸음은 아이처럼 천진했다. 신발을 냉큼 벗어버리고 속바지도 정강이 위로 올린 채, 설화는 주변 하나 신경 쓰지 않고 바람의 소리를 들으며 뛰어다녔다. 춤으로 보일 듯이 자유롭고 유연한 손짓이었다.

신 나는 발걸음으로 깡충거리기도 하고 귀여운 들꽃을 발견하면 뛰어가 쓰다듬어보기도 하면서 황산이 주는 자연의 정기와 깨끗함을 한껏 즐겼다. 그 모습이 마치 막 태어나 발을 떼는 망아지처럼 사랑스러웠다. 그러다 문득, 자신이 이곳에 내려온 굳은 사명이 떠오르자 그녀의 얼굴에 고민의 빛이 떠올랐다.

"아차차, 이러고 있을 때가 아닌데……. 아, 뭐 아무렴 어때. 지상의 시간이랑 천상의 시간은 다르니까, 뭐."

지상과 천상의 시간은 다르게 흐른다. 지상에서의

15년이 천상에서의 1년 정도와 같으니, 설화가 이곳에서 며칠을 지내고 몇 주를 보낸다 하더라도 천상으로 돌아가면 그리 많은 시간이 지나 있지는 않을 것이다.

설화는 다시 마음을 편히 먹고, 언뜻 보였던 귀여운 다람쥐를 찾아보기로 마음먹었다. 막 그 귀염둥이가 사라진 곳으로 폴짝폴짝 뛰려고 작은 발로 시동을 걸었을 때였다. 불현듯 낯선 목소리가 그녀를 잡았다.

"이곳이 마음에 드십니까?"

"엄마야!"

설화는 그녀를 불러 세우는 낯선 목소리에 놀라 그만 발을 헛디디고 말았다. 촉촉한 풀들이 그녀를 받아주어 땅바닥에 부딪히는 충격은 덜했지만, 그녀의 하얗고 아름다운 비단옷은 초록빛 풀물이 들어 엉망이 되었다.

"이런, 괜찮으십니까? 제가 본의 아니게 무례를 범하고 말았군요."

하얀 머리를 고풍스럽게 말아 올린 함이 털털한 웃음을 보이며 설화에게 손을 내밀었다. 설화를 놀라게 한 것이 미안했던지, 내미는 손길과 더불어 조심스러운 눈빛도 함께 보냈다. 기다랗고 하얀 옷자락에 은빛 수를 놓은 비단옷을 입고 검고 푸른 허리띠를 둘러맨 그는 척 봐도 단단하고 강한 사내라는 것을 느낄 수 있었다. 그의 주변을 은은하게 감싸는 기운만으로도 범상치 않은 인물이라는 것을 알 수 있었다.

설화는 땅에 부딪힌 엉덩이를 손으로 문지르며 그를 힐끗 바라봤다. 그녀는 주위에 누가 있을 것이라고는 생각지도 못했다. 그래서 온 들판을 오두방정 뛰어다닌 것이 조금 창피했다. 방방 뛰고 꽃을 어루만지며 다니는 그녀의 모습은 하늘을 군림하시는 옥황상제님의 딸이라는 귀한 신분에 전혀 어울리지 않는 모습이었으리라.

설화는 함이 내민 손을 살포시 잡고 일어섰다. 그녀의 뽀얀 얼굴이 부끄러움에 붉게 상기되어 있었다. 그리고 그를 보곤 그 귀여운 얼굴을 갸웃거리며 말을 이었다. 설화가 힐끗 그를 보니, 그를 감싸는 넘실거리는 기운이 그녀의 눈앞에 하얗고 커다란 본체의 영상을 흐릿하게 보여주다가 사라졌다.

"이곳에 백호랑이님이 계실 줄은 몰랐군요. 지상에는 몇 차례 들렀지만 한 번도 백호를 본 적이 없는데, 이렇게 귀하신 백호랑이님을 보다니 오늘은 제가 정말 운이 좋을 건가 봐요."

수줍은 듯 살포시 웃음을 머금은 설화가 함을 신기한 눈으로 바라보았다. 그녀의 동그란 눈동자가 함을 향해 솔직하게 반짝였다. 그 모습이 퍽 귀엽고 곱살스러워 함은 저도 모르게 다정하고 익살스러운 웃음을 터트렸다.

"하하! 역시 저를 바로 알아보시는군요. 황산을 지키는 백호白虎 함이라고 합니다. 저 또한 이렇게 귀하신 분을 뵙게 되어 영광입니다."

"아! 이곳의 산신님이시군요. 전⋯⋯."

"옥황상제님의 막내 공주님 맞으시지요?"

그의 말에 눈을 동그랗게 뜬 설화가 고개를 갸웃거렸다. 그녀를 아는 이가 나타날 줄을 미처 생각해본 적도 없었기 때문이다.

'응? 이분은 어찌 날 알고 계시지? 내가 그렇게 유명한 존재인가? 나보단 쌍둥이 자매인 정음, 정연 언니나 화려한 미모의 화란 언니가 더 유명할 텐데.'

어리둥절한 듯 천진한 고갯짓을 하는 설화의 모습이 마치 조금 전에 모습을 보이고 사라진 다람쥐와 비슷했다. 그 사랑스러운 모습에 함은 다시 한 번 호탕한 웃음을 보이며 설화의 궁금증을 해결해주었다.

"지상에서도 천상의 선녀님들의 일상은 항상 즐거운 이야깃거리가 되지요. 설화님께서는 특히 지상의 만물을 아끼시며 자주 내려오신다는 이야기를 많이 들었습니다. 그 자태가 배꽃처럼 아리땁다는 이야기도 들었지요. 오늘 뵈니 그 말이 딱 들어맞는 말인 듯하군요."

지상에서 인간들과 더불어 몇백 년을 살아온 함은 상대방, 특히 여자의 마음을 흡족하게 하는 데는 선수였다. 거기에 기본적으로 타고난 넉살과 혓바닥 힘에 그가 함락시킨 여인이 작은 산을 이룰 정도였다. 그 혓바닥 힘이 천계에서 내려온 순진한 아가씨에게도 통했다. 여인의 심리란 나이가 적건 많건 비슷한 법이었으니.

　예상치 못한 함의 칭찬에 설화는 수줍게 웃으며 손사래를 쳤다. 손을 살짝 내젓는다는 게 저도 모르게 함의 팔을 거세게 내려치고 있었다. 허나 그녀는 그런 자신의 허물없는 행동을 전혀 눈치채지 못했다.

　"아이참, 그런 말씀 마시어요. 부끄럽습니다."

　설화의 손이 어쩔 줄 모르며 함의 팔을 계속해서 때리고 있었다. 팡팡팡 내려치는 그 손이 제법 매서웠는지 함은 두어 번 맞아주다가 저도 모르게 슬쩍 한발을 뒤로 빼며 팔을 문질렀다.

　"아, 하하하. 부끄러워하지 않으셔도 됩니다."

　그제야 자신의 손이 저도 모르게 남을 때리고 있었다는 것을 깨달은 설화가 서둘러 손을 거두었다. 그녀는 가끔 부끄럽고 당황하면 다른 사람들을 의도치 않게 때리는 버릇이 있었는데, 어렸을 때는 감히 아바마마의 팔을 때리며 투정을 부리기도 해서 주변 사람들을 식겁하게 만들기도 했다. 정작 상제님은 허허 웃을 뿐이었다. 실로 천존의 옥체에 손을 대고도 무사한 이는 설화가 유일했으리라.

"어머, 죄송해요. 저도 모르게……."

"아, 아닙니다, 아닙니다. 설화님의 솜 주먹이야 이 백호랑이에게는 전혀 아프지 않습니다."

고개를 세차게 내저으며 부정하는 함의 손은 말과는 다르게 연신 팔을 문지르고 있었다.

"아, 헌데 설화님, 여기서 이러실 게 아니라 자리를 조금 옮기시는 게 어떨는지요? 누추하지만 저의 거처로 모시겠습니다."

"아, 그래도 될까요? 폐가 되는 것은 아닐는지……."

"폐라뇨! 당치도 않습니다. 오히려 모실 수 있어 기쁘기 그지없습니다."

설화는 배려심 깊은 함의 말에 살포시 부드러운 미소로 고개를 끄덕였다. 그녀의 고운 미소를 따라 한쪽 얼굴에 어여쁜 볼우물이 패였다. 얕게 패인 그 우물에 사랑스러움이 뚝뚝 흘러넘쳤다.

'음, 황산의 호랑이라면…… 혹시 황후화를 알고 있지 않을까? 아, 잘됐다! 어쩌면 쉽게 찾을 수 있을지도 모르겠다. 빨리 찾고 지상 구경이나 더 하고 가야겠다.'

설화는 저도 모르게 기쁜 마음이 들어 절로 발걸음이
가벼워졌다. 명분을 내세워 관광의 욕심도 채울 수 있을
것이라는 설렘이 그녀의 상기된 볼을 더욱 탐스럽게 만
들었다. 거기에 곧 귀한 꽃을 찾을 수 있다는 즐겁고 기
꺼운 마음에 설화는 선뜻 함을 따라나섰다. 어느새 황산
의 아침이 완연히 밝아왔다. 새로운 아침을 맞이하듯 설
화의 새로운 이야기가 펼쳐지고 있었다.

그러나 그때까지만 해도 둘은 서로의 인연이 오래 지
속될 것이라는 것을 꿈에도 몰랐다. 그들의 인연과 시간
은 운명의 수레바퀴 위에서 유유히 굴러가고 있었다.

*

"콜록콜록!"

황자皇子 태율太燏은 폐 속에서부터 끓어오르는 뜨거운
열기에 목이 타들어가는 듯한 아픔을 느꼈다. 숨을 쉬어
도 쉬는 것 같지 않았고, 아무리 기침을 해도 시원해지
지 않았다. 목을 타고 오는 아픔과 비릿한 피 냄새 때문
에 속이 역하고 머리가 팽팽 돌아서 딱 죽을 것만 같았
다. 흐릿한 눈동자로 뱅글뱅글 돌아가는 천장을 보고 있
자니 속을 먹먹하게 만드는 울컥함이 올라왔다. 열세 살

어린 소년이 가지기에는 너무나도 짙고 어두운 절망이었다. 마치 패잔병처럼 희망도 미래도 없는 회색 눈동자였다.

'이대로 죽어버리면 편하지 않을까?'

매일같이 폐를 타고 오는 뜨거운 고통과 쓰기만 한 약을 들이켜야 하는 삶이 지겹기만 했다. 아니 그것은 지겨움이 아니라 비참한 죄의식에 가까웠다. 조금 괜찮다 싶어서 몸을 움직여보면, 그날은 밤새도록 기침을 해야 했다. 상태가 나빠지면 나빠질수록 어마마마의 신경질은 거세졌고, 의녀나 의관들만 해도 벌써 수십여 명이 태형을 맞았다. 그들의 탓이 아닌데도 말이다……. 괜히 자신 때문에 그들이 곤욕을 치르는 것 같아 억지로 기침을 참아보려 해도 소용없는 짓이었다. 어리고 연약한 그가 짊어지고 가기에는 너무나도 무거운 책임감과 과분한 자리가 그에게 주어졌다. 황자로서, 황실의 자손으로서 당연히 짊어져야 할 무게들은 병마와 씨름하기에도 고된 그에게 너무나 잔혹한 것이었다. 그 힘겨움은 그를 더욱 사지로 몰아붙였고, 매일같이 그를 짓눌렀다. 침상에 앉아 책을 읽기에도 벅찬 그 작고 여린 몸에 황자로서 가져야 할 덕목을 갖추라 종용했으니 말이다.

그러나 태율은 황자의 덕목을 갖추는 것이 싫은 것은

아니었다. 비루하고 쓸모없는 몸뚱이가 말을 듣지 않아 비참할 뿐이었다. 그의 어미에게, 황제에게 죄의식이 들었다. 그래서 그저 없어지는 게 낫지 않을까 하는 그런 못난 마음이 요즘 들어 자꾸만 그를 찾아왔다. 그런 생각이 들 때면 그의 기침은 더욱 심해졌고, 마치 못난 그를 벌하듯이 괴롭혔다.

그래도 몇 주 전에 새로 들어온 의관 허준이라는 자는 꽤나 실력이 괜찮은 듯했다. 차츰 피를 토하는 날도 잦아들었다. 덕분에 황후는 허준을 매일같이 황자의 곁에 붙여놓다시피 했다.

하지만 오늘은 어쩐 일인지 걸음이 더딘 그가 황후를 애태우고 있었다.

"황자의 상태가 왜 호전되지 않는 게냐!"

곱게 기른 손톱을 초조하게 물어뜯으며 황후가 날카롭게 외쳤다. 황제의 수많은 비妃들 중에서 가장 먼저 황자를 생산한 황후였다. 비어 있던 황후의 자리를 그녀가 가질 수 있었던 것도 태율이 태어나서였다. 헌데, 황자가 걸음마를 시작하고 나서부터 폐병이 생기기 시작하더니 이게 영 나을 기미가 보이지 않았다. 아니, 오히려 시간이 지나면 지날수록 상태는 악화되어갔다.

'나의 귀한 아드님이 이럴 수는 없지요. 신이 있다면

이러면 아니 되지요!'

고운 그녀의 얼굴이 안타깝게 구겨졌다. 마르지 않는 눈물이 다시 차올랐다. 애써 그 처연한 감정을 눌러보려 했지만, 다시 피라도 흘릴 듯 하얀 명주 수건으로 입을 가리며 세찬 기침을 뱉어내는 태율을 보자니 울컥 속상함이 솟아올랐다.

"콜록콜록!"

태율의 기침은 여전히 고통스러워 보였다. 황제를 닮아 번듯하고 잘생긴 얼굴이 갈수록 야위어갔다. 눈 밑은 검어졌고, 입술에는 생기가 없었다. 그를 보는 어미의 마음은 천 갈래 만 갈래로 찢어질 듯 아팠다.

"허준은 오려면 멀었느냐!"

"마마, 허준이옵니다."

황후가 내관을 채근하는 소리에 딱 맞추어 허준이 황자의 방에 들어섰다. 핏기 없는 얼굴로 쉴 새 없이 기침을 하고 있던 황자는 그가 들어오는 것도 모르고 힘들게 숨을 들이쉬고 있었다. 거친 숨소리가 방 안을 채웠다.

"오, 허 의관 왔는가! 황자의 상태가 좀 나아지는 듯싶더니 다시 이리 악화되었네. 어서 진맥을!"

다급하게 허준을 방으로 들인 황후는 그를 밀듯이 황자의 옆으로 데려갔다. 미처 예를 갖출 새도 없이 허준은 바로 황자의 맥을 짚었다.

"실례하겠습니다, 마마."

허준은 한참을 황자의 상태를 살폈다. 신중한 눈빛이 조심조심 황자를 훑었다. 그렇게 차 한 잔을 마실 정도의 시간이 지나고 나서야 그는 몇 가지 약재를 의녀에게 부탁하여 달여 오게 했다. 그리고 따뜻한 쑥차를 들여오라 명하고는 긴 대침을 꺼내 황자의 손목에 꽂았다.

초조하게 그 광경을 지켜보던 황후가 조급한 마음에 허준을 닦달하기 시작했다. 아픈 자식을 보는 어미의 맘은 매한가지리라.

"왜 이러는가, 황자가? 황자의 상태가 어떤 것인가? 응?"

"마마, 황자님의 상태는 예전과 다르지 않습니다. 크게 장기가 무리하고 있는 것도 아니며 크게 손상된 곳도 없습니다. 다만……."

"다만? 허 의관, 어서 말해보게나."

"황자님의 마음이 점점 약해지고 계십니다. 신이 예전부터 생각해온 것인데, 아무래도 황자님께는 휴식이 필요할 듯합니다."

허 의관의 말에 황후는 놀란 듯 주춤했다. 이해할 수 없는 그의 말에 황후의 반듯한 아미에 내 천川 자가 그려졌다.

'매일 누워서 쉬고 있는 황자에게 휴식이라니? 마음이 왜 약해져!'

"그게 무슨 말인가? 황자는 매일 방 안에서 쉬고 있는데 무에 다른 휴식이 필요하다는 것이야?"

"신이 황자님 심중의 존귀한 생각을 다 알지는 못하오나, 감히 추측하온대 이 황궁의 공기와 중압감이 어려서부터 병을 앓고 있는 황자님의 마음을 갉아먹으며 더욱 독한 병마를 만들어내지 않고 있나 싶습니다. 더군다나, 황궁이란 가장 무서운 욕망과 정념이 모인 곳이라 신은 생각합니다. 기운이라는 것은 생각보다 인간에게 많은 영향을 미칩니다. 그러니 그 무거운 공기가 황자님께 닿지 않을 리 없었을 것입니다. 예로부터 병중에 가장 무서운 것이 마음의 병이라고 했습니다. 마음이 병든 몸을 놓아버리면 아무리 명약이라 한들 효과가 나타나기 힘들지요. 그러니 황자님의 마음을 보살피시어 여유를 가지실 수 있게, 활발한 생기가 돌 수 있게 적절한 휴식이 필요할 것이라고 사료되옵니다. 그에 황자님의 상태는 훨씬 호전되리라 신은 믿습니다, 마마."

"마음의 병이라……."

황후는 가녀린 숨을 내쉬는 황자를 돌아보았다. 더 이

상 기침을 할 기운도 없는지, 목을 긁는 거친 소리를 내며 간신히 뜨거운 공기만 내뱉는 황자를 보고 있자니 황자에게 힘든 것은 병이 아니라 '삶'이라는 생각이 들었다. 어미로서 그 점이 안쓰러운 만큼, 황후로서는 황궁을 거부하는 듯한 황자의 병이 안타깝기도 했다.

방 안에는 한동안 정적이 흘렀다.

"허면 허 의관, 내가 어찌하면 좋겠는가?"

스스로는 어찌할 수 없다는 듯 한숨을 내쉬는 황후의 복잡한 심정이 아스라이 흔들리는 눈동자에 그대로 비쳤다. 황자를 위해서라면 자신의 오장육부를 내주어도 아깝지 않은 황후였다.

'이 어미가 너에게 무엇을 해줄 수 있을까, 태율아……'

근심이 가득한 황후의 말에, 조용히 시립하고 있던 허준이 깊이 묵혀두었던 심중心中의 말을 꺼내며 신중하게 입을 놀렸다.

"황궁을 떠나 잠시 요양을 가시는 게 어떨까 싶습니다, 마마."

*

시간은 시위를 떠난 화살처럼 순식간에 지나갔다. 제1황자의 요양 행궁을 위한 준비가 한 달여 동안 진행되었고, 그에 맞춰 그가 떠날 별궁을 정비하며 그곳으로 같이 떠나게 될 인원들이 색출되었다. 시종들은 모두 황후와 상선 그리고 허준이 직접 뽑은 자들로, 최소의 인원이었지만 가장 살뜰하고 성실히 황자를 모실 수 있는 자들로 구성되었다.

황자를 위한 마지막 극약 처방이라고 황제를 설득한 황후는 1년여의 요양 기간을 받아낼 수 있었다. 우직하고 강직한 사내인 황제는 요양을 위해 황궁을 1년이나 떠난다는 것을 납득할 수 없다고 했다. 하지만 식음을 전폐하고 강경하게 요청해오는 황후의 청을 끝내 무시할 수는 없었다.

별궁으로 온 황자의 시간은 황궁에 있을 때보다 훨씬 빠르게 지나갔다. 하루 종일 지루한 기침과 싸우고 구분도 되지 않는 수십여 가지의 탕약을 들이켜는 황궁의 생활보다, 편안히 하루를 보내는 별궁의 생활이 그에게는 그 어떠한 약보다 좋은 약이 되어주었다.

황자가 황궁을 떠나 황산의 별궁으로 요양을 온 지 어느덧 두 달이 지나고 있었다. 이제는 전보다 기침도 잦아들고 제법 멀리까지 산보도 나갈 수 있게 되었다. 황자는 몸이 가뿐하다 느껴질 때면 조금씩 산보의 양을 늘렸다.

'정말, 볼 때마다 감탄하게 되는 경치야.'

두 달을 매일같이 보는 경관이지만 황산이 만들어내는 아름다움은 볼 때마다 황자의 감탄을 자아냈다. 황궁에서 태어나 만들어진 숲과 만들어진 건물을 보며 자란 황자가 살면서 가장 많이, 그리고 가장 오랫동안 본 것은 황자의 방 깜깜한 천장이었다. 독한 기침을 하며 잠을 이루지 못하는 밤이면 밤새도록 검은 천장의 화려한 문양만 하염없이 바라보았다. 그렇게 열세 살이 되도록 황자는 숱한 밤을 병마와 함께 검은 천장을 보며 자라왔다. 그런 황자에게 녹색의 푸름과 뿌연 안개를 끌어안은 황산의 봉우리는 그의 어두웠던 마음마저 환희 넓혀주었다.

'이 세상에는 내가 모르는 것들이 훨씬 많이 있을 것이다. 내가 겪어보지 못하고, 느껴보지 못한 굉장한 것들이 무궁무진할 것이다.'

황자는 자신이 지금 이대로 꺾여버리면 알 수 없는 '그것들'이 안타까웠다. 황산에서의 생활은 황자에게 세상에 대한 '미련'을 알게 해주었다.

그렇게 자신이 모르는 세상을 매일같이 마주하는 황자는 자신의 미약함을 깨달으며 점점 삶의 의지를 되찾

아가고 있었다. 더 아름다운 것을 느끼고 보고 싶다는
마음이 작게나마 황자의 마음을 채우기 시작했다. 세상
에 욕심을 내고 희망을 그리기 시작한 것이었다.

"황자님, 이 이상 올라가면 제법 가파른 산을 오르셔
야 합니다. 무리하지 마시고 이만 들어가시는 것이 어떨
는지요?"

황궁을 벗어나니 황자를 호위하는 병사들의 수도 현
저히 줄어들었다. 특히 병약한 황자가 곧 죽을 판이라는
소문이 황성 내에 퍼지기 시작한 후로 제1황자인 자신
을 견제하는 무리들이 제법 줄어들었다. 어차피 죽을 것
인데 자신들이 더러운 수를 써가며 없앨 필요는 없다고
판단했으리라.

그래서 그런지 황산 별궁에서 그를 호위하는 사람은
황제 폐하께서 직접 내려주신 호위무사 휼 단 한 명뿐이
었다.

"괜찮다, 휼. 내 오늘 기분이 아주 상쾌하고 몸이 든든
하구나. 오늘은 조금 더 욕심내어 올라보자. 들리는 말
로는 이 위에 기가 막히게 아름다운 폭포가 있다더구나.
네 그곳에 가보았느냐?"

"예, 이곳에 오자마자 주변을 파악하기 위하여 이곳저
곳 둘러보았습니다."

"오, 그래? 자 그럼 네가 안내를 좀 해주거라."

산을 오르는 태율의 발걸음은 가볍기 그지없었다. 그런 황자를 휼은 걱정스레 바라보았다.

휼이 먼저 푸른 산길을 앞장섰다.

"히야, 멋지구나!"

천지를 가르듯 물줄기를 쏟아내는 폭포의 모습이 장관이었다. 그리 크지도 높지도 않은 적당한 계곡에서 힘차게 내리치는 물줄기의 위용은 태율의 약한 마음을 씻겨주는 듯했다. 수면을 내리치는 물줄기를 가까이서 보려는 태율이 폭포에 더 다가섰다. 방울방울 튀어 오르는 물방울이 태율의 얼굴에 튀었다. 시원한 물의 감촉이 더없이 기분 좋게 느껴졌다.

첨벙.

태율은 신발을 벗고 발을 물에 담갔다. 날씨도 더워지기 시작했지만, 태율로서는 난생처음 거친 산을 오른 터라 숨이 차고 더운 땀이 났다. 그래도 그 느낌이 태율에게는 무척이나 신선했다. 자신이 살아 있다는 생동감과 긴장감이 온몸을 타고 흘렀다. 태어날 때부터 황궁에서 지켜야 했던 위엄과 숨 막히는 규율들이 이곳에는 없었다.

"황자님, 물이 찹니다. 땀을 흘리시다 갑자기 차가운

물에 닿으시면 고뿔 걸리십니다."

휼의 걱정스러운 말에도 태율은 한번 설핏 웃으며 받아넘겼다. 발목을 간질이는 물의 감촉이 비단과 같았다.

한참을 물장구를 치며 콸콸콸 쏟아지는 물줄기를 보고 있자니 태율은 문득 소피가 마려워졌다. 슬그머니 뒤를 돌아보니 역시나 휼은 그 자리에 못 박힌 듯 태율을 살피고 있었다.

"크흠흠, 휼아."

병약한 황자로 살아오면서 밖에 나와 화장실을 다녀본 적이 없는 태율이 얼굴을 붉히며 휼을 불렀다. 아무리 급히 내려가도 한 시간은 훌쩍 넘게 걸어야 하는 별궁에 돌아가서 볼일을 보기는 무리였다. 아무래도 그 자리에서 해결을 하는 게 나을 듯싶었다.

"예, 전하. 내려가시겠습니까?"

휼이 태율에게 다가와 물어왔지만, 태율은 쉽사리 대답할 수가 없었다. 궁녀도 아니고 호위무사에게 소피 마려운데 자리 좀 비켜주런? 하기가 조금 부끄러운 감이 있었기 때문이다.

"아, 저. 크흠흠. 너 저기 밑에 좀 갔다 오지 않겠느냐?"

"예?"

태율은 머뭇머뭇 어렵게 입을 열었다. 하지만 이 눈치

없고 몸만 튼튼한 사내는 태율의 말을 이해하지 못한 듯 의문 가득한 얼굴로 반문할 뿐이었다. 태율은 하는 수 없이 조금 더 부연 설명을 했다.

"내 지금 개인적으로 잠시 시간이 필요할 것 같다. 아주 잠시면 되니 요 밑에 잠시 다녀오련."

"예? 그게 무슨 말씀이십니까? 이 산속에는 위험한 동물도 있고, 또 황자님이 쓰러질 수도 있는 위험이 있어 저는 한시도 황자님 곁을 떠날 수 없습니다."

역시나 태율의 말뜻을 알아먹지 못한 훌이 자못 강경한 어조로 심각하게 말했다. 태율은 속으로 진한 한숨을 내쉴 뿐이었다.

"아, 그러니까 내게 아주, 아주 개인적인 시간이 필요해."

"그럴 수 없습니다!"

한창 예민한 시기의 소년의 마음도 모른 채 눈치 없고 고지식한 사내는 강하게 도리질했다.

'아니, 이놈이 눈치는 엿 바꿔 먹었나!'

"아 내가 소피 마려워서 그런다, 이놈아! 저기 가 있어!"

결국 참다못한 태율이 빼액 하고 소리치고 나서야 당황한 무인은 자리를 비켜주었다.

2장 / 복숭아 소년

"저놈이 무인이라 영 아둔하단 말이야, 쯧!"

스스로 머쓱했던 태율은 주섬주섬 바짓단을 내리며 혼잣말을 했다. 그는 흉을 물길 저 아래로 내려보내며 주변을 한 바퀴 돌고 오라고 명했다. 그러면서 이르는 말이, 절대로 일찍 돌아오면 안 된다는 것이었다.

'다음부터는 산에 오를 때 필히 해우소에 다녀와야겠어.'

슬그머니 볼일을 마무리 지은 소년은 듣는 이 아무도 없는 곳에서 괜한 헛기침을 크게 뱉어냈다. 그런데 주변을 살피던 소년의 눈이 일순간 멈춰 섰다. 그는 질겁하며 소리를 질렀다.

"으, 으아악! 누, 누구냐!"

방심하고 있던 어린 소년은 수풀 뒤에 숨은 소녀와 눈이 마주쳤다. 큰 눈망울을 가진 그녀는 소녀이면서도 성숙한 여인의 묘한 매력을 동시에 가지고 있었다. 하늘의 선녀처럼 곱고 뽀얀 자태를 한 그녀가 울창한 푸른 숲을 배경으로 서 있는 모습은 묘한 위화감과 두려움을 불러일으켰다. 태율의 눈은 경악과 두려움, 창피함으로 커다랗게 빛났다.

설화는 그저 어색한 웃음을 지을 수밖에 없었다. 하지만 그녀는 자신의 뽀얀 얼굴에 뜬 그 어설픈 웃음이 눈앞의 소년에게 위화감을 불러일으키고 있다는 사실은 전혀 알지 못했다.

"아, 안녕?"

그녀의 입에서는 상황과 어울리지 않는 어설픈 인사말이 튀어나왔다. 그 소리에 어버버버 입을 다물지 못한 소년이 냅다 소리를 지르고 말았다.

"으아아악! 귀, 귀신이냐, 도깨비냐!"

"아, 저기, 난 귀신도 도깨비도 아닌데……."

태율이 바락바락 소리치는 바람에 설화는 저도 모르게 손을 들어 귀를 막았다. 그리고 미안한 듯 어설픈 웃음을 지으며 수풀을 헤쳐 한 발짝 앞으로 나왔다. 그 모습에 태율은 펄쩍 놀라서 뒤로 물러났다.

"누, 누구냐. 써, 썩 물렀거라!"

설화는 여느 때처럼 황후화를 찾으러 다니고 있었다. 황산의 주인 함이 알아보겠다고는 했지만, 누구보다 산과 들을 좋아했던 설화는 자신이 직접 다니며 꽃을 찾고 싶었다. 그래서 오늘도 산보하듯 다람쥐를 쫓아 조금 멀리 내려온 것이었다. 헌데, 이렇게 이곳에서 낯선 사람을 만날 줄 누가 알았겠는가? 그것도 몰래 소피를 보고 있는 소년과!

설화 자신도 지금의 상황이 민망하고 부끄러워 당장 도망가고 싶기는 마찬가지였다. 그렇기에 저도 모르게 태율이 놀라 내지른 말을 냉큼 주워 들었다.

"아, 그럴까? 그럼 우리 둘 다 아무것도 못 본 걸로 하고 가는 거야! 알았지?"

소년의 말에 좋아하며 재잘거리던 설화의 입이 방정이었다. 그냥 가면 될 것을 괜히 '아무것도 못 본 걸'이라는 말을 꺼내어 순수하고 순진한 소년의 얼굴에 불을 지피고 말았다.

"뭘 못 봤다는 거야!"

태율이 빨개진 얼굴로 꽥 하고 소리를 질렀다. 그제야

아차차 하며 설화가 입을 때렸다. 아이고, 이놈의 입이 주책이지. 그냥 갈걸! 하지만 후회해본들 엎질러진 물이요, 터진 만두였다. 설화는 식겁하며 입을 막고 다시 소년을 달래려고 했지만, 그녀의 어설픈 변명은 오히려 '나 뭣 좀 봤소이다. 에헴!' 하고 소리치는 것과 다를 바 없었다.

"아니, 난 진짜 아무것도, 아무것도 못 봤어! 걱정하지 마!"

설화가 손을 내저으며 고갯짓으로 강하게 부정했지만, 부정하면 할수록 태율의 얼굴만 빨개졌다. 여리고 귀하게 자란 소년은 씩씩거리며 설화를 향해 다가왔다. 그 모습에 설화는 질겁하여 슬금슬금 뒷걸음질을 쳤다. 소년의 눈에는 불길이 일어나고 있었다.

"아 글쎄, 난 네가 뒤돌아 있는 것밖에 못 봤어! 엉덩이만 봤다고!"

"뭐얏!"

설화의 말에 태율의 얼굴이 험악하게 일그러졌다. 그 모습에 설화는 깜짝 놀라 한 발짝 뒤로 물러났다. 태율은 동글랗게 눈을 뜨고 설화를 향해 달려들었다. 그제야 설화는 걸음아 나 살려라 하고 그 자리를 뛰쳐나왔다. 생전 뛰어본 적 없는 소년이 그보다 훨씬 큰 소녀의 걸음걸이를 쫓아가기는 벅찼다. 태율은 몇 걸음 더 쫓아가지 못하고 그 자리에서 울분을 터트렸다. 설화가 쫓던 다람쥐만이 그 둘의 모습을 바라보고 있었다.

"황자님! 황자님! 무슨 일이십니까!"

황자의 목소리를 듣고 달려온 흉이 자리를 비운 자신을 책망하며 황자의 신변을 살폈다.

"멧돼지입니까? 자객? 무슨 일이십니까?"

"아무것도 아니다. 내 산토끼를 보고 놀란 것뿐이다."

태율은 창피함에 설화와 마주친 이야기를 얼버무려버렸다. 낯선 숲 속에서 황자는 자신의 첫 엉덩이를 내주게 된 창피함을 평생 혼자 가지고 가리라 마음먹으며 흉을 재촉하여 숲을 내려갔다. 내 다신 여기 올라오지 않으리라 속으로 다짐하는 태율이었다.

"아휴! 놀래라."

폭포에서 조금 떨어진 곳에서 설화는 푸른 나무에 등을 기대고 숨을 골랐다. 벌게진 얼굴에 해쓱한 소년이 눈에 불을 켜고 자신을 쫓아오는 통에 설화는 온 힘을 다해 달려야 했다. 동그란 눈이 어찌나 커다래지던지 마치 어린 야차를 보는 듯했다.

"키킥."

헐떡이던 숨을 고르고 나니, 잠시 전 커다란 나무에서 슬그머니 볼일을 보던 뽀얀 엉덩이가 생각나서 설화는 저도 모르게 웃음이 났다.

'얼굴은 그리 핼쑥한데, 무슨 사내아이 엉덩이가 그리 뽀얘?'

사실 아까 바짓단을 내릴 때부터 뒤에 서 있었던 설화는 태율의 부끄러운 장면을 몽땅 보고 말았다. 근처의 나무를 끌어다가 자리를 덮는 것을 보고 킥 하고 웃다가 자신도 모르게 뒤돌아서는 태율과 눈이 마주친 것이었다.

"남자애들도 엉덩이는 똑같구나."

난생처음 보는 사내아이의 엉덩이도 여아들과 별반 다르지 않다는 사실을 알게 된 설화였다.

'그러고 보니 갑자기 위에서 먹던 뽀얀 복숭아가 먹고 싶네.'

"콜록콜록!"

여전히 밤이 되면 찾아오는 독한 기침이 태율의 가슴을 콕콕 찔러왔다. 황궁에 있을 때보다는 혈색도 좋아지고 살도 조금 올랐지만, 밤이면 기침만은 여전하여 잠을 쉬이 이루지 못했다. 종이를 덧바른 창살을 뚫고 커다란 달이 방 안으로 빛을 보내주었다. 달빛 새로 희미하게 보이는 천장에 어느새 뽀얀 여인의 얼굴이 둥둥 떠다녔다.

'엉덩이밖에 못 봤어!'

아, 내 엉덩이! 태율이 얌전히 덮고 있던 이불을 발로 차며 발버둥을 쳤다. 어느새 진정된 가슴이 그의 발버둥에 거칠게 들썩였다. 황자는 작고 가녀린 손을 들어 마른세수를 했다. 또래의 여인이라고는 손아래 동생들만 보던 그가, 자신보다는 연상으로 보이지만 그래도 제법 비슷한 연배의 여인에게 엉덩이를 보였다는 것이 수치스러웠다. 그것도 엉덩이라 함은 제 자신도 한번 보지 못한 부끄럽고 은밀한 신체 부위였다. 일국의 황자인 자신이 그런 은밀한 곳을 실수로 여인에게 보였다는 것이 더없이 충격적이었다. 게다가 그냥 엉덩이도 아니고 소변을 보고 있는 엉덩이라니!

"으아으아아!"

소년은 널찍한 침대 위에 가지런히 놓인 발을 쿵쿵 굴렀다. 그래 봤자 그 진동에 자신의 기침만 더 나올 뿐이었다. 하지만 자꾸만 떠오르는 창피함에 어린 소년은 누운 자리에서 어쩔 줄 몰랐다.

'도대체 어디에서 온 거지, 그 여인은? 가만, 황산은 모두 황실의 구역인데?'

태율은 문득 떠오른 생각에 의아해졌다. 황산에는 황

실의 일족만 들어올 수 있게 허락되었다. 황족이 아닌 이상 황산에 거주할 수 있는 이는 산의 관리자와 별궁의 내인들뿐이었다. 헌데, 아무리 생각해도 여인의 분위기와 차림새 모두 내인이나 관리자처럼 보이지는 않았다.

'내가 모르는 황실의 일족인가?'

푹신한 요를 발밑으로 밀어내고 침상에 걸터앉아 골똘히 생각하는 어린 소년의 얼굴에 문득 설렘이 스쳤다.

'황실의 일족이라면 다시 볼 수 있는 건가? 아, 아냐! 나의 수모를 들먹일 수도 있어.'

이내 도리질을 하며 여인의 얼굴을 지워보지만, 어린 소년의 가슴에는 이미 살포시 분홍빛 감정이 내려앉고 있었다.

"콜록콜록!"

피어오르는 기침을 잠재우며 소년은 그날 새벽까지 설렘과 부끄러움에 잠자리를 뒤척였다.

"태율 황자님, 오늘도 가시려는 겁니까?"

"응, 오늘도 몸이 가뿐하니 운동 겸 다녀오련다."

황자가 신을 정리해주는 내인에게 발을 맡긴 채 정자에 앉아 나갈 채비를 했다. 비교적 활동하기 편한 옷에 뒷간도 미리 다녀왔다. 물이 담겨 있는 작은 물통을 받으며 휼도 그런 황자를 따라나섰다. 처음 황자가 폭포에 다녀온 뒤로 황자는 일주일에 한 번, 3일에 한 번씩 폭포를 들르기 시작하더니 이제는 하루걸러 한 번씩은 꼭 폭포에 다녀왔다. 시원한 물줄기와 조금 더 가면 장관을 이루는 경관이 멋들어진 곳이라 황자의 마음에 쏙 들었나 보다 하고 휼은 생각했다.

'황자님 건강도 많이 좋아지신 듯하고, 표정도 처음 이곳에 왔을 때보다 밝아지셨으니 그거면 됐지, 뭐.'

며칠 전 들른 어의 허준과 황비는 몰라보게 살이 오르고 건강해진 황자를 보고 기쁨을 감추지 못했다. 이곳에 온 지 어느덧 3개월이 지나고 있었다. 3개월 전 겨우 별궁을 한 바퀴 돌던 황자는 비록 천천히 걷기는 했지만 황산의 제법 깊숙한 곳까지 돌아다니게 되었다.

'그런데 이곳에 산군山君이 있다고 하던데⋯⋯.'

휼은 씩씩하게 발을 내딛는 태율의 뒤를 따르며 근처 마을을 둘러보며 들은 소문을 떠올렸다. 오래전부터 황산에 거주하며 이곳을 지켜준다는 백호가 바로 그 주인공이었다. 마을 사람들은 마치 수호신을 대하듯, 백호 어르신이 사는 곳이니 산에 다닐 때 주의해달라는 부탁을 했다. 하지만 휼은 몇 차례나 산을 오르내렸지만 아직 백호의 하얀 털조차 보지 못했다.

'오래전부터 살았다 하니 이미 죽었을 수도 있겠지.'

혹시 모를 위험에 주의하면서도 마음을 가볍게 먹은 휼이 묵묵히 황자의 뒤를 따랐다.

*

"흐음, 황금 줄기에 비단으로 된 꽃잎 그리고 진주가 박힌 꽃술이라……."

노란 장기판 앞에 말을 들고 고민하던 함이 상대의 말에 고개를 끄덕였다. 함의 앞에는 흰머리가 성성한 노인이 자못 심각한 표정으로 기다란 턱수염을 쓰다듬었다. 이미 하얗게 물든 머리와 세월의 흐름을 간직한 주름이 깊었지만 꼿꼿한 자세와 살아 있는 눈빛은 아직도 그의 건실함 증명하였다. 그는 바로 황국의 3대 산, 그중에서도 악산惡山으로 유명한 오야산五夜山의 주인인 녹우였다. 황산을 두루두루 살피는 산신들 중에서 가장 연륜이 오래되었으며, 총명하고 날카로운 혜안慧眼을 가진 이로 유명했다. 그렇기에 항상 그를 아버지 따르듯 하는 함이 어려운 일이 생기거나 자문을 구하고자 할 때면 가장 먼저 찾았다. 그런 그의 앞에 앉아 다음 수를 기다리는 함도 고개를 주억거리며 말을 덧붙였다.

"예, 저도 황산에 거주한 지 3백 년이 넘었지만 그런 꽃은 한 번도 본 적이 없습니다. 혹시 제 짧은 식견으로 못보고 지나친 건지, 아니면 제가 모르는 곳에서 피어나는 꽃인지 알고 싶어 이렇게 녹우님을 찾아온 것입니다."

"글쎄, 나도 그런 꽃이 이곳 황국에 피어난다는 이야기는 들어본 적이 없네그려. 물론 본 적도 없고 말이야."

"역시……."

백발이 성성한 녹우의 말에 함이 자못 실망한 얼굴로 그의 말을 받았다. 반듯하게 깎인 턱을 쓰다듬으며 생각에 잠긴 함의 표정은 복잡한 그의 심경을 여실히 보여주고 있었다.

"헌데, 옥황상제님이 그 꽃을 찾으라 명하셨다 이 말이지? 흠, 내 다른 이들에게도 알아보겠네, 걱정 말게나. 이 세상에 존재하는 것이면 무엇이든 우리네 손을 타게 되어 있으니."

"감사합니다, 녹우님. 다음에 설화 공주님을 모셔와 다시 이야기해보도록 하겠습니다."

"허허, 설화 공주님을 못 뵌 지도 벌써 백여 년이 되어가는군! 내 기다리고 있겠네그려."

노인은 인자한 표정을 지으며 마음속으로 뽀얗고 동그란 설화의 어린 모습을 추억했다. 천상에 재직하던 시절, 근근이 자신을 찾아와 호랑이의 모습을 보여달라며 떼쓰던 어린 공주였다. 그 귀여운 모습에 매번 본신本身의 모습을 보여주면 까르르 웃으며 안기던 귀여운 꼬마 공주님이 벌써 성년에 이르렀다 하니 얼굴에 절로 포근한 미소가 떠오르는 녹우였다.

"헌데 자네, 능력이 출중하더군."

그러다 문득 녹우가 눈앞의 젊은 호랑이를 바라보았다. 이 젊은 신선도 앞길이 창창한지라 그 혈기 왕성한 마음이 마침내 어디론가 향했다는 소식이 근근이 들려오고 있었다. 포를 들어 장기판에 내려놓으며 녹우가 슬쩍 함에게 운을 뗐다. 녹우의 표정에는 어느새 여유로운 웃음이 걸려 있었다.

"예? 그게 무슨……."

"그 도도한 월하의 마음을 가졌다는 소문이 파다하더군."

"아, 하하하! 아닙니다. 가지기는커녕 얼굴도 간신히 보는걸요."

당황한 함이 머리를 긁적였다. 5백여 년을 산 호랑이로 신선이 되었지만, 눈앞의 천 년을 산 늙은 호랑이 앞에서는 아직 한창 젖내 나는 어린 동물일 뿐이었다. 그는 쑥스러움과 머쓱함에 헛기침만 해댈 뿐이었다.

"허허! 자네와 월하가 손잡고 달구경도 하고 꽃구경도 하고 그리 다니는 걸 온 산신들이 알고 있다네. 아주 그냥 깨소금 냄새가 고소하다 못해 진동을 한다더군."

녹우가 당황한 함을 놀리며 슬쩍 장기판을 점령해갔다. 녹록하지 않은 노인은 어린 백호랑이의 청춘을 놀리는 게 꽤나 재미있는 듯했다.

"아이고 녹우님, 그게 무슨 말씀이십니까? 제가 그 손 한번 잡으려고 40년을 기다린걸요. 하하하. 소문난 걸 듣고 월하 도망갈까 무섭습니다."

"자네, 진작부터 월하에게 눈도장 쾅 찍고 쫓아다니더니 결국 그 마음을 녹였군. 잘했네! 잘했어! 아주 기특하이."

"아하하! 조금만 기다리십시오, 제가 어린 백호랑이 한 마리 떡하니 안겨드릴 테니까요."

자못 의지를 굳건히 밝히는 함을 보며 녹우가 크게 웃었다. 아직 한창 나이인 젊은 산신의 기세가 녹우의 마음까지 다시 젊게 만들어주는 듯했다.

"그래, 내 기다리고 있겠네. 귀여운 새끼 호랑이 한 마리 함 보세!"

녹우가 크게 파안하며 장기판의 장군을 집어갔다. 그에 놀란 얼굴을 한 함이 "어, 이거 제가 당했습니다!" 하고는 기분 좋게 손을 들며 얼굴 가득 호쾌한 웃음을 지었다. 두 늙은 호랑이의 시꺼먼 속내가 바람을 타고 월하에게 전해졌던 것인지, 빨간 실타래를 정리하던 월하가 갑자기 드는 오한에 영문도 모른 채 어깨를 움츠려야 했다.

3장 / 꽃을 피워라, 연정戀情의 꽃을 피워라

황산의 꼭대기에는 고고하게 산 아래를 내려다보는 고풍스러운 한옥 한 채가 있었다. 주변을 둘러싼 희뿌연 결계가 안개처럼 집을 숨겨주었다. 그 안에는 설화와 함이 거주하고 있었다. 신선이 되기 위해 수행하는 어린 도사들과 어린 영물들도 함께였다.

소박하지만 아기자기한 방 안 색색의 비단으로 장식한 탁상에 설화가 앉아 있었다. 고운 머리카락을 높이 하나로 매고 분홍 비단으로 묶어 장식한 머리가 설화의 섬세한 턱 선을 더욱 돋보이게 했다. 그녀의 앞에는 천상에서 내려온 전령이 고개를 얌전히 숙이고 정음으로

부터의 전언을 전해주고 있었다.

"그러니까, 언니가 아버지께 부탁을 드려 내가 이곳에서 마음 놓고 꽃을 찾을 수 있도록 허락을 받았다 이 말이지?"

"예, 공주 마마."

양쪽으로 귀엽게 머리를 말아 올린 어린 시종이 고개도 들지 못하고 대답했다. 정음 공주는 시종인 명에게 "그저 이 말만 전하면 되느니" 하며 곱게 적은 서찰을 건넸다. 평소와 달리 공주의 방으로 몰래 불러 조심스레 그녀를 보내는 모습이 조금 의아했지만, 명은 더 이상의 별다른 생각은 하지 않았다.

"그래? 이상하구나. 아바마마와 이리 오랜 시간을 떨어져 지낸 적이 없는데 허락하셨다고?"

'아바마마가 이상하시네?'

설화는 상제님이 유독 자신을 자주 찾는다는 것을 잘 알고 있었다. 그러한 사실은 설화뿐만 아니라 모든 천계인들이 잘 알고 있었다. 설화는 고개를 갸웃했지만 이내 의아함을 머릿속에서 밀어냈다.

'정음 언니에게서 온 전령인데, 뭐. 언니가 잘 설득해 줘서 그런 것이겠지.'

"음, 그래! 황국의 구슬은 가져왔니?"

깜빡 잊고 있던 중요한 물음이 생각난 설화가 손뼉을 치며 명에게 물었다. 하지만 명의 대답에 설화는 실망을 금치 못했다.

"저는 이 서찰만 전해주라 명 받았습니다, 공주마마. 그 외의 다른 것은 받지 못했습니다."

"그으래⋯⋯."

천상으로 돌아가기 위해서는 필히 황국의 구슬이 필요했다. 구슬은 천상계와 지상계를 이어주는 일종의 비밀 문이었다. 그 구슬로 나라와 지역 그리고 때로는 시대를 넘나들 수 있었다. 그런데 설화는 지상으로 내려올 때 선녀 옷도 가져오지 못했다. 특출 난 하늘의 능력도 받지 못한 자신은 날아서 하늘로 갈 수 없으니 반드시 그 구슬이 필요했다.

'저번에 언니가 따로 챙겨주겠다고 했는데, 아무래도 깜빡했나 보네.'

"그럼 저는 이만 돌아가보겠습니다."

실망한 설화를 남겨두고 명이 인사를 올렸다. 그런 명을 설화가 재빨리 잡아챘다.

"잠깐만!"

설화는 동그란 뺨에 볼우물을 보이며 천진하게 말을 꺼냈다.

"내가 여기 갑자기 오게 돼서 말이야. 부탁할 게 몇 가지 있는데……."

설화는 지금 자신이 천상계로 올라갈 수도 없고, 올라가고 싶지도 않으니 대신 명에게 몇 가지 물건을 좀 가지고 내려와달라고 명했다. 지상과 천상은 시간의 축이 다르니 조금 더 서둘러달라고 당부했다. 명이 야무지게 대답을 하고 나서 설화가 부탁한 그 물건들을 받은 것은 정확히 보름 후였다.

*

어느덧 설화가 지상으로 내려온 지 석 달이 되어가고 있었다. 아직까지 황후화는 코빼기도 보이지 않았다. 물론 천상계로 돌아가면 이제 6일쯤 지났을 것이다. 하지만 무한대로 기간을 받은 것도 아니고, 이런 일을 한 번도 겪지 못했던 설화는 마음 한구석에 이는 묘한 걱정에 마음이 편치 않았다.

조그만 오솔길을 따라 걷던 설화의 발걸음은 어느새 예전에 복숭아 도령을 만났던 폭포에 닿아 있었다.

"복숭아를 가져왔더니, 복숭아 도령이 있던 곳으로 와 버렸네."

설화가 일전의 복숭아처럼 뽀얗고 보드라워 보이던 엉덩이를 생각하며 웃음을 터트렸다. 그러다 혹시 또 누군가 있을까 봐 주변을 둘러보았다.

'음, 먼저 요랑이부터 불러볼까.'

설화가 가져온 고운 비단으로 감싼 작은 보자기에는 먹음직스러운 천도 두 개와 대나무로 만든 엄지손가락만 한 피리 하나, 그리고 작은 수통 하나가 담겨 있었다.

설화는 먼저 대나무 피리를 집어 들었다. 그리고 있는 힘껏 피리를 불었다. 피리가 삐이익 하고 시끄러운 소리를 내며 숲 속을 울렸다. 곧이어 펑 하는 소리와 함께 피리에서 뿌연 연기가 모락모락 피어올랐다.

"요랑아!"

하얗게 피어오르는 연기를 손으로 휘휘 내저어 바람에 날려 보낸 설화는 그 안으로 누군가의 이름을 불렀다. 곧이어 희뿌연 연기가 완전히 사라지고 설화의 허리를 겨우 넘는 작은 소년 하나가 모습을 드러냈다. 커다란 두 눈이 살짝 위로 올라가 있고 머리 위로 쫑긋한 동물의 귀를 단 귀여운 소년이 강아지처럼 온 상체를 세차게 도리질 치고 있었다.

"아우우!"

기지개를 켜는 소리인지 노인들이 삭신이 쑤신다며

내는 소리인지 분간이 안 되는 소리를 내며 소년은 눈을
비비며 주변을 둘러봤다.

"어라? 아가씨? 여기가 어디예요?"

소년의 귀여운 귀가 쫑긋거리며 설화에게 물어왔다.
그 귀여운 모습을 본 설화가 와락 요랑을 끌어안았다.

"요랑아! 아유 귀여운 것!"

요랑은 바람을 부리는 늑대 일족이었다. 풍 대군 청훤
이 바람결을 따라 어여쁘게 춤추는 설화를 보며 언제든
원할 때 춤추라며 내려준 영물이었다. 항상 바람을 타고
지상을 다니는 것도 다 요랑의 도움이었다. 또한 정연이
풍 대군과 설화 사이를 오해하게 만든 결정적 요물이 바
로 이 요랑이기도 했다.

요랑이 설화의 품에서 버둥거리며 간신히 고개를 쏙
빼고서 주변을 두리번거렸다. 콸콸콸 내리치는 폭포수
의 청량한 소리와 울창한 숲 속에서 풍기는 수풀 내음이
향긋하게 요랑의 코끝을 스쳤다.

"우와아! 또 지상에 내려오신 거예요?"

품을 빠져나와 폴짝폴짝 뛰어다니는 요랑의 뒤에서
어느새 살랑거리는 꼬리가 튀어나와 열심히 흔들리고
있었다. 고집 있어 보이는 눈매와 다르게 온순하고 명랑
한 요랑은 영락없이 풀숲을 뛰어다니는 강아지 모습이

었다.

"응, 어쩌다 보니, 헤헤. 자세한 건 이따가 설명해줄게. 나 저 폭포 위로 올려주어."

"아, 네엡!"

설화의 손을 잡고 한 손에는 보따리를 든 요랑이 신 난 듯 공기 중에 보이지 않은 계단을 올라가듯 폴짝폴짝 뛰 어 폭포 위로 설화를 데리고 올라갔다.

"그러니까 지금 그 황후화라는 것을 찾아야 한다, 이 말이시죠?"

"응, 그렇지. 근데 그게 쉽지 않아."

흐르는 물에 천도를 살짝 헹구며 설화가 요랑의 말에 맞장구를 쳐주었다. 깎아지는 절벽에서 힘 있게 밑으로 떨어지는 폭포가 박력 있는 소리를 내며 봄기운이 완연 해지는 주변을 더욱 상쾌하게 환기시켰다. 떨어지는 폭 포의 절벽 끄트머리에서 다리를 대롱거리며 주변을 살 피는 요랑이 설화의 설명에 고개를 갸웃거렸다.

'왜 그것을 설화 아가씨가 찾아야 하는 거지?'

보통 지상에 내려가 무엇인가를 찾아오거나 데려오는 것은 주로 천계인들의 수족과 같은 풍, 운, 우 동자들이 맡아서 하는 일이었다. 혹은 그 내용물이 조금 얻기 어렵거나, 방해가 따른다면 지상의 도사들에게 부탁하거나 그들과 함께 찾아오곤 했다. 이렇게 천상인이 직접, 그것도 설화 아가씨 같은 귀한 분이 내려와 찾는 일은 자신의 130년이라는 짧은 인생 경험에 비추어봤을 때 한 번도 없는 일이었다.

"그게 진짜 옥황상제님께서 찾으시는 게 맞아요, 아가씨?"

"응! 정음 언니가 나한테 직접 말해줬어. 며칠 전에는 정음 언니가 보낸 전령도 왔었고! 그래서 내가 그때 못 데려온 너를 부탁한 거야."

설화의 설명에도 이상하다는 듯이 고개를 갸웃하는 요랑의 옆으로 설화가 엉덩이를 붙였다. 고운 비단옷이 폭신폭신한 풀밭 위에 거침없이 내려앉았다. 요랑은 앉은 자리에서 탐스러운 갈색 꼬리를 살랑거렸다. 설화는 냉큼 그것을 잡아 장난스럽게 당기며 요랑을 괴롭혔다. 아직 꼬리가 여물지 않은 요랑은 매운 설화의 손짓이 아프기만 했다.

"아이참! 하지 마세요, 아가씨. 아파요. 히잉."

"네 꼬리가 자꾸 움직이니까 가려워서 그런 줄 알았지."

"거짓말!"

울먹이며 꼬리를 쓰다듬는 요랑을 혀를 내밀며 놀려대던 설화는 문득 폭포 옆 수풀이 바스락거리는 소리에 멈칫했다. 요랑도 그 소리에 숨을 죽였다. 바스락거리는 소리를 헤치고 고급스러운 청색 비단에 황금색 비단 허리띠를 두른 하얗고 마른 소년이 불쑥 튀어나왔다.

"어?"

그와 동시에 설화의 입에서 예기치 못한 반가움의 소리가 튀어나왔다.

'응?'

태율은 감이 좋은 편이었다. 천성적인 능력인지, 몇 번이고 생과 사의 갈림길을 다니며 얻은 능력인지는 몰라도 태율의 감각은 잘 벼린 칼날처럼 날카로웠다. 태율이 폭포 아래로 가던 발걸음을 문득 멈췄다. 묘한 위화감이 찌르르 뒤통수를 건드렸기 때문이다. 태율의 고개가 재빨리 위로 향했다.

"어?"

그와 동시에 태율의 입에서 설화와 같은 놀란 목소리가 튀어나왔다.

"누구냐!"

휼은 폭포 위의 두 사람을 보고는 재빠르게 태율의 앞

을 막아섰다. 전광석화처럼 꺼내 든 매끈한 검이 햇빛에 반짝이는 수면의 빛을 그대로 받아냈다. 그 날카로운 칼 끝에는 요랑과 설화가 있었다.

검의 반짝임에 호기심 가득한 눈으로 두 사람을 바라보던 설화가 퍼뜩 정신을 차렸다. 그녀의 두 손이 재빨리 요랑의 머리에서 쫑긋거리고 있는 귀를 잡아 눌렀다. 이미 오래전부터 인간의 모습이 아닌 다른 형체의 힘을 가진 동물들이나 생명체를 경외시하고 무서워하는 인간들의 풍습을 누누이 들어왔기 때문이다. 설화가 조용히 속삭였다.

"꼬리랑 귀 집어넣어, 요랑. 얼른!"

마치 설화의 말이 주문이라도 되는 것처럼 요랑의 꼬리와 귀가 쏙 사라졌다.

"훌! 검을 거두어라! 내가 아는 이다."

태율은 앞을 막아서는 훌을 옆으로 밀쳐내며 설화 쪽으로 한 걸음 더 다가갔다. 그것을 보고 있던 설화는 서둘러 일어났다. 바삐 돌아서서 가려는 그녀를 태율이 다급하게 불러 세웠다.

"자, 잠깐! 잠깐만, 기다려!"

저도 모르게 두어 걸음 튀어나와버린 태율의 다급함을 알았던지 설화의 발걸음이 멈췄다. 간절하게 바라보는 태율의 눈동자가 천천히 뒤돌아서는 설화의 눈동자와 마주쳤다.

"가지 마."

조용하지만 어쩐지 간절함이 깃든 태율의 목소리가 둥실둥실 떠올라 절벽 위에 있는 설화의 귀에 닿았다. 별다른 말도, 행동도 오가지 않는 두 사람 사이엔 맑은 새소리와 청량한 폭포 소리만 가득했다.

높지 않은 절벽 위에서 그를 내려다보는 소녀의 눈이 그녀를 애타게 바라보는 소년의 눈동자와 마주쳤다. 폭포 주변을 맴돌고 있는 부드러운 바람결이 소녀의 머리카락을 흔들었다. 태율은 투명한 봄 햇살 속에서 불그스름한 볼의 어여쁜 소녀가 마치 하늘에서 하강하는 선녀같이 곱다고 생각했다. 그녀를 감싸고 있는 고운 비단옷이 날개가 되어 하늘 저 멀리멀리 날아가버릴 것만 같았다. 그 생각이 태율을 더욱 긴장하게 만들었다. 소녀와 여인의 경계에 있는 그녀에게서 소년은 어쩐지 채워지지 않는 갈증을 느끼고 있었다.

"저번엔 미안했어, 도령."

설화가 가려던 발걸음을 멈추고 태율을 향해 몸을 기울였다. 미안한 듯 쑥스러운 듯 살짝 보여준 미소에 그녀의 부끄러운 볼우물이 보였다.

"아는 사이예요, 아가씨?"

요랑도 설화와 같이 다리를 구부려 앉아 태율을 바라보았다. 요랑의 눈동자 속으로 숨기지 못한 호기심이 왕성하게 반짝거렸다.

'아무리 봐도 폭포 저 아래에 있는 두 사람은 인간인데, 아가씨가 어찌 알고 계신 걸까?'

머리를 기울여봐도 도통 알 길이 없는 요랑이었다.

"도련님, 저분은 누구십니까?"

태율의 뒤에서 긴장하고 서 있던 휼이 조심스럽게 태율에게 물었다. 그의 손은 여전히 검의 손잡이에서 맴돌고 있었다. 마치 언제라도 그것을 뽑아낼 수 있다는 듯이.

하지만 태율은 휼의 말에 대답해줄 여유가 없었다. 아니, 차라리 휼의 목소리가 태율에게 들리지 않았다고 하는 것이 옳을 것이다. 그의 모든 감각과 마음은 절벽 위에 있는 소녀에게 향해 있었다. 그의 눈과 귀는 지금 오직 소녀를 향해 열려 있었다.

"내가 지금 그쪽으로 갈 것이야."

설화의 동그란 눈동자를 바라보던 태율이 절벽의 높이를 슬쩍 가늠해봤다. 아직 그가 혼자 오르기에는 가파르고 높은 절벽이었다. 태율이 그의 옆을 지키고 있는

훌을 향해 고갯짓을 해 보였다. 그러자 훌이 즉시 황자
를 끌어안고 폭포 옆으로 난 작은 절벽을 올라갔다. 숨
소리 하나 거칠어지지 않은 두 사람이 설화와 요랑의 곁
에 섰다. 그때까지 설화는 그저 조금 당황스러운 눈으로
태율을 바라보기만 할 뿐이었다.

설화의 곁으로 온 태율이 잠시간 그녀와 그녀 옆을 지
키고 서 있는 요랑을 번갈아 바라봤다. 그리고 이내 어
깨를 으쓱해 보이며 그녀의 옆으로 털썩 자리를 잡고 앉
았다. 잠시간 세 사람은 아무 말도 없이 시원하게 물줄
기가 내려치는 폭포 아래를 내려다보았다.

"…… 복숭아 들고 왔더니, 복숭아 도령이 왔네."

절벽 아래로 내린 다리를 팔랑거리며 설화가 놀리듯
태율에게 말을 걸었다. 갸웃거리며 말하는 그 얼굴이 한
겨울 소복이 쌓인 눈보다 투명했다. 설화의 놀림에 울컥
한 태율이 버럭 소리를 질렀다.

"왜 내가 복숭아 도령이야?"

"그야 복숭아처럼 생겼으니까."

이제는 더 이상 소년을 향한 미안한 마음도 없는지 설
화가 태율의 엉덩이를 힐끔거리며 놀려댔다. 킥킥거리
는 소녀의 맑은 웃음소리가 네 사람 사이에 감도는 작은
긴장감을 녹여주었다. 그제야 왜 '복숭아'라고 놀려대는

지 알아들은 태율이 얼굴을 새빨갛게 물들이며 씩씩거렸다. 반달같이 고운 눈으로 놀려대는 여인의 미소에 화가 사그라졌다. 지금 태율을 불태우는 것은 화가 아니라 부끄러움이었다.

"복숭아라니! 감히 내게 복숭아 도령이라고 농을 지껄이다니!"

"네가 무엇이기에 '감히'라는 말을 붙이는 거야? 중요한 직책이라도 가지고 있는 거야?"

설화는 저도 모르게 버럭 소리를 지른 태율의 얼굴을 밉지 않게 흘겨보았다. 소년의 말투에는 거만함이 묻어 있었다. 씩씩거리는 태율을 보던 휼이 한 발 앞으로 걸어 나왔다.

"무엄하구나! 어린 여인아, 네가 정녕 이곳이 황실의 구역이라는 것을 모르지는 않겠지?"

"황실의 구역?"

"그렇다. 황자님께 예를 갖춰라, 여인아."

말소리와 함께 휼의 칼집에서 매끄러운 검이 뽑혀 나왔다. 순식간에 설화의 얼굴 옆으로 검을 들이민 휼이 더 이상의 무례는 용서치 않겠다는 차가운 경고를 칼날에 실었다.

검의 움직임을 지켜보고 있던 요랑이 벌떡 일어나 휼

을 노려봤다. 그 작은 눈에서 살을 벨 듯 날카로운 살기가 번뜩였다. 거친 야수 같은 그 살의殺意에 휼의 등줄기에 찌릿한 소름이 돋아났다.

"네놈들이…… 감히……."

으르렁거리듯 낮은 목소리가 휼과 태율을 향해 순식간에 적의를 드러냈다. 마치 자신의 작고 아름다운 주인을 지키는 충직한 충복처럼 요랑은 설화의 앞으로 뛰어나왔다. 바람처럼 가벼운 몸놀림이었다. 짐승에 가까운 거친 울림의 소리를 내며 요랑이 거칠게 숨을 토해냈다. 순간 번쩍 손을 든 요랑이 순식간에 휼의 칼날을 손으로 쳐냈다. 소년의 손에 뾰족한 발톱이 솟아올라 와 있었다.

"…… 이게 무슨!"

순식간에 벌어진 일이었다. 그런 요랑을 바라보고 있는 휼의 얼굴에 당혹감이 서렸다. 그의 옆으로 태율이 슬쩍 구겨진 미간으로 가만히 요랑과 설화를 바라봤다.

'짐승? 사람? 이 아이는 뭐지? 아니, 이 두 사람의 정체는…….'

휼의 검을 쳐낸 요랑의 손은 바위처럼 단단했다. 검을 잡은 휼의 손이 저릿할 정도로 단단했다. 휼의 눈빛에 경계심이 한층 강해졌다. 더욱 힘을 주어 검을 쥔 휼의 어깨에 힘이 들어갔다.

"요랑, 진정해. 이러면 안 돼."

설화가 섬세한 손을 들어 요랑의 머리를 다정히 토닥여주었다. 요랑의 머리를 매만져주는 손길에 어느새 짐승같이 날카로운 눈빛을 보이던 소년의 눈이 강아지처럼 유순해졌다.

"아가씨! 쟤네들 이상해요!"

"괜찮아, 원래 그래 저들은."

"그치만! 갑자기 검을 들이밀고!"

분한 듯 태율과 휼을 작은 머리로 번갈아 노려보는 요랑을 설화가 다시 토닥여주었다. 그리고 설화는 날카로운 눈빛으로 태율을 바라보았다.

"복숭아 도령, 황자인 건 알겠지만 네 심복이 너무 거칠구나. 나 같은 작은 여인에게 무턱대고 검을 들이대는 것은 부끄러운 일 아닌가?"

묵묵히 그녀의 말을 듣고 있던 태율의 눈이 매섭게 휼을 꾸짖었다. 작은 지배자의 얼음칼처럼 날카로운 눈이 휼을 소리 없이 문책하고 있었다. 곧이어 태율의 경직된 입술을 타고 서릿발 같은 목소리가 나왔다. 작은 여인 앞에서 보인 쓸데없이 우직한 충정에 어린 지배자의 가슴에서 울컥 짜증이 솟아올랐던 것이다.

'시키지도 않은 일을 왜!'

"네가 지금 나의 친우에게 검을 들이댄 것이냐, 휼."

"황자님, 이자들을 어찌 친우라 하십니까! 황궁의 영역 안에 들어온 정체를 알 수 없는 괴이한 자들입니다!"

"내가 괜찮다 하는데 너는 나의 말이 우스운가? 병약하고 어린 황자라 네가 나를 우습게 여기는구나!"

"전하!"

차가운 서리가 내린 태율의 말에 휼이 멈칫하며 검을 거두었다. 휼이 눈앞의 두 사람을 향한 적개심과 의문이 가득 찬 눈빛을 거두었다.

칼집 안에 검을 넣으며 다시 묵묵히 그들의 뒤에 시립하는 그를 설화가 한숨을 내쉬며 바라보았다.

'그래, 나랑 요랑이 퍽 수상하긴 하겠지. 이들에게……'

그들의 마음을 이해하며 설화가 고개를 설레설레 내저었다.

"당신이 그대의 주인을 염려하는 것은 알겠지만 우리는 나쁜 사람이 아니에요. 뭐, 자신이 나쁜 사람이라고 말하고 다니는 사람은 없겠죠. 하지만 너무 그리 수상하게 바라보지 마세요. 날 잡은 건 요 복숭아 도령이지 내가 아니잖아요?"

설화가 굳은 얼굴을 풀고 부드럽게 웃으며 휼에게 말을 건넸다. 그녀의 목소리와 미소가 무척이나 선하고 맑았기에 휼은 그녀가 악인 같지 않았다. 휼은 설화의 맑은 눈을 한번 믿기로 했다. 얼굴은 꾸밀 수 있지만 눈빛은 바꿀 수 없는 법이었으니까.

설화는 복숭아 도령의 볼을 마치 어린 동생의 그것처럼 살며시 잡아당기며 장난스럽게 그를 놀려대기 시작했다. 그 살가운 행동은 뭉쳤던 분위기를 풀어보려는 그녀의 작은 시도이기도 했다.

"네가 날 불러서 이렇게 된 거 아니야, 복숭아 도령."

"우엄하아!"

늘어난 볼로 태율이 호통을 쳐봤지만 설화에게는 어쩐지 씨알도 먹히지 않았다.

"뭐라고? 응? 뭐라고? 다시 말해봐."

"우엄하아! 이어 나라!"

"똑바로 말을 해야지, 히히."

설화는 살도 없이 홀쭉한 태율의 볼을 양손으로 잡아당기며 놀려댔다. 그 모습이 퍽이나 친숙하고 친밀해 보여, 다른 이가 보았으면 남매간에 장난을 치는 것이라 여겼을 것이다. 설화의 그런 행동에 놀라서 말조차 없어진 휼의 갈 곳 잃은 손이 축 처졌다.

"이거 놔!"

버둥거리는 손이 힘차게 설화의 손을 밀쳐냈다. 빨갛

게 부어오른 소년의 볼이 항상 창백하게만 보였던 그의 안색을 화사하게 바꿔주었다. 킥킥거리며 웃는 설화가 미안하다며 소년의 머리를 쓰다듬어주었다. 버둥거리던 태율은 설화의 손을 떨친 순간부터 가슴이 욱신거리는 통증에 기침을 쏟아냈다.

"콜록콜록!"

"어? 너 왜 그래? 괜찮아?"

가슴을 부여잡고 피라도 토해내는 양 거칠게 쏟아내는 기침에 소년의 숨이 가빠졌다.

"크흑."

"황자님!"

격한 기침과 함께 가쁜 숨을 내쉬는 태율을 향해 휼은 항상 휴대하고 다니는 작은 물통을 열어 건네주었다. 미지근한 물이 태율의 목을 적시며 가슴을 진정시켜주었다. 목을 타고 가슴으로 흐르는 물을 느낀 태율의 숨소리가 점점 안정을 찾기 시작했다.

그런 태율을 걱정스레 바라보던 설화가 문득 자신이 가져온 복숭아를 떠올렸다.

'가만, 이게 인간들에게는 좋은 명약이라지?'

설화가 자신이 들고 온 보따리에서 흐르는 물에 깨끗이 씻어놓은 천도를 꺼내 들었다. 탐스러운 붉은빛과 노

란빛이 한데 어우러져 반지르르한 윤기를 머금은 천도
는 보기만 해도 침이 넘어갈 만큼 달콤해 보였다.

"자, 이거."

"에? 아가씨, 이걸 주시게요?"

"응, 우린 많이 먹잖아."

"잉! 저도 오랜만에 먹고 싶었는데!"

설화가 태율에게 건네주는 천도를 보며 요랑이 욕심
을 부렸다. 옥황상제와 공주들에게 헌납하는 천도는 천
계인들도 탐내는 귀한 과일이었다. 생과 사에 대한 개념
이 지상과는 다른 천상이라 그 효험은 제쳐놓고라도, 달
콤하고 아삭한 과육과 향이 일품인 천도였다.

'이런 귀한 것을 인간에게 내어주시다니.'

요랑은 입맛을 다시며 아까워했지만 설화가 무섭게
바라보기에 침만 삼키며 참아야 했다.

"이게 뭐지?"

설화에게서 힘없이 천도를 받아든 태율의 손은 가을
날 나뭇가지처럼 앙상했다. 그런 소년의 손을 본 설화는
달콤한 과일을 꼭 쥐여주었다.

"보면 몰라? 복숭아잖아, 너 닮은."

"이게 진짜!"

"너보다 누나한테 어찌 반말이야."

고운 눈을 밉지 않게 흘기며 설화가 다시 태율의 볼을 살포시 꼬집었다. 그 손짓이 영락없이 남동생을 대하는 누나의 것이었다. 그리고 그것이 더욱 태율의 마음을 비틀고 꼬집어대고 있었다. 자꾸만 자신을 아이와 같이 대하는 설화의 태도에 어린 태율은 자꾸만 울컥울컥 짜증이 솟아올랐다.

"맛있어, 먹어봐. 이거 귀한 거야. 내가 너니까 특별히 준다."

복숭아를 바라보는 요랑의 입가에 맑은 침이 툭 떨어졌다. 복숭아를 보니 입에 침이 돌았다. 태율은 아까부터 자신의 손에 있는 복숭아를 바라보는 요랑에게 보란 듯이 아작 소리를 내어 천도를 베어 물었다.

"힝힝힝!"

그 모습을 보며 울상을 짓고 있는 요랑을 향해 태율은 고소한 웃음을 날렸다.

그런데 그 순간, 그의 입안을 가득 채운 향긋함에 온 정신이 고스란히 과일에 꽂혔다.

"우와, 이거 진짜 맛있다. 황실에도 좋은 과일들만 들어오는데, 이거는 정말 향기롭고 달콤한 게 비교가 안 되는데?"

입안 가득 퍼지는 달콤한 복숭아 향과 아삭하면서도

부드러운 과육이 자신도 모르는 사이에 목구멍을 타고 넘어갔다. 하루 종일 이것만 먹고 있어도 질리지 않을 듯한 과일이었다. 한 나라의 황자답지 않게 어느새 손가락에 흐르는 과즙까지 쪽쪽 소리 내며 핥아 먹고 있는 태율을 보며 설화가 빙그레 미소 지었다.

"것 봐! 맛있지? 잘됐다. 이제 기침은 나을 거야, 도령."

"응?"

설화의 묘한 말에 태율과 휼이 그녀를 바라보았다. 그녀는 어느새 들고 온 보따리를 챙기며 자리를 털고 일어나고 있었다. 그녀의 옆에서 요랑이 냉큼 그의 보따리를 들어주었다.

"무슨 말이야? 어디 가려고?"

"응, 이제 가야지. 다시 만날 수 있을지는 모르겠지만 복숭아 도령 안 아팠으면 좋겠다."

그녀의 가슴께밖에 오지 않는 황자도 서둘러 일어나 그녀를 잡으려 했다. 자신이 허락하지도 않았는데 자리를 뜨는 이는 이제까지 있을 수 없었다.

"게 섰거라!"

다급한 황자가 설화를 향해 명했다. 어느새 휼의 뒤쪽으로 쪼르르 달려간 설화와 요랑이 발걸음을 멈칫하며 힐끔 뒤를 돌아보았다.

"왜? 할 말 있어?"

"나는 네가 이곳을 벗어나는 것을 허락한 적이 없다."

짐짓 근엄한 목소리로 둘을 향해 말하는 태율을 보고 설화와 요랑이 눈을 마주쳤다.

"풉!"

그리고 그들은 동시에 초승달처럼 눈을 휘며 웃기 시작했다. 그 모습에 당황한 것은 태율이었다.

'귀여워라. 어려도 이 나라의 황자라 이거지?'

열 살 정도 되어 보이는 소년의 하대는 하늘의 품에서 태어난 설화에게는 무척이나 낯선 경험이었다. 그렇기에 소년의 위엄 어린 몸짓이 되레 그녀에게는 귀엽게 보였다.

"어찌 내가 하는 말에 웃음을 보이는 것이냐!"

미간에 잔뜩 힘을 주고 태율이 소리쳤다. 눈을 마주쳐가며 한참을 웃던 둘은 웃음을 멈추고 태율과 흉을 돌아보았다.

"잘 가, 안녕."

설화는 잠시 싱긋 웃는 듯하더니 요랑의 손을 잡고 바람처럼 사라져버렸다.

태율과 흉은 귀신에 홀린 듯 묘한 눈으로 그 광경을 바라보고 있었다.

4장 / 소년의 사냥

이상한 일이었다. 항상 밤이 되면 찾아오던 불청객 같은 기침이 그날 저녁부터 씻은 듯이 사라졌다. 조금이라도 무리하게 걷거나 움직이기만 해도 목을 긁어대던 아픈 기침이 없어졌다. 어려서부터 병든 몸으로 운동 한번 제대로 하지 못한 황자였다. 그 약한 체력 때문에 금세 피로가 몰려왔다. 그에게는 너무나도 익숙한 통증이라는 밤손님의 발길이 뚝 끊은 것이다. 수천 바늘로 찌르듯 목과 폐를 조여오던 시린 그 통증이 말이다.

"대체 이게 무슨……."

요요한 달빛이 하얀 창호지를 바른 창문을 뚫고 태율

의 고요한 얼굴을 비췄다. 침상에 걸터앉은 그는 불투명한 창호지 너머를 바라봤다. 희미하게 비추는 동그란 달빛 위로 뽀얀 여인의 얼굴이 아른거렸다.

　의문투성이였다. 나타났다 사라졌다 하는 그녀였다. 무엇일까? 선녀인가? 아니, 요물? 하지만 아무리 생각해도 괴물의 눈과 얼굴은 아닌 듯했다. 보조개 꽃이 핀 소녀의 웃는 낯이 동그란 달님과 겹쳐졌다. 금세 소년의 얼굴이 붉어졌다.

　'무엇이 되었든 그것은 중요치 않다.'

　그녀의 옆에 있으면 생명력과 따스함이 충만하게 그를 채워주었다. 병든 소년의 마음과 몸이 소녀의 존재로 따스하게 정화되는 것만 같았다. 신비롭고 따스한 존재.

　휼은 그들을 수상하다고 했다. 요망하고 수상한 여우일지도 모른다고 했다. 허나 태율은 그리 생각하지 않았다. 그리 고운 눈과 웃음을 가진 이가 요물일 리 없었다. 하얗고 순진한 토끼면 토끼지, 여우일 리가 없었다. 거기에 황자인 자신을 보고도, 아니 자신이 황자라는 것을 알고도 넘쳐흐르던 그 자신감은 무엇일까?

　태율이 문득 몸을 일으켜 달을 가리던 격자무늬 창을 활짝 열어젖혔다. 불투명한 종이에 가려진 동그랗고 밝은 달이 둥실 제 모습을 보였다. 하늘에 뜬 뽀얀 달을 바라보는 태율의 눈동자가 어린 욕심으로 꿈틀거렸다. 건강해진 그의 몸만큼이나 강건해진 그의 정신이 처음으로 무엇인가를 강렬히 갈구하고 있었다. 삶에 대한 집착, 애착 그리고 그녀에 대한 무한한 욕심에 지금 태율은 잠을 이룰 수 없었다. 가지고 싶다. 가지고 싶어! 어떻게 해야 할까…….

"그래, 사냥……. 사냥을 배워봐야겠어."

새벽 달빛을 받은 태율의 눈이 반짝 생기 있는 빛을 발했다.

*

"설화님, 예서 친구는 좀 만드셨는지요?"

저택의 앞마당에 색색의 꽃을 피워대던 설화의 손이 딱 멈추었다. 그녀를 보며 생글생글 웃음을 보이는 함이 슬쩍 설화에게 다가왔다. 동물의 털처럼 새하얗고 가느다란 그의 머리카락이 바람결에 보드랍게 펄럭였다.

"며칠 전 저 아래 폭포가 조금 소란한 듯하던데요?"

함의 말에 설화의 눈이 놀라움에 동그래졌다. 그런 그녀를 보고 있는 함은 그저 찡긋 웃음을 보일 뿐이었다. 짱짱하게 이어진 흰 부채 위에 회색빛 먹으로 황산을 노니는 호랑이가 그려진 부채를 느리게 움직이는 그의 손은 여유로워 보였다.

"그게⋯⋯."

설화는 함에게 태율을 만난 것을 이야기해야 하나 말아야 하나 잠시간 고민했다. 넉 달가량 함과 함께 지내본 결과, 이 늙은 호랑이가 참으로 능글맞고 장난이 많은 이라는 것을 알게 되었다. 심부름을 오가는 동자들에게 일부러 다른 물건을 쥐여준 채 숨어버리거나, 백호랑이 본신의 모습을 그려 족자에 담아 '이것이 바로 나의 천연의 모습. 달빛 아래 맨몸을 드러내며 그대와 노니고 싶구려, 월하'라는 엉큼한 글을 써 정인에게 보내는 등 능글능글 한 모양새야 백 년 묵은 구렁이를 뱃속에 담은 호랑이였다. 그런 이였으니, 설화의 입이 쉬이 떨어지지 않는 것은 당연한 것이리라.

하지만 뭐 그렇다고 숨길 만한 일도 아니지. 설화가 이내 곧 어깨를 으쓱하며 입을 열었다.

"친구는 아니고, 어떤 소년을 한 명 만났지요."

"소년요? 이곳 황산에서요?"

"네, 요 밑에 마실 나갔다가 어찌 부딪히게 되었네요."

새침하게 말하는 설화의 말에 함은 설화 모르게 짓궂은 미소를 지어 보였다.

'어찌 부딪힌 게 아닐 것입니다. 설화 아가씨.'

"어허 그래요? 그래, 어떤 소년이었습니까?"

슬그머니 설화의 옆으로 엉덩이를 붙인 함이 그 뒤에서 낮잠을 자고 있던 요랑의 꼬리를 쾅 하고 깔고 앉았다. 깨갱 하는 소리와 함께 벌떡 일어난 요랑은 자신을 쳐다보며 히죽거리는 함을 보고 히이잉 하는 처량한 소리를 내고는 설화 곁으로 와 자리를 잡고 앉았다.

"음……."

설화는 손안에 보슬보슬 피어나는 하얀 수국을 보드랍게 감싸 안으며 태율과의 만남을 생각했다. 설화의 가슴팍쯤 오던 작은 키에 앙상하게 마른 팔다리, 파리한 얼굴색이 그녀의 머리 위로 둥둥 떠다녔다. 그리고 개중 가장 통통했던 뽀얀 엉덩이도.

'얼마나 부끄러웠을까, 황자라면서. 근데 하필이면 딱 바로 뒤에 내가 서 있었으니……. 어지간히 급했나 봐, 복숭아 도령.'

아마 설화 자신이 그런 상황이었더라도 부끄러워서 쥐구멍을 찾아 숨어들고 싶었을 것이다.

'아, 정말. 웃으면 안 되는데.'

설화는 태율만 생각하면 자꾸 웃음이 나왔다. 소년의 뽀얀 엉덩이가 생각나 혼자 쿡쿡 웃는 설화를 함이 의아한 눈으로 바라보았다.

"어떤 소년이었기에……."

설화는 목을 한번 가다듬고는 은근한 눈초리로 함을 바라보았다. 그러고는 입술 앞으로 두 손을 모아 소곤거리듯 슬그머니 분홍빛 고운 입술을 떼었다.

"이때다 싶으면 묶었던 바짓단 푸는 소년, 그런 반전이 있는 소년이었습니다."

"쿨럭! …… 예?"

순간 너무나 생뚱맞은 설화의 말에 함의 짙은 눈썹이 꿈틀거렸다.

'어허! 이게 도대체 무슨 말인고? 때가 되면 바짓단을 푼다니…….'

"서, 설마?"

순간 화들짝 놀란 함이 설화를 향해 휙 하고 고개를 돌렸지만 설화는 그런 함에게 얄미운 눈웃음을 보이며 자리에서 벌떡 일어나버렸다. 틀린 말은 아니었지만, 부러 오해의 소지를 남기는 애매모호한 표현을 쓴 것은 항상 능구렁이 같은 함을 놀려주기 위함이었다. 그것이 제대로 먹혀들어간 것을 확인한 설화가 호호 웃으며 냉큼 요랑의 손을 잡고 저 멀리 도망가버렸다. 그 자리에 의문과 놀람만을 안고 남게 된 함은 사라지는 설화의 뒷모습에서 시선을 떼지 못했다.

"허허, 아니……. 이제 겨우 열서너 살 되었는데, 허!
그 황자 남자네, 남자여. 상남자!"

부채를 손으로 탁 내리치는 함이 설화의 말을 혼자 곡
해하고는 아직 한 번도 보지 못한 태율을 감탄해 마지않
은 어조로 칭찬했다.

'그래그래, 남자는 실행력이지! 암!'

산신은 어린 태율보다 뒤처지면 안 되겠다는 결연한
의지를 다졌다. 그의 눈은 저 멀리 산 너머 실을 잇고 있
는 월하를 앙큼하게 그리워하고 있었다.

*

폐를 가득 채우는 차가운 공기가 아직 잠에서 다 깨어
나지 못한 태율의 정신을 깨워주었다. 아읔 하는 소리
가 절로 나오도록 늘어지게 기지개를 켠 황자가 고개를
휙휙 돌려 밤새 굳은 몸을 풀어주었다. 그 작은 몸짓에
도 건강함이 느껴졌다. 기분이 좋은 듯 크게 숨을 쉰 태
율은 저 높이 보이는 물안개 낀 황산의 끝머리를 바라봤
다. 싱긋 맑은 미소가 절로 피어났다. 곧 있으면 다시 만
날 수 있을 것이다. 그 작은 기대감이 황자의 마음을 설

레게 했다. 그런 태율의 뒤로 기척 없이 다가온 휼이 조용히 입을 열었다.

"황자님, 시간이 아직 이른데 어찌……. 조금 더 주무시는 게 좋을 듯합니다."

차분한 휼의 목소리를 들으며 태율이 다시 한 번 크게 차가운 새벽 공기를 들이켰다. 기분이 몹시 상쾌했다. 그 어느 때보다 달콤하고 안락한 잠자리였다. 뒤척임도 없이 몽글몽글 동그랗고 하얀 여인과 꿈속을 노닐다가 즐겁게 깨어났다. 그 꿈 자락이 못내 아쉬웠지만 일으킨 몸이 더없이 가벼웠기에 서둘러 채비하고 밖으로 나왔다.

"휼아."

태율은 제 귓속을 파고드는 자신의 목소리에 더없이 뿌듯했다. 그 어느 때보다도 힘이 넘치는 목소리였다. 평소에 그가 가장 많이 듣던 그 힘없고 거친 목소리가 아니었다.

"예, 황자님!"

휼이 낮고 듬직한 목소리로 답했다. 태율이 느릿하고 여유롭게 뒤로 돌아 휼을 바라봤다. 그 여유로운 속도에 맞춰 태율이 휼에게 말했다.

"내 사냥을 배워야겠구나. 황산을 뒤집고 다닐 만한 사냥을 말이야."

거뭇하던 소년의 눈밑은 회색빛으로 바뀌어 있었다. 지워져가는 소년의 눈 그림자 대신 생명력과 욕망의 싹이 피어오르는 검은 눈빛이 건강해 보였다. 웃는 소년의 입꼬리를 타고 반달같이 휘어진 눈동자가 반짝였다.

"으헉! 헉헉……."

비단 자락으로 덮여 있는 소년의 가슴이 세차게 요동쳤다. 위아래로 거칠게 오르내리는 소년의 가슴을 타고 뜨거운 숨소리가 입 밖으로 새어 나왔다. 달달달 떨리는 다리를 양손으로 다잡으며 비틀비틀 앞을 향해 내딛는 소년의 발걸음이 애처로웠다.

그런 소년의 고통스러운 발걸음을 묵묵히 바라만 봐야 하는 호위무사의 마음도 무거웠다. 자신에게는 땀 하나 흘리지 않을 만큼 쉬운 이 길이 황자에게는 바늘 위를 걷는 것처럼 어려운 길이리라.

그렇기에 휼은 힘들지 않아 죄스러웠다. 저 고통을 자신이 나눠 가졌으면 했다. 하지만 그가 할 수 있는 일은 지금 아무것도 없었다. 그저 두어 발자국 앞에서 바들바들 떨리는 다리를 들어 그를 따라오는 황자를 묵묵히 기다려줄 뿐이었다.

"…… 무엇하느냐? 어서 앞장서 가거라."

바늘로 폐를 찔러대는 고통이 순간순간 황자를 찾아왔다. 폐를 쥐어짜듯 스멀스멀 흘러나오는 날숨이 목구멍을 뜨겁게 달구었다. 더운 숨은 어느새 뜨거운 땀이 되어 그의 등줄기를 타고 흘러내렸다. 그 자잘한 고통에도 소년의 눈빛은 아픔에 시들지 않았다.

　고집스레 내딛는 다리가 내일 아침이면 또 찢어질 듯 비명를 질러대겠지만 그 사실이 태율은 두렵거나 싫지 않았다.

　'그래, 나는 살아 있구나. 내 몸은 이렇게 움직일 수 있구나!'

　이를 악문 소년의 눈동자가 호기롭게 빛을 발했다. 입꼬리를 들어 올릴 힘조차 남아 있지 않은 소년의 눈이 그를 대신하여 호탕하게 빛나주고 있었다.

　사냥을 배우겠다고 거친 산을 헤매며 활을 쏘고 달리고 또 검을 잡은 지 어느덧 열흘이 지났다. 별궁을 지키는 나인들과 내관들이 발을 동동 구르며 황자를 걱정했지만, 태율은 새벽빛이 피어오르기도 전에 삐거덕거리는 관절을 통통 두드리며 궁을 나섰다. 가뿐하게 몸을 풀고 온종일 산을 타는 황자를 보며 나인들이 경악에 차 수군거렸다. 병든 닭처럼 골골거리던 황자가 산을 오르는 것만 해도 놀랄 노 자인데 그것을 매일같이 하고 있다니. 오늘내일 황천 갈 거라던 사람이 맞냐며 나인들은 자신들의 눈을 비벼가며 종알댔다.

'그래, 마음껏 수군거리거라. 조금 더! 조금 더 놀라라고!'

문과 벽을 타고 들리는 그 수군거림과 놀람의 눈초리를 태율은 기꺼이 즐겼다. 피죽이나 겨우 먹던 그는 지금 밥 한 그릇쯤 뚝딱 먹어치웠고, 힘겨워 찡그리기만 하던 눈에는 총명한 웃음기마저 감돌았다. 그 눈의 즐거움은 오롯이 황산을 몽땅 뒤집어서라도 찾고 싶은 연심, 그 작은 연심에서 비롯되었다.

"하아, 하아……!"

어여쁜 그 볼우물이 한 번 더 보고 싶었다. 어서 그 명랑한 목소리가 듣고 싶었다. 온몸의 근육이 질러대는 비명도 그 목소리를 들으면 씻은 듯이 나을 것 같았다. 그저 갈급한 보고픔만 태율에게 가득했다.

쿵!

태율의 여물지 않은 주먹이 거친 나무 기둥에 부딪혔다. 금세 붉어지는 주먹이 제법 아플 법한데, 소년의 온몸에 끓어오르는 열기에 통증 따위는 가볍게 묻혔다.

"황자님!"

태율의 볼에 붉은 홍조가 피어났다. 더운 얼굴 위로 굵은 땀방울이 뚝뚝 소리를 내며 떨어졌다. 마침내 털썩 하고 황자의 한쪽 무릎이 땅에 닿았다. 보다 못한 휼이 그에게 다가왔다. 바로 그때, 태율이 올라가지 않는 손을 덜덜 떨며 들어 올렸다. 오지 말라는 뜻이었다. 혼자 일어나겠다는 의지였다.

지난 열흘 동안 태율은 단 한 번도 휼의 도움을 받지 않았다. 수십 번을 휘청거리고 쓰러졌지만 그는 단 한 번도 휼에게 도우라 명령하지 않았다. 그것은 자신과의 싸움이었다. 그토록 태율이 바라왔던 제 몸에 대한 통제를 위한 고통이었다. 그렇게 태율은 13년을 제대로 걷지도 뛰지도 못한 과거의 시간을 보상받기라도 하겠다는 듯이 매일 자신과 싸우며 스스로를 강하게 만들고 있었다.

"…… 오지 마라."

떨어뜨린 고개를 다시 들어 올린 소년의 깊고 어두운 눈이 스윽 주변을 살폈다. 구석구석 나뭇가지 하나하나를 훑는 눈빛은 이미 사냥감을 쫓는 사냥꾼의 그것이었다. 슬며시 찌푸린 미간으로 눈에 힘을 주며 저 숲 깊은 곳까지 살피는 태율이 이내 고개를 털었다. 벌써 열흘째 온 산을 헤집고 다녔지만 아직 그가 찾는 이는 나오지 않았다. 분명 그 신비하고 요상한 두 사람은 이 산속 어딘가에 있을 것이 분명한데 어찌 된 일인지 머리카락 한

올도 보이지 않았다.

"가자."

태율이 잠시 뜨거운 숨을 훅 내쉬더니 허리를 들어 올렸다. 조금씩 올라오는 발바닥의 통증이 이젠 제법 익숙해졌다. 소년의 등 뒤에 멘 화살통이 덜거덕 소리를 내었다. 깊은 산속 풀벌레 소리만 화살통의 울림에 맞장구쳐주었다. 그렇게 황국의 병들었던 제1황자 태율과 그를 지키는 훌은 고단하고 거친 사냥을 계속했다. 소년의 조심스러운 그 사냥이 과연 무엇을 잡아 올지는 그 누구도 감히 예상조차 못 할 일이었다.

*

"살구차(杏茶) 향이 그윽하여 가져와보았는데, 어찌 입에 맞으시는지요?"

군데군데 보이는 흰머리가 매혹적인 여인의 고운 얼굴과 묘하게 조화를 이루었다. 살짝 처진 듯이 내려간 눈매가 고혹적인 여인, 월하였다. 월하의 미색에 정신을 못 차리는 늙은 백호랑이만이 입을 헤벌리고 쉴 새 없이 그녀를 눈으로 탐하고 있었다. 월하는 욕심 가득한 그 눈길을 피할 생각조차 하지 않고 흙으로 구운 반질반

질한 자기 잔에 하얀 김이 피어오르는 향긋한 차를 따랐다. 널찍한 비단 소매 사이로 슬그머니 보이는 가녀린 손가락이 다시 한 번 혈기왕성한 백호랑이 함의 마음을 애태우며 사라졌다.

설화는 따뜻한 찻잔을 하얗고 보드라운 손에 받쳐 들고 조심스레 꽃잎 같은 입술을 대었다. 과실을 머금은 꽃봉오리가 터지듯 톡 하고 열리는 빨간 열매에 살구차가 스르르 빨려 들어갔다. 오랫동안 입안에 감도는 과일 향과 은근한 부드러움에 설화가 빙그레 웃음 지었다.

"마음에 쏙 듭니다. 월하님께서 이리 좋은 차를 내어 주시니, 제 마음이 한결 포근해지는군요."

"그것 참 다행입니다."

"사실, 월하님께서 주시는 모든 차가 다 향이 좋고 맛도 좋아 저도 모르게 월하님 오시는 날만 기다리고 있답니다."

"어머, 정말요?"

다정하게 되묻는 월하의 말에 설화를 대신해 함이 선뜻 입을 열었다.

"나도, 나도 그대 오는 날만 기다리고 있었다오."

"…… 그건, 묻지 않았습니다만."

순하게 웃으며 벌침처럼 톡 쏘는 말에 함이 크흑! 신음

하며 미간을 찌푸렸다. 슬픔 가득한 그 거짓 행동에 설화와 월화 모두 까르르 웃음을 보였다. 사실 조금 전까지만 해도 설화는 함에게 들은 실망스러운 소식에 한껏 풀이 죽어 있었다. 헌데 그런 그녀의 마음을 헤아리기라도 한 듯 월하가 그녀를 찾아와 담소를 나누자고 한 것이다. 별다른 말도 없이 그저 향긋한 차와 달콤한 별식만으로도 설화의 시무룩한 마음이 많이 진정되었다.

"항상 저는 드린 게 별로 없는데…… 이렇게 두 분께서 저에게 베풀어만 주시는 고마운 마음 표할 길이 없네요."

"하하! 뭘요. 그런 생각일랑 마십시오. 설화 아가씨를 위한 일은 우리 모두를 위한 일과도 같으니까요.

함이 월하를 바라보니 월하도 함의 말에 수긍하듯 고개를 끄덕여 보였다. 그 모습에 설화가 다시 두 사람에게 웃음을 지었다. 자신을 향해 기품 있는 친절을 보이는 월하가 설화는 썩 마음에 들었다. 차분한 말투와 속을 보여줄 듯 말 듯 웃고 있는 눈초리도 모두 마음에 들었다.

'신비한 분위기를 내는 여인이야. 어찌 그리 오랜 수명에도 저리 고울 수 있을까? 이러니 함님이 정신을 못 차리는 것도 이해가 가지, 쯧쯧.'

슬그머니 자신의 잔을 월하에게 내미는 함의 모습에

설화가 고개를 내저었다. 그래도 정인이라고 월하가 찾아오면 그나마 유순하고 얌전한 모습을 보이는 것이 무척 신기했다.

월하가 그런 함을 보더니 소매 끝으로 분홍 손가락을 슬쩍 보이며 찻주전자를 들어 올렸다. 보일 듯 말 듯 야릇한 손가락만큼 빈 찻잔에 찻물을 약이라도 올리듯 자작하게 따라 내렸다. 반에 반도 차지 않는 찻물이 마치 그에게 장난을 거는 듯 심술궂다.

"이런, 이런……."

재밌다는 듯 잔을 보던 함이 냉큼 잔을 비워냈다. 그러고서는 괜스레 옆에서 지키고 있던 요랑의 엉덩이를 발로 슬금슬금 밀어내기 시작했다. 영문도 모른 채 조금씩 밀려나던 요랑이 마침내 정자의 끝머리에서 우악스럽게 밀려나 넘어졌다.

"아이코! 우리 요랑이, 설화 아가씨랑 산보 나가고 싶나 보구나? 그래그래, 어여 나가보거라. 몸이 근질근질한 것 같은데, 처어어어언천히 둘러보고 놀다가 오지그러냐?"

"예?"

"설화 아가씨, 보십시오. 요랑이 몸이 근질근질한 것 같은데. 잠시 마실 다녀오시는 게……."

"그게 무슨?"

당혹스러운 설화의 동그란 눈동자가 깜빡깜빡 몇 번을 닫혔다 열렸다. 그것을 보고도 못 본 척 함이 설화의 손에서 찻잔을 빼앗아 들었다.

"혹시 압니까? 예의 그 바짓단 도령을 다시 볼지? 그게 또 인연 아니겠습니까."

"아니, 저……."

'굳이 또 만나지 않아도 되는데…….'

작게 도리질 쳤지만 어느새 설화의 발은 정자를 벗어나 땅을 딛고 있었다. 그런 두 사람을 월하가 작게 실소하며 바라보았다.

"크흠! 아 그리고 보니 제가 며칠 전 천도를 몇 개 얻어 왔는데 그거라도 들고 가시겠습니까?"

"천도!"

함은 기가 찬 설화의 눈빛이 마음에 걸렸던지 월하에게 주려고 꽁꽁 숨겨놓은 천도를 냉큼 양도했다. 어린 요랑이 며칠 전 태율에게 양보해야 했던 천도의 달큼한 과즙을 떠올리며 신 나게 꼬리를 흔들어댔다. 설화는 그 세차게 흔들리는 폭신폭신한 꼬랑지를 보고 있자니 차마 마실을 안 나갈 수 없었다.

'에휴! 내 팔자야.'

위로받는 입장에서 어느새 내쫓기는 신세가 되어버린 설화였다.

*

이름 모를 풀벌레 소리가 시원한 숲을 가득 채웠다. 바람결에 흔들리는 녹음이 열기로 뜨겁게 달궈진 태율의 폐를 식혀주었다. 볕뉘가 슬그머니 비추고 있는 쓰러진 나무 기둥에 기대어 앉은 태율은 근처를 살피러 간 휼을 기다리고 있었다.

반 식경 정도 흘렀을까? 선선한 바람이 땀에 젖어 달라붙은 태율의 머리카락을 시원히 훑어주었다. 주변을 살피겠다고 간 휼은 그림자조차 보이지 않았다.

이리 멀리까지 올라온 것은 처음이었다. 매일같이 산을 오르며 조금씩 더 높이 더 멀리 나아갔다. 그것이 마치 작은 도전 같아서 태율은 하루하루 물러서고 싶지 않았다.

'이곳은 좀 분위기가 다른데.'

울창한 숲 속을 지친 눈으로 훑어보던 태율의 눈에 옅게 피어나는 안개가 보였다. 안개 피는 모습을 눈으로 보다니……. 무척이나 신기한 풍경이었다. 그곳으로 드문드문 들리는 벌레 소리가 운치를 더해 마치 시간이 비켜 간 공간에 들어온 느낌이었다.

아스라이 보이는 안개에 황자의 생각이 깊어졌다. 길지 않은 13여 년의 궁궐의 삶에서 황자로서 배운 것은 비참하게도 '움츠리기'였다. 가장 힘 있는 자리에 가장 쓸모없는 몸으로 태어난 자, 죽음에 대한 기대를 받고 있는 자, 그게 바로 황국 제1황자 태율이었다. 강력한 어미의 권력 아래 위태로운 생명을 유지한 채 다음 황제가 되는 것을 지루하게 기다리기만 했다. 강인한 육체와 총명한 머리로 그의 자리를 위협하는 다른 동생들 사이에서 조롱거리였던 제1황자. 존경과 다정 따위는 담겨 있지 않은, 알맹이가 빈 충성심이 오히려 황자를 허망하게 만들었다.

바스러질 것 같은 몸으로 책과 스승을 모시며 제왕의 길을 배우면 무엇하는가! 어차피 곧 죽어버릴 것이라 믿는 이들이 황제라 인정해주지도 않는데! 언제 버려질지, 이 비루한 몸뚱이가 언제 쓰러질지 매일을 두려워했다. 움츠리고 움츠리며 깜깜한 밤 천장만 바라본 날들이 태율에게서 점점 희망을 앗아갔다.

하지만 이제는 달라질 것이다. 황자의 눈이 새파란 안광을 발했다. 총명한 검은 눈동자에 이제까지 없었던 강직함이 묻어났다. 할 수 있을 것이라는 희망이 좌절의 바닥을 치고 다시 올라왔다. 육체라는 것이, 건강하다는 것이 그렇게 그를 바꿔놓고 있었다. 당연한 듯 가지고 있으면 몰랐을 것이었다. 하지만 간절히 바라다가 얻으니, 그 사소해 보이는 것이 그의 모든 것을 바꿔놓았다. 씻은 듯이 나은 기침도, 점점 강해지는 체력도 죽기만 바라던 빈껍데기 내일에 알맹이를 채워주고 있었다.

"이제 반년……."

별궁에 내려온 지 넉 달이 지났다. 황궁으로 돌아가기까지 남은 시간은 반년이었다. 어떤 이는 자신이 별궁에서 죽을 것이라 기대하고 있을 것이다. 국상國喪을 황산 아래서 치러야 할 것 같다는 우스갯소리가 궁궐에 나돈다고 했다. 그런 그들을 생각하니 피식 웃음이 흘렀다.

얼마나 놀랄꼬? 뼈만 앙상하게 남은 황천귀皇天鬼 같던 황자가 말짱히 궁으로 돌아간다면 말이야. 곧 죽을 것이라며 그를 말없는 눈으로 조롱하던 숨은 적들이 놀란 꼴을 상상하자니 황자의 입가에 얼핏 웃음이 흘러나왔다.

'어떤 기대를 하고 있을지 모르나, 내 그대들의 기대를 부숴줄 것이오. 아니, 아니지. 내 둘째보다 단련된 몸으로 돌아갈 것이야. 그 누구도 더 이상 '나뭇가지 황자'라 놀려대지 못하게 내 천 년 묵은 소나무같이 튼튼히

살아 돌아갈 것이야!'

황자의 주먹이 거세게 쥐어졌다. 단정히 정돈된 손톱이 어린 태율의 손바닥으로 거칠게 파고들었다.

"어디로 가시는 거예요?"

"조용……! 천도…… 거야."

시끌시끌한 말소리가 황자의 어지러운 상념을 흩트려놓았다. 황자는 소리가 들리는 곳으로 고개를 돌렸다. 기대고 있던 나무 기둥을 버팀목 삼아 살짝 일어난 태율이 조금씩 다가오는 그림자를 알아보고 놀라 소리쳤다.

"찾았다……!"

"어?"

신 나는 발걸음으로 깡충깡충 뛰며 설화의 앞에서 걷던 요랑이 그를 먼저 발견하곤 걸음을 멈췄다. 살짝 올라간 눈이 마치 못 볼 것을 봤다는 듯이 커다래졌다.

'저치가 어찌 여기 있는 거지?'

"왜 그래, 요랑?"

요랑의 뒤에서 하늘을 다 가린 녹음을 바라보며 걷던 설화가 요랑을 따라 우뚝 멈춰 섰다. 그녀의 시선이 천천히 요랑을 따라갔다.

"어! 너는……."

설화의 얼굴에도 그녀의 앞에 멈춰 선 요랑과 별반 다를 바 없는 당황스러움이 번졌다.

'쟤가 여기에 왜 있는 거야?'

"드디어 만났네!"

삐걱거리는 다리를 끙끙 끌어올리며 태율이 쓰러진 나무 기둥을 넘어 설화와 요랑에게 다가갔다. 멍하니 그것을 보고 있던 설화가 문득 정신을 차리고 후다닥 뒤로 돌아섰다.

"요랑, 가자!"

"아, 네?"

"자, 잠깐만!"

아직 얼떨떨한 표정의 요랑이 설화에게 손을 잡힌 채질질 끌려다시피 발걸음을 돌렸다. 둘이 곧 줄행랑을 칠기세를 보이자 다급한 태율이 후들거리는 다리에 무리하게 힘을 주어 뒤따라갔다. 뭉친 근육에 급하게 힘을 주니 순간 찌르르한 고통이 느껴졌다. 뭐든 갑작스러운 것은 좋지 않다고 했던가. 다급하게 발을 놀리던 황자가 걸릴 것 없던 길 위에 무릎이 꺾이며 힘이 빠져버렸다. 쓰러지는 그의 눈앞에 펼쳐진 것은 이슬을 잔뜩 먹어 촉촉한 흙바닥이었다.

쿠당당!

"으어억!"

요란한 소리와 함께 황자의 얼굴이 흙바닥과 조우하며 핑글핑글 어지러운 세상을 만났다. 그 엄청난 소리에 놀란 설화가 슬그머니 뒤를 돌아봤다. 피죽도 못 얻어먹은 것 같던 소년의 얼굴이 심하게 다친 것은 아닐까 은근히 걱정이 되었다.

"저기, 너 괜찮아?"

저 몸뚱이를 보자니 저렇게 크게 넘어졌으면 어디 하나 부러졌을 것 같은데⋯⋯. 해쓱한 황자의 얼굴이 자꾸만 설화의 머리 위에서 둥둥 떠다녔다. 떨어지지 않는 발걸음으로 조심스럽게 멀리서 소년을 불러보았지만 태율은 어쩐지 미동 하나 없었다.

'기절한 거 아냐?'

"아가씨, 그냥 가요."

걱정스러운 마음에 슬금슬금 발길을 옮기려 하자 요랑이 그녀의 옷자락을 잡아챘다. 동그란 얼굴이 마구 도리질 치며 그녀를 말렸다. 하지만 작은 것들에 약한 설화는 냉정하게 뒤돌아 갈 수가 없었다.

"쓰러져 있는 아이를 두고 어딜 가, 요랑. 괜찮은지 살피기만 할게."

어느새 황자의 곁으로 다가온 설화가 무릎을 굽혀 앉

으며 조심스레 그를 불렀다.

"복숭아 도령, 죽었어?"

복숭아 도령이라는 소리에도 반응이 없었다. 설화가 걱정스레 그의 어깨를 두드려봤다. 톡톡 두드리는 그녀의 손짓에도 여전히 아무런 반응이 없자 설화는 조금 더 힘을 주어 그의 어깨를 두드렸다. 그 순간 기절한 줄만 알았던 태율의 손이 순식간에 설화의 손을 낚아챘다.

"꺄악!"

"잡았다!"

앙상한 소년의 것이라고는 믿기지 않는 강한 힘이 설화의 손목을 잡아 쥐었다. 기절한 듯 숙이고 있던 고개를 든 그가 흙이 잔뜩 묻은 얼굴과 머리를 흔들며 씩 웃었다. 설화의 눈이 잠시간 놀라 커다래졌다. 며칠 전, 그녀가 천도를 건네준 소년의 모습과는 전혀 다른 사람 같았다.

흙이 묻어 지저분한 얼굴 사이로 유독 깨끗하고 맑은 눈동자가 보였다. 그 눈동자가 고집스럽게 설화를 바라보며 씨익 웃음을 보였다. 앳된 얼굴에 사내의 눈빛을 가진 소년을 보고 있으니, 놀란 심장 고동이 설화의 귀를 때리며 울렸다.

"복숭아 도령……."

"응……?"

무엇이든 말해보라는 듯 즐겁게 웃고 있는 눈을 보며 설화는 어렵게 입을 열었다. 머뭇거리듯 입술을 한번 깨문 설화가 우는지 웃는지 알 수 없는 얼굴로 태율을 내려다보며 말했다.

"너, 코피 난다……."

"아야야야!"

"좀 있어봐, 엄살 피우지 말고."

"엄살이 아니야, 아프다고!"

설화가 소매를 쥔 손을 들어 코밑으로 주르륵 흐르는 핏물을 닦아주었다. 설화의 손짓을 따라 달큼한 과일 향이 코끝을 스쳤다. 살구 향인가 복숭아 향인가, 구분은 잘 가지 않지만 무척이나 달콤하고 향기로워 어린 태율의 가슴이 설레었다.

"그거보다 이 손 좀 놓아주면 안 될까? 나 안 도망간다니까?"

설화의 왼쪽 손목을 움켜쥔 태율이 고집스러운 눈매로 고개를 절레절레 흔들었다. 고급스러운 비단옷이 온통 흙먼지를 뒤집어써서 엉망이었지만 강한 결의가 보이는 소년의 눈빛만은 고고하게 빛나고 있었다.

당혹스러운 눈으로 태율을 바라보고 있던 설화가 옅은 한숨을 내쉬었다. 보기완 다르게 완력이 제법 강해 설화의 손목이 다 시큰거릴 정도였다.

　'요랑이 빨리 와야 할 텐데.'

　설화는 비틀거리는 태율을 보고 있자니 그냥 줄행랑을 칠 수 없었다. 게다가 코피까지 흘리고 있으니…….
설화는 마침 자신이 가지고 있는 '푸른 환'을 떠올리고는 요랑을 시켜 그것을 가져오라고 명했다.

　"이름이 뭐야?"

　"응?"

　"네 이름이 뭐냐고."

　"말이 짧구나, 너도."

　당돌하게 따박따박 하대하며 물어오는 태율의 머리를 설화가 콩 때렸다. 가녀린 손가락이 제법 매운지 태율이 아야야 하고 앓는 소리를 냈다.

　'너무 세게 때렸나? 이런 여리여리한 애한텐 내 주먹이 좀 세긴 하지.'

　설화는 미안한 표정으로 태율의 이마를 슬금슬금 문질러주었다.

　"엄살은."

　"아야! 아프다고."

말은 새침했지만, 문질러주는 손가락이 무척 다정했다. 사실 전혀 아프지 않았지만 설화의 다정한 손길이 좋았던 태율이 일부러 엄살을 부린 것이었다. 설화의 따뜻한 손가락이 죽을 듯 아프다며 찡그리는 태율의 미간을 곱게 펴주었다. 설화의 손길을 따라 향긋한 과일 향이 다시 한 번 그의 마음을 어지럽히고 지나갔다.

"내 이름은 설화야. 넌?"

"눈 속에 핀 꽃이라는 뜻인가?"

"응. 봄을 알리는 첫 꽃이 되거라, 눈을 이기는 강한 꽃이 되거라, 하시며 지어주신 이름이야. 예쁘지?"

"흠, 그러네."

태율은 겉으로 시큰둥하게 대답했지만 속으로는 수없이 설화의 이름을 대뇌었다. 눈 위에 피어난 분홍빛 자목련처럼 귀엽고 사랑스러우며, 샛노란 개나리처럼 상큼했다. 또 달리 보면 흰 꽃잎이 청초하게 달려 있는 영산홍처럼 가녀려 보였다. 어여쁘고 고운 이름이었다. 주인처럼 좋은 이름이라 생각했다.

"그래서 네 이름은 뭔데? 나 계속 복숭아 도령이라 부른다?"

설화가 복스러운 볼을 부풀리며 어린 태율에게 어리광을 부리듯 물어왔다. 그 모습에 태율이 비단보다 부드러운 속눈썹을 팔락이며 장난스럽게 웃어 보였다.

"내 이름은 자기自企다."

"자기?"

생각보다 엉뚱한 이름에 설화가 고개를 갸웃했다. 설
화의 고갯짓을 따라 옆으로 내려 묶은 머리도 같이 움직
였다.

"응, 자기. 자기야."

"혜에, 자기야? 무슨 뜻이야?"

"그건······."

"응."

태율의 입가가 부드럽게 휘어 올라갔다. 그에 맞춰 앙
큼한 눈웃음을 짓고는 태율이 설화의 귓가로 입술을 가
져갔다. 속살거리는 그의 말소리에 설화가 눈을 동그랗
게 뜨고 그의 목소리에 귀를 기울였다.

"그건······ 나중에 알려줄게."

"아, 뭐야!"

설화가 잡히지 않은 한쪽 손으로 때리려는 것을 태율
이 덥석 거머쥐었다. 하하하 웃는 소년의 웃음소리가 청
랑하게 숲을 가로질렀다. 볕뉘에 쌓인 어린 남녀의 모습
이 한 폭의 그림처럼 아름다웠다.

"에잇, 몰라. 알려주지 마. 하나도 안 궁금해."

"궁금해하는 게 다 보이는데 뭘…….."

"아닌데! 아니거든?"

"아니면 말고."

뾰로통한 불을 보이며 설화가 버둥거리던 손을 내려놓았다. 태율도 웃는 얼굴로 설화의 손을 놓아주었다. 그리고 불현듯 생각난 듯 다시 말을 이었다.

"아참! 근데 저번에 네가 준 복숭아, 그거 뭐야?"

"복숭아? 아 이거?"

태율의 말에 설화가 보자기를 열어 천도를 꺼냈다. 붉고 노란 빛이 먹음직스럽게 어우러진 천도가 다시 태율의 눈앞에 나타났다.

"이 복숭아 도대체 뭐지? 나 이거 먹고 그날부터 기침이 멎었어."

"아 정말? 잘됐다."

설화가 기쁜 듯 웃음을 보이니 팔락이는 속눈썹이 깊은 그늘을 만들어 반짝이는 눈이 더욱 어여쁘게 접혔다. 묘하게 시선을 뗄 수 없는 볼우물도 스치듯 모습을 보이며 지나갔다. 순식간에 그 모습에 함빡 빠져든 태율이 저도 모르게 설화의 고운 볼우물에 손을 가져갔다. 보드라운 볼이 소년의 손끝을 스쳐 지나갔다. 동시에 찌르르한 전율이 태율을 관통했다.

"예쁘다."

홀린 듯 설화에게 눈을 떼지 못하는 태율의 갑작스러운 행동에 설화의 얼굴이 붉어졌다. 설화와 눈을 맞춘 태율의 손가락이 조심스럽게 설화의 볼 위에서 움직였다. 순간 당황한 설화가 태율의 손을 잡아 내렸다.

"왜, 왜 이래 자기야."

"…… 큭!"

"응?"

"푸하하하! 뭐라고? 방금 뭐라고 했어?

고요하던 주변이 갑자기 태율의 웃음소리로 가득 찼다. 태율의 숨넘어가는 웃음소리에 민망해진 설화가 소리를 빽 질렀다.

"웃지 마! 왜 웃는 거야."

"아니, 그게 아니라……. 큭큭! 너 귀엽다, 설화."

태율이 웃으며 몸을 들썩일 때마다 온몸의 근육이 비명을 질러댔다. 그럼에도 온몸에 감도는 즐거움에 아픔마저 달콤하게 느껴졌다. 자신보다 한 치는 더 커 보이는 여인이건만, 어쩐지 태율의 눈에는 그녀가 사랑스럽게만 느껴졌다.

"아, 그래?"

"응, 정말."

태율의 귀엽다는 말에 설화의 얼굴이 다시 발그레해
졌다. 쑥스러운 듯 입술을 깨물며 머리를 긁적이는 모습
이 일곱 살 어린아이처럼 천진했다. 그 모습에 태율의
마음이 퍽 따뜻해졌다.

"크흠음! 그, 그래. 그날 이거 먹고 기침이 나았다고?"

민망한 듯 화제를 돌리는 설화를 보며 태율이 웃으며
고개를 끄덕이자 설화가 쥐고 있는 먹음직스러운 복숭
아를 바라보았다.

"응, 그게 뭔데 내 기침을 낫게 했지? 의관조차 10년을
넘게 고개를 내두른 병인데."

"어머, 그랬어? 이게 너희한테 좋긴 좋은 건가 봐?"

'너희? 그렇다면 우리라는 무리가 따로 있다는 것인
가? 너희라…….'

설화의 말을 듣던 태율의 눈빛이 조금 어두워졌지만
설화는 눈치채지 못했다.

"그럼, 이거 또 먹을래?"

고개를 갸웃거리며 무엇인가를 고민하던 설화가 불쑥
복숭아를 다시 내밀었다.

"귀한 거 같은데 이렇게 날 막 줘도 돼?"

"나야 괜찮아, 언제든 마음먹으면 먹을 수 있으니."

"아가씨! 그걸 왜 또 걜 줘요!"

허공 위로 민망한 설화의 손이 덩그러니 올라와 있었다. 당황한 설화가 위를 올려보니 요랑이 눈물까지 글썽이며 씩씩거리고 있었다.

　"요, 요랑이 왔네."

　"이건 제 것이라고요!"

　"아하하, 왜 그렇게 화를 내, 요랑아. 네 것은 따로 챙겨 놨어. 천도가 하나만 있는 것도 아니고. 얼른 이리 줘."

　"채, 챙겨 놓으셨다고요?"

　"그래. 내 너가 이걸 얼마나 좋아하는지 아는데 당연히 네 몫은 따로 빼놓았지."

　설화의 말에 성급하게 화를 낸 요랑이 민망한 입술을 삐죽였다. 진작 말씀하시지. 어색하게 중얼거리며 요랑이 그것을 다시 태율에게 던져주었다.

　"천도? 이게 천도야?"

　"아, 으응. 그게 말이지."

　"흐응, 천도라면……. 신선이나 옥황상제께 진상한다는 전설의 과일, 그거 아닌가?"

　날카로운 태율의 말에 설화가 속으로 뜨끔한 속을 숨기지 못하고 눈을 동그랗게 뜨고 말았다. 그녀의 눈이 요랑을 바라봤다. 하지만 요랑도 이상하게 얼굴을 구기곤 머리를 긁적이기만 할 뿐 묘안이 없어 보였다. 설화의 손목을 잡고 있는 태율의 손목에 힘이 들어갔다.

'아, 이걸 어쩌지? 뭐라 둘러대지? 아, 정말 요 입이 방정이라니까, 방정!'

설화는 자신의 성급한 입을 원망하며 풀이 죽은 눈빛으로 요랑에게 구원을 요청했지만 요랑도 어찌할 도리가 없었다. 그런 둘의 난처한 표정을 보고 있던 태율이 눈을 가늘게 뜨고 씩 웃어 보였다.

"뭐, 그건 천천히 들으면 되니까."

"응?"

"곤란하면 나중에 말하라고."

의심의 눈을 치우고 생글생글 웃는 태율을 보며 안도의 한숨을 쉬는 설화와 달리 요랑은 꺼림칙한 느낌을 떨칠 수가 없었다. 순식간에 태도를 달리하는 것이 어딘가 꿍꿍이가 있는 듯 수상쩍어 보였다.

'수상해. 수상하다고!'

요랑은 그렇게 소리치고 싶었다. 이 산이 쩌렁쩌렁 울리도록 외치곤 저 수상쩍은 황자에게서 설화를 떼어놓고 싶었다.

"아 그래그래, 고마워. 하하하!"

"아니, 뭘."

고마울 것도 없는 태율에게 고맙다고 말하는 설화를

보며 요랑이 한숨을 쉬어야 했다. 그래, 여차하면 설화의 손을 잡고 날아가면 그만이었다. 제까짓 게 아무리 거세게 쥐고 있어도 영물인 요랑에 비하면 턱도 없는 힘이었다. 내가 진짜 아가씨 때문에 한번 참는다, 참어!

"이거요, 아가씨."

한숨을 쉬던 요랑이 품에서 푸른 종이에 싸여 있는 동그란 환을 꺼내어 설화에게 건네주었다.

"아 맞다, 이거 가지러 간 거였지."

설화가 받아 든 환의 포장을 걷어내니 그 안에는 검푸른 빛이 도는 동그란 구슬이 있었다. 설화는 한약재처럼 고약한 냄새가 나는 그것을 순식간에 태율의 입속으로 집어넣었다.

"우욱!"

"씹어, 야금야금."

천진한 눈빛을 한 설화는 헛구역질하는 태율의 입을 손으로 막았다. 설화 또한 이 환이 얼마나 고약한 맛을 가지고 있는지 충분히 잘 알고 있던 터였다. 그러니 그것을 억지로 목구멍 뒤로 삼키며 헛구역질을 해대는 태율을 충분히 이해할 수 있었다. 더불어 토악질이 올라올 수도 있다는 것을 염두에 두고 야무지게 입을 틀어막는 것도 잊지 않으며.

태율은 궁에서 먹던 그 어떤 약재보다 역한 맛을 가진 그 약을 꾸역꾸역 삼켰다. 태율은 엄지손가락만 한 환을 겨우 목구멍 뒤로 넘긴 뒤에 빽 소리를 질렀다.

"독약이냐! 뭘 먹인 거야! 우욱!"

"몸에 좋은 거는 입에 쓰다잖아? 좋은 거야, 좋은 거. 이거 먹으면 쓴맛이 좀 가실 거야."

설화가 자신의 고운 옷으로 천도를 쓱쓱 닦아내더니 태율에게 건넸다. 그 달콤함과 향기로움을 잊지 못한 태율이 냉큼 복숭아를 받아먹었다. "으, 아까워라" 하는 요랑의 소리에 태율은 일부러 거만하게 눈을 흘기며 크게 한입 베어 물었다. 그런 태율을 보고 요랑이 씩씩거리며 주변을 요란하게 걸어 다녔다.

"다 먹었지? 그럼 이제 이거 좀 놔줘, 아프다."

순식간에 천도를 먹어치운 태율을 보고 설화가 아픈 표정을 지으며 손목을 흔들어댔다. 태율은 그 모습을 보며 잠깐 고민하더니 입을 열었다.

"이거 놔줄 테니 내일도 나와, 설화."

"내일?"

"내일 우리가 널 왜 만나!"

태율의 말에 요랑이 길길이 날뛰었다. 하지만 태율은 들은 척도 하지 않고 설화의 두 손을 잡았다.

"내일도 만나자. 안 그러면 안 놔줄 거야."

굳은 눈동자가 설화를 바라보았다. 칠흑처럼 깊은 소년의 눈동자가 한 치의 흐트러짐도 없이 설화를 바라보았다. 그 압도적인 시선에 설화는 저도 모르게 고개를 끄덕였다. 그제야 긴장한 듯 꼭 잡고 있던 설화의 손목을 태율이 풀어주었다.

"그래, 그럼 내일 봐. 내일 여기로 올게."

"으응."

"아가씨!"

설화를 잡아끄는 요랑의 손길에 설화가 엉거주춤 앉아 있던 자리에서 일어났다. 자신도 왜 대답을 했는지 이해가 가지 않았다. 소년의 눈동자에 홀린 듯이 고개를 끄덕인 설화는 요랑을 따라 발길을 옮겼다. 그런 그녀의 뒤에서 태율이 다시 설화를 불렀다.

"설화!"

"어?"

나무 기둥에 등을 기댄 태율이 다시 예의 개구쟁이 같은 웃음을 지어 보였다.

"내 이름이 뭐라고?"

"자기! 자기라며, 자기야."

태율은 기분 좋은 웃음을 터트리며 고개를 끄덕였다.

설화는 다시 고개를 갸웃거렸다. 순진한 그 모습이 다시 한 번 태율의 가슴에 사랑스럽게 새겨졌다.

"응, 그래. 내가 자기지, 너에게만은 말이야……. 잘 가! 내일 봐."

"아가씨 빨리 가요. 이상한 놈이에요."

잡아끄는 요랑을 따라가는 설화는 가는 내내 찜찜한 기분을 떨칠 수 없었다. 마치 마음속에 있는 무엇인가를 빼앗긴 듯 오묘한 기분이었다.

5장 / 사기도 능력

"가실 수 없습니다, 황자님."

"비켜라."

"절대 보내드릴 수 없습니다."

"누가 누구에게 명령을 내리는 것이냐."

"…… 명령이 아니라는 것을 아시지 않습니까."

어스름한 새벽빛 머금은 하얀 창호지를 등 뒤로 두고 휼이 태율의 앞을 가로막았다. 여느 때와 같이 단단히 채비하고 길을 나서던 태율은 그를 막아선 휼을 매섭게 바라보았다. 어제 산을 오르고 한 시간을 넘게 태율을 찾아 헤맨 휼이었다. 주위를 둘러보려 발걸음을 옮긴 것이 화근이었다. 뽀얀 안개는 앞으로 가도 뒤로 가도 없어지지 않았고, 그 자리를 한없이 맴돌고 또 맴돌고 나서야 겨우 그곳을 빠져나올 수 있었다. 이상한 곳이었다. 마치 안개가 수문장守門將이라도 되는 것처럼 그를 그 안으로 들이기를 허용하지 않았다. 도무지 꺼림칙한 기분이 가시지 않았다.

헌데 그곳을 다시 가시겠다니. 문을 막아선 휼의 팔이 더욱 단단해졌다.

태율은 그를 막아선 휼을 말없이 바라보았다. 둘 사이에 말없는 긴장감이 팽팽하게 흘렀다. 어스름한 새벽빛을 받은 태율의 얼굴에는 표정이 없었다. 조금씩 생기를 되찾아가고는 있지만 아직 홀쭉하게 패인 볼이 그를 더욱 사납게 보이게 만들었다. 섬뜩하리만치 차가운 눈빛도 아이 같지 않았다.

그때 태율이 피식 웃음을 흘리더니 발을 들어 힘껏 휼을 걸어찼다.

"흐읍!"

태율의 급작스러운 발길질에 휼의 무릎이 순간 휘청거렸다. 하지만 아무리 강하게 걸어찼다고는 해도 아이의 발길질일 뿐. 태율은 자세를 바로잡은 휼을 다시 한 번 걸어찼다. 정강이를 걸어차고 무릎을 걸어찼다. 구부려진 휼의 복부를 다시 걷어차는 태율의 얼굴에는 온기가 없었다. 아무리 걷어차도 그 발을 막아설 수 없는 휼이었다. 그는 그렇게 온기 없는 발길질을 그대로 받아냈다.

잠시 숨을 고른 태율이 자세를 바로잡더니 고개를 숙인 휼의 턱을 슬며시 들어 올렸다.

"휼아."

"……."

"내가 궁 안에서 너를 가장 아끼는 것을 알고 있지 않느냐."

어린 황자의 표정은 아프게 찡그려져 있었다.

"다시는 너에게 발길질하게 만들지 말거라. 네가 나를 막아선다면 너는 나를 믿고 있지 않는 것이다."

"황자님!"

태율의 말에 휼의 고개가 절로 도리질 쳤다. 휼의 충심은 오로지 그의 작은 군주 것이었다. 10여 년을 병약한 황자만을 지켜온 휼은 황자가 잘못되는 것을 볼 수 없었다. 그것은 그간 그의 모든 충성의 세월이 사라지는 것이었다. 그렇기에 무슨 일이 있어도 황자를 지키고 싶었다. 그런 휼의 마음은 충성을 넘어선, 피로 맺어지지 않은 부정父情이라 할 수 있었다.

태율은 휼의 턱을 잡았던 손을 내리고 그를 비켜 방을

나섰다.

"신뢰가 없는 충심은 쉬이 부서지기 마련이란다."

방을 나선 그의 얼굴에 깊은 산속 얼음처럼 차가운 새벽 공기가 스쳤다. 그리고 그 공기는 태율의 뒤를 말없이 따라나서는 휼의 마음에도 서늘하게 스치고 지나갔다.

*

"이상하구나."

"예?"

묵묵히 산을 올라가던 태율이 문득 멈춰 섰다. 그의 앞을 살펴주던 휼도 그를 따라 멈춰 섰다.

태율의 고개가 알 수 없다는 듯이 갸웃거렸다.

"이상해. 어제는 여기까지 와서는 쓰러질 듯이 힘들었는데 오늘은 전혀 힘들지 않아."

그러고 보니 정말 묘했다. 어제 이곳을 오를 때는 바들바들 떨리는 다리로 휘청거리던 황자였다. 털썩 주저앉은 것도 여러 번. 손을 내밀면 번번이 거절하던 태율이 오늘은 전혀 힘들어 보이지 않을뿐더러 자리에 주저앉는 일도 없었다.

"혹, 어제 그분께서 또 무엇을 주셨습니까?"

일전에 복숭아를 받아먹고부터 태율의 기침이 없어진 것을 알고는 흉이 물었다. 어제 그들을 다시 만났다는 말을 들었으니, 어제도 혹시 요상한 무엇인가를 태율에게 건넨 것은 아닐까 하는 생각이었다.

흉의 말에 태율이 손바닥을 내리쳤다. 그는 금세 표정이 밝아지더니 흉을 바라보며 세차게 고개를 끄덕였다.

"그래, 내 어제 그것을 다시 먹었구나! 아 참, 그러고 보니 무슨 환 같은 것도 먹었지."

"환 말이십니까?"

"응, 그래. 내 그리 고약한 맛을 가진 환은 처음 먹어보았다. 엄청 쓰더구나."

그 고약한 맛이 다시 떠오르기라도 한 것처럼 태율이 몸서리를 쳤다. 아직도 그 냄새가 코끝에 남아 있는 것 같았다.

'참으로 신기하단 말이야. 그들의 정체가 뭐지? 어찌 그리 신기한 것들을 가지고 있는 것이지? 그 귀한 것들을 아무렇지도 않게 남에게 줘버리고…….'

뭉게뭉게 피어오르는 의문들이 그의 작은 머리를 꽉 채웠다. 알 것 같으면서도 알 수 없는 그들의 정체였다.

'아니다. 지금은 그것을 생각할 것이 아니야.'

그러나 태율은 애써 그런 의문들을 밀어냈다. 지금은

머리보다 마음이 하는 말을 따라야 할 때였다. 그들의 정체보다 중요한 것은 그들을, 그녀를 놓치면 안 된다는 것이었다.

"가자, 휼아. 다시 만나면 내 물어봐야겠다. 그게 무엇인지."

표정이 밝아진 태율은 가벼운 발걸음으로 산을 올랐다. 펄쩍펄쩍 뛰어올라도 전혀 힘들어 보이지 않았다. 태율의 발걸음에 휼의 눈썹도 가볍게 위로 향했다.

"아가씨, 우리 그냥 가요. 네?"

요랑이 나무 위에 걸터앉아 있는 설화의 주위를 부산하게 움직이며 그녀를 잡아끌었다. 팔을 이리저리 흔들며 채근하는 모양새가 시장에서 엄마를 졸라 엿가락을 얻어먹으려는 아이같이 천진했다.

"약속을 했으면 지켜야지, 요랑!"

설화가 요랑의 코를 살짝 잡아당기며 자못 근엄하게 말했다. 요랑이 고개를 도리질 치며 코끝을 매콤하게 하는 여린 통증을 떨쳐냈다.

"약속은 무슨 약속! 그놈이 억지로 우긴 거지, 약속 아니에요."

"어허, 말이 험하네."

"그래, 말이 험하구나, 견동犬童아."

"어? 왔네. 복숭아 도령!"

설화와 요랑의 사이에 불쑥 태율이 끼어들었다. 생글생글 웃는 얼굴이 퍽이나 살갑게 설화의 옆으로 다가와 앉았다.

"견동이라니! 너 지금 나보고 한 말이냐!"

"강아지처럼 주인을 졸라대니, 견동! 어때, 딱 맞는 아명兒名이 아니냐?"

태율의 말에 요랑이 눈을 부라리며 길길이 날뛰었다. 으르렁거리는 꼴이 딱 새끼 강아지라, 누가 봐도 잘 지었다 싶은 아명이었다. 하지만 나름 늑대의 피를 이었다는 요랑은 감히 개 따위와 비교하는 말에 약이 바짝 올랐다. 당장이라도 태율에게 달려들 기세인 요랑을 설화가 간신히 진정시켰다.

"왜 보자마자 서로 으르렁거릴까, 응? 이러면 나 그냥 간다, 복숭아 도령."

"내 이름은 그게 아니잖아."

"아, 맞다. 자기야."

설화의 말에 입을 삐죽이는 태율을 보고 설화가 냉큼 바꿔 말했다. 그러자 태율의 얼굴에 만족스러운 미소가 피어올랐다.

"그래, 그렇지."

묵묵히 그들의 뒤에서 이야기를 듣고 있던 휼이 이상하다는 듯이 입을 열었다.

"이분의 존함은 태율이십니다. 잘못 아시는 것 같군요."

'아차, 이놈의 입을 안 막았구나!'

휼의 말에 식겁한 태율이 휼의 입을 그제야 두 손으로 막았다. 하지만 이미 엎질러진 물이었다. 휼의 말을 듣고 나서도 상황 파악이 되지 않는 설화만 고개를 갸웃했다.

"에? 태율이라니? 자기 아니야?"

"속였구나! 속은 거예요, 아가씨. 아이고, 이 구렁이 같은 놈이 우리 아가씨를 속였구나!"

냉큼 상황 파악을 끝낸 요랑이 때는 이때다 싶어 설화를 잡아끌었다. 설화의 두 팔목을 잡아끌어 일으키는 손을 태율이 냉큼 낚아챘다.

"자기는 내 아명이다. 어릴 때부터 어머님께서 불러주신, 아는 사람이 별로 없는 귀한 아명이다. 흠흠!"

요랑은 아무렇지 않은 얼굴로 설화를 자신의 뒤로 보낸 태율의 모습에 속이 뒤집어졌다.

'아니 이놈이, 두 눈 시퍼렇게 뜨고 사기 질이네?'

누가 봐도 거짓말이 뻔한 것을 혈색 하나 안 변하고 말하는 모습에 기가 찼다. 태율의 이상한 행동에 당황한

것은 흉도 마찬가지였다. 기가 막힌 그들의 곁에서 더욱
기가 막힌 말을 하는 이가 하나 있었으니, 바로 그 이름
도 거룩한 설화 아가씨였다.

"아, 아명! 어쩐지. 특이한 아명이네?"

이상한 낌새를 눈치채지 못한 단 한 명만 태율의 사기
에 꼴딱 넘어가버렸다. 아무것도 모른다는 순진한 웃음
을 짓는 설화의 모습에 태율이 속으로 쾌재를 불렀다.

"그치? 근데 좋은 뜻을 가진 이름이니까 많이 불러줘,
설화."

생긋 웃으며 천연덕스럽게 말하는 태율과 또 그 말에
고개를 끄덕이는 설화를 보고 있는 요랑과 흉의 얼굴만
기묘하게 구겨지고 있었다.

첩첩이 싸인 산들을 병풍 삼아 요요히 흐르는 강물이
신비한 빛을 머금었다. 한낮의 태양 빛을 산허리에 걸쳐
놓고 새벽빛처럼 은은한 빛에 둘러싸인 강가 옆으로 작
은 다리로 연결된 아담한 정자 하나가 그림처럼 놓여 있
었다.

수묵화 같은 풍경 속에 어린 남녀가 흐르는 강을 바라
보며 난간에 아슬아슬하게 걸터앉았다. 조곤조곤 소담
한 대화를 나누는 둘의 모습이 참으로 어여뻤다. 여인과

소녀의 중간쯤에 머무르고 있는 복숭아 뺨의 설화와 마른 소년의 몸에 사내의 눈동자를 가진 태율의 모습이 아름다운 풍경 속에 어린 연인처럼 사랑스러웠다.

소년이 뿌연 아지랑이가 흐릿하게 시야를 감추는 강 너머를 바라보던 눈을 거두고 콧노래를 흥얼거리는 소녀를 바라보았다. 소녀의 이야기가 끝난 후 오랫동안 침묵하고 있던 그의 입이 마침내 열렸다.

"그러니까, 지금 그 황후화라는 것을 찾고 있다는 것이지?"

"응, 그렇지."

설화가 태율의 말에 콧노래를 멈추고 고개를 끄덕였다. 시선은 저 멀리 어딘가에서 물방울을 튀기고 있는 비단잉어를 찾는 듯 아련했다.

"흐음, 그런 게 정말 있나? 난 그런 귀한 꽃이 존재한다는 소리는 한 번도 들어보지 못했는데?"

"있으니까 찾아오라 하지 않았겠어?"

"그럼, 네 누이가 집적 찾으면 되지, 왜 너에게 찾아오라 하는 거야?"

설화는 태율의 물음에 멈칫 시선을 올렸다. 그러고 보니 이상했다. 언니는 분명 무섭다고 내려오지 못하겠다고 했지만, 언니가 아니더라도 내려올 수 있는 동자들이

나 다른 천상인들이 있었다. 석연치 않은 느낌에 고개를 갸웃하던 설화는 이내 도리질 쳤다.

'아냐, 무언가 이유가 있으니 나를 이리 보내신 거지. 거기에 언니가 직접 아버님께 허락도 받아주었다 했고. 응, 믿어야 해. 의심하지 말자.'

"그건! 말 못 할 이유가 있어. 아무튼 왜 이리 꼬치꼬치 캐묻는 게야? 그냥 그러려니 하지."

설화가 세차게 도리질 치며 나름 야멸치게 태율을 흘겨보았다. 선한 눈초리에 억지로 매단 매서움이 날카롭지 않았기에 태율이 고개를 저었다.

'그것도 노려보는 거라고……. 어휴!'

"쯧쯧, 너도 잘 모르는구나?"

"무, 뭘 내가 모른다는 거야!"

"쯧쯧, 인생을 그렇게 살면 안 되는 거야. 그러다가 사기꾼에게 당한다고. 이 세상에 얼마나 악인이 많은 줄 알아? 네가 생각하는 것보다 많은 인간들이 자신들의 이익을 위해서 믿는 이의 등을 치고 목을 조르는 곳이라고, 이 세상은. 혓바닥에 꿀을 바르고 그 속에 독을 넣어 놓는 야비한 인간들이지."

자신보다 150년은 어린 소년에게 인생의 쓴맛에 대한 설교를 듣는 설화였다. 태율의 10년이 설화의 백 년보다 깊은 것일까. 혀를 차며 쓴소리를 늘어놓는 소년의 거친 설교가 제법 묵직하게 다가왔다. 야윈 소년의 눈가에 깊게 자리 잡은 검은 눈동자가 설화의 투명한 눈을 올곧게 바라보았다.

이상하게도 설화는 태율의 눈동자를 마주하기만 하면 눈을 돌리지 못했다. 이 검은 눈동자에 홀리기라도 하는 것처럼 소년의 눈이 자꾸만 설화를 잡아챘다. 저 일렁이는 소년의 검은색 눈동자가 무슨 힘이라도 실린 것처럼 설화의 움직임을 봉하곤 했다. 그게 참 신기하고 이상했다.

설화가 저도 모르게 손을 들어 그녀를 뚫어져라 직시하는 태율의 눈에 가져갔다. 보드랍고 향긋한 손이 소년의 눈 위에 살포시 얹어졌다. 강바람을 타고 달큼한 설화의 향기가 태율의 코끝을 간질였다. 소년의 가슴이 어린 여인의 향기에 거세게 두방망이질했다. 마치 귀 바로 옆에 큰 북을 쳐대고 있는 것처럼 큰 북소리가 소년의 귀를 때렸다. 태율의 가슴을 울리는 북소리에도 설화의 향긋한 과일 향은 태율의 정신을 앗아가고 있었다.

작고 보드라운 손으로 소년의 가슴을 쥐락펴락하면서도 정작 그에 대한 자각이 없는 소녀는 슬며시 손가락으로 소년의 눈두덩을 쓰다듬었다. 그러고는 자장가를 부르듯 살랑대는 목소리로 소년을 향해 사월의 춘풍처럼 부드럽게 속삭였다.

"그래, 그런 사람들도 있겠지. 그렇지만 넌 그런 사람이 되지 마. 다른 이가 그런다고 너까지 그러면 안 돼. 그렇게 무서운 눈으로 세상을 죽일 듯이 노려보지도 마."

고작 십 몇 년을 산 아이가 어떤 삶을 살아왔는지 알 수 없는 설화였지만, 저 타오르는 검은 눈동자가 소년의 가슴에 차가운 불꽃을 담고 있다는 것을 절절히 말해주고 있었다. 세상은 아름다운 것과 무서운 것이 공존하고 있다. 하지만 어떤 이에게는 이 세상이 더없이 아름답고 살기 좋은 반면 어떤 이에게는 지독하고 처참하여 죽지 못해 살아가는 곳이기도 했다. 설화는 태율이 첫번째 삶을 살아가는 이가 되었으면 좋겠다고 생각했다. 어찌어찌 얽혀서 이제 막 인연이 엮인 소년이었지만 저도 모르게 정이 가고 도와주고 싶었다.

설화가 살며시 쓰다듬던 손을 내렸다. 아니, 내리려 했던 손은 어느새 태율의 손에 잡혀 있었다. 작지만 단단한 손이 설화의 여린 손을 강하게 낚아챘다. 푸른 강산을 끼고 어린 남녀의 고요한 시간이 얽혀갔다. 태율이 설화의 손에 의해 감겼던 눈을 떴다. 눈빛에 이는 강렬함에 푸른빛마저 일렁이듯 보인 것은 설화의 착각이었을까? 조금 전과 마찬가지로, 아니 여느 때와 마찬가지로 설화는 태율의 눈에 사로잡히고 말았다.

강 위에 반짝이는 햇살을 그러모아 눈동자에 박아 넣은 듯이 투명하게 빛나는 설화의 눈이 태율이 뿜어내는 강렬한 기운에 살짝 떨려왔다. 저도 모르게 주춤거리는 설화를 태율이 꼭 잡은 손으로 포박했다.

"이거 놔, 율아."

'이 작은 소년에게 난 왜 이리도 꼼짝달싹 못하는 거지? 나를 잡아끄는 이 소년의 눈빛은 무엇인 거야! 왜 나는 이 느낌이 무섭지?'

설화는 낯선 두려움에 살며시 도리질 쳤다. 도망치듯 상체를 뒤로 젖히는 설화를 보고 있던 태율이 재빨리 입을 열었다.

"넌 누구지?"

"뭐?"

태율이 조금 더 힘을 주어 설화를 잡아 끌어당겼다.

"넌 누구야 도대체?"

할 말을 잃은 설화가 갈피를 잡지 못하고 혼란스러운 시선으로 태율을 바라보았다. 뭐라 대답을 해줘야 할지. 그렇다고 태율에게 거짓말을 하기는 싫었다. 하지만 진실을 말해줄 수도 없는 노릇이었다.

명인이 그려놓은 풍경화처럼 두 사람은 순간 멈췄다. 태율의 떨리는 음성이 설화를 채근했다. 갈급하는 소년의 눈동자가 설화를 붙잡았다. 설화의 당황한 눈동자도 태율의 물음에 가을날의 갈대처럼 마냥 흔들렸다.

"너는 도대체 누구기에 이리 갑자기 나를 흔들어대는 거지? 그리고 네가 가져온 그 신비한 환은 무엇이야?"

정지된 설화의 입이 여린 입술을 슬며시 깨물더니 향기로운 목소리를 내놓았다. 흔들리는 눈동자처럼 목소리마저 슬그머니 흔들리고 있었다.

"나는 너와 같은 존재야. 다른 세상에서……. 그냥, 그렇게만 알아둬."

"다른…… 세상?"

"응."

슬며시 손을 빼내려는 설화의 손을 태율이 다시 다급하게 잡아챘다. 어찌나 손을 세게 잡는지 설화가 아픈 신음을 내질렀다.

"잠깐, 아야!"

그때 산을 울리는 쩌렁쩌렁한 목소리가 둘을 놀라게 했다.

"네 이놈! 지금 설화 아가씨께 무슨 수작을 부리고 있는 것이냐!"

언제 돌아왔는지 작은 다리 위를 바람처럼 가르며 달려오는 요랑이 소리쳤다. 작고 귀여운 얼굴을 야차처럼 구기며 달려드는 요랑의 뒤를 휼이 놀라 바짝 쫓았다. 하지만 바람을 다루는 늑대의 몸놀림을 인간이 따라올 수는 없었다. 온 산을 울리는 요랑의 쩌렁쩌렁한 소리에 설화와 태율이 저도 모르게 깜짝 놀라 뒤를 돌아보았다. 그 바람에 난간 위에 아슬아슬하게 앉아 있던 둘이 균형을 잃고 뒤뚱거렸다. 맞잡고 있던 손 때문에 뒤늦게 난간을 잡아보려고 손을 허우적거렸지만 이미 너무 늦어버린 허무한 몸짓에 지나지 않았다.

"어, 어, 어!"

설화와 태율이 양손을 앞뒤로 아등바등 움직여봤지만 이미 쏠려버린 상체가 공중에 떠올랐다. 둘의 몸이 순식간에 고요한 강 속으로 빨려 들어가듯 서서히 떨어졌다. 멈춘 듯한 시간 속에 순식간에 강이 두 사람의 몸을 끌어당겼다.

"아가씨!"

"황자님!"

강으로 빨려 들어가는 두 사람을 보며 요랑과 휼은 누가 먼저랄 것 없이 순식간에 강으로 뛰어들었다. 허우적거리는 두 사람의 몸을 향해 각자의 호위들이 순식간에 귀한 두 사람의 몸을 낚아챘다. 정신없이 손과 다리를 움직이던 태율은 휼이 그를 낚아채기 전에 까무룩 정신을 잃었다. 태율의 몸은 이른 봄의 서늘한 강물을 맞닥뜨리기에는 너무나 약했던 것이다.

"황자님! 황자님! 정신을 차리십시오!"

휼이 다급한 손으로 태율을 정신없이 흔들었다. 흠뻑 젖은 네 사람이 정자 위에 젖은 몸을 뉘였다. 다행히 바로 건져냈기 때문에 물을 많이 먹지는 않은 것 같았다. 하지만 오랜 폐병을 앓은 태율의 몸은 갑작스러운 한기에 혼절한 듯 보였다.

"아가씨! 괜찮으세요?"

"콜록콜록! 나, 난 괜찮아. 태율…… 태율은?"

태율의 맥을 짚고 있는 휼의 옆에서 설화가 힘겹게 눈을 떴다. 설화의 눈에 파리한 안색의 태율이 안쓰러워 보였다.

"차가운 물에 놀라 혼절하신 것 같습니다. 이대로 두면 바로 고뿔 걸리실 것 같아 두렵습니다."

휼이 걱정스레 태율을 바라보았다. 물을 잔뜩 머금은 옷을 짜내는 손길이 무척이나 조심스러웠다. 혹여 태율이 탈이라도 날까 봐 물기를 짜내는 휼의 손이 초조했다.

"쿨럭……."

홀은 쉴 새 없이 태율의 팔다리를 주물렀다. 초조한 홀의 손이 도움이 되었던 것일까. 까무룩 정신을 잃고 쓰러졌던 태율이 힘겹게 기침을 하며 무거운 눈꺼풀을 들어 올렸다.

"황자님! 황자님! 정신이 드세요?"

"콜록콜록!"

이대로 태율을 업고 산을 내려가기에는 길이 너무나 멀었다. 더군다나 혼절한 황자의 몸을 업고 길을 가려면 평소보다 훨씬 더 지체될 것이 뻔했다. 설화는 그런 둘을 걱정스레 바라보다가 곁에서 물기를 털고 있던 요랑을 손짓해 불렀다.

"요랑아, 얼른 거처로 가서 새 옷이랑 담요를 좀 가져올래? 여기서 기다리고 있을 테니까."

"아가씨! 그냥 들어가시는 게 낫지 않으시겠어요?"

"그게 좋겠지만 거처로 이 두 사람을 불러들일 수는 없잖아."

"흠, 알겠어요. 그럼 제가 빨리 다녀올게요."

그때 태율이 슬그머니 손가락을 들어 홀의 몸을 건드렸다. 홀은 화들짝 놀라 태율을 바라보았다.

"황자님?"

걱정을 가득 품은 홀의 눈에 태율의 손가락이 까딱하

는 것이 보였다. 힘이라고는 거의 없는 손가락이 다급히 흉을 찌르고는 요랑을 가리켰다. 태율은 설화와 요랑에게 들리지 않을 작은 목소리로 흉에게 속삭였다.

"…… 가."

"예?

"…… 가라고."

흉은 놀란 눈으로 황자를 바라보았다. 어서 사라지라는 말이 황자의 눈빛을 타고 흉에게 전달됐다.

'아, 황자님……. 멀쩡하시군요. 다행입니다, 정말.'

태율의 눈짓에 안도한 흉은 서운한 마음을 감추며 요랑을 다급하게 불렀다.

"자, 잠깐만! 저도 같이 다녀와도 되겠습니까?"

요랑이 다급한 발걸음을 멈추었다. 설화는 속으로, 요랑의 정체를 모르는 흉로서는 산중을 어린 소년이 혼자 다니는 것이 영 미덥지 못했을 것이라 여겼다.

'그래, 그럴 수 있지.'

설화가 고개를 끄덕이자 흉이 애매한 미소를 지어 보였다. 요랑은 그들을 보며 인상을 찌푸렸다.

"혼자 가는 게 빠른데……."

'같이 가면 변신도 할 수 없고 힘도 쓸 수 없어서 거추 장스럽기만 한데, 쩝.'

하지만 항상 설화의 말을 고분고분 잘 듣는 요랑이 못
내 고개를 끄덕이고는 빠른 걸음으로 휼과 동행했다.

"끄응차."

휼과 요랑이 사라지자 설화는 자신의 옷을 벗어 물기
를 짜냈다. 야무진 손으로 햇빛이 잘 드는 정자 한구석에
널어놓고는 얕은 기침을 뱉어내는 태율에게 다가왔다.

"정신이 좀 들어?"

"으, 으응."

태율은 한껏 힘겨운 목소리로 설화에게 대답했다. 차
가운 강물에 목이 잠겼는지 까끌까끌한 목소리가 새어
나왔다. 설화는 고운 손을 들어 태율의 머리 위에 얹었
다. 물을 머금어 촉촉하고 보드라운 손이 비단처럼 태율
의 이마에 감겨왔다. 설화의 향기는 물을 머금어 오히려
더 강하게 향기를 내뿜고 있었다.

"음, 열은 안 나는 것 같은데. 그래도 젖은 옷 입고 있
으면 안 좋으니 네 것도 벗겨야겠다. 괜찮지?"

'괜찮고말고.'

태율은 속으로 고개를 세차게 끄덕였지만, 겉으로는
힘없이 고개를 늘어뜨렸다.

6장 / 어린 연인

    요랑의 뒤를 따르던 휼은 날렵하게 산을 오르는 모습에 감탄을 금치 못했다. 가파른 산기슭은 이 어린 소년에게 전혀 문제가 되지 않았다. 마치 몇십 년 동안 산을 탄 사람처럼 능숙하게 지형을 살피고 거침없이 내달리는 모습이 어린 소년의 것이 아니었다.

    '도대체 이들의 정체는…….'

    아무리 생각해도 보통 사람은 아니었다. 좋게 봐야 열두어 살뿐인 소년이 자신만큼, 아니 자신보다 훨씬 능숙한 몸놀림으로 요리조리 산을 타는 모양새는 아무리 봐도 보통 사람이 아니었다.

"다 왔습니다."

뒤처지지 않으려고 정신없이 뒤를 따르던 휼이 요랑의 말에 주변을 살폈다. 어느새 그들은 산의 정상에 올라와 있었다.

"이런 곳이……."

눈앞에 펼쳐진 웅장한 한옥의 자태에 휼은 말을 이을 수 없었다. 그 높다는 황산의 꼭대기에 이런 건물이 숨어 있을 것이라고는 생각지도 못했다.

"들어오시지요."

요랑의 뒤를 따라 들어간 저택의 내부는 더욱 놀라웠다. 크기도 크기였지만 독특한 짜임새와 정갈함이 눈을 사로잡았다. 저택의 초입은 'ㅁ'자 형태로 지어져 있었고, 그 안으로 작고 소담한 화원이 보였다. 요랑은 그를 데리고 그 너머로 들어갔는데 그 뒤로는 한일자로 늘어진 건물이 하나 더 있었다. 저택은 황궁처럼 화려한 색채나 조각으로 꾸며져 있지는 않았지만, 짜임새 있고 정갈한 모양새에서 장인의 손길이 느껴졌다.

탁탁탁 경쾌한 발걸음으로 회랑回廊을 뛰어가던 요랑이 급한 성질을 이기지 못하고 '亞'자 난간을 훌쩍 뛰어넘었다. 그러고는 늘어선 많은 방들 중에서 맨 끝 방으로 서둘러 들어갔다. 덩달아 휼도 난간을 넘어 그를 따라 뛰어 들어갔다. 안으로 들어서니 그곳을 정리하고 있던 나인이 화들짝 놀라며 살포시 고개를 숙였다.

"요랑님, 드셨습니다."

"설화 아가씨의 옷을 하나 준비해두거라. 그리고 넉넉한 담요 하나와 사내아이의 옷도 가져오너라."

"사내아이요?"

요랑의 말에 고개를 갸우뚱하던 나인이 굳은 얼굴을 하고 있는 휼을 보고는 경계의 눈빛을 보였다.

"이 남자가 아니다. 나와 같이 온 이니 신경 쓰지 말고 어서 준비해두거라! 시간이 없다."

"네, 바로 준비해드리겠습니다."

요랑의 서슬 퍼런 말에 화들짝 놀란 여인이 밖으로 나갔다. 방 안은 둥그런 탁자와 의자, 소담한 장식들로 꾸며져 있었다. '亞' 자 모양으로 살을 짜고 창호지를 덧바른 커다란 창이 삼면을 둘러싸고 있었다. 요랑이 그중한 창을 힘줘 열어젖혔다. 그러자 만개한 가지각색의 꽃으로 둘러싸인 정원과 그 뒤로 깎아지는 절벽이 모습을 드러냈다.

"이곳에서 잠시 기다리면 나인들이 준비해올 것입니다."

요랑이 활짝 열어젖힌 창문틀에 털썩 주저앉으며 휼

을 향해 퉁명스럽게 말을 건넸다. 뾰로통한 표정으로 보아 그 상황이 썩 마음에 들지 않는 듯했다.

탁 트인 전경에 시선을 빼앗긴 휼은 마치 다른 세상에 온 듯 정신이 혼미했다.

'이토록 아름답고 섬세한 전각이 황산의 꼭대기에 있을 줄은 상상도 못 한 일이었다. 거기에 만개할 시기를 잊고 피어난 저 꽃들의 자태는 무엇인가! 그리고 절벽 위에 이런 저택을 짓고 살아가는 이들은 누구인가? 황국의 귀족은 아닐 것이다. 그렇다면 이곳에 살고 있는 저들은 무엇이란 말인가? 인간이 맞을까?'

조심스레 눈을 들어 요랑을 살피는 휼의 눈에 경계심이 서렸다.

'저 아이를 처음 보았을 때 나는 분명 꼬리를 보았다. 순식간에 없어졌기에 눈을 의심했지만, 지금 보니 그것은 환상이 아니었던 것이 분명하다. 그렇다면 요괴? 아니 요물? 요물이라면 왜 우리의 주변에 끊임없이 나타나는 거지?'

"옷을 찾으셨다고요?"

보드라운 목소리가 휼의 상념을 깨며 요랑의 시선을 잡아챘다. 화들짝 놀란 휼의 눈에 들어온 것은 한 여인의 자태였다.

'천상인이 있으면 이런 모습일까? 그림으로 그린 듯 고운 눈매에 버선코처럼 날렵한 콧대, 그리고 앵두를 물고 있는 듯한 분홍빛 동그란 입술까지.'

난간을 잡고 서 있는 여인의 모습에 휼은 할 말을 잃고 말았다. 희끗희끗한 머리를 느슨하게 틀어 올린 모습이 그녀의 자태를 더욱 몽환적으로 보여주었다.

"월하님!"

요랑이 월하를 보고 반갑게 뛰어갔다. 아이처럼 폴짝폴짝 뛰어가 안기려는 요랑의 뒤를 커다란 손바닥이 재빨리 낚아챘다.

"요랑, 그 품은 네 것이 아니란다."

"히잉, 함님도 계셨네요."

언제 다가온 것인지 함이 월하의 뒤로 모습을 보였다. 씩 웃으며 강인한 손으로 요랑을 대롱대롱 잡고 있는 함이 휼을 바라보았다. 순간 함의 날카로운 눈이 반짝 빛을 발했다.

'이자는 또 누구지?'

휼의 눈빛 또한 날 선 검처럼 서늘하게 움직였다. 천상인처럼, 아름다운 여인의 뒤를 따라 들어온 실타래처럼 하얀 머리를 높이 묶어 올린 남자의 모습이 예사롭지 않았다. 얼굴만 보아서는 자신과 비슷한 또래로 보이지만,

저 백발은 마치 백 세 노인의 그것처럼 새하얬다.

"도령의 호위군? 그렇지?"

"…… 날 아시오?"

"알지, 내가 이 산에서 모르는 것은 없으니."

재미있다는 듯이 묘하게 웃는 함이 들고 있던 요랑을 내려주었다. 그러고는 월하에게 손을 내밀어 방 안으로 이끌었다. 월하는 선녀처럼 고운 미소를 입가에 매달고 방 안으로 들어갔다. 두 남녀의 모습이 그림처럼 아름다웠다. 그 모습에 넋이라도 빼앗길 듯 바라보던 휼이 얼른 정신을 다잡았다.

"그게 무슨 말인지요? 저는 당신을 한 번도 본 적이 없습니다."

"뭐, 그리 심각하게 생각하지는 마. 차차 알게 될 테니까. 그나저나…… 월하, 이곳엔 왜 온 거지?"

"휼님과 요랑님을 뵈러 온 것이지요."

매끄러운 호를 그리며 올라가는 월하의 미소가 나긋했다. 잠시 말을 멈추고 그녀의 모습을 바라보던 함이 빙그레 웃음을 보였다. 못 살겠다는 듯 후후 웃음을 담은 함이 따뜻한 목소리로 중얼거렸다.

"나와 함께 있으면서 그런 말을 하다니. 짓궂은 여자야, 참."

"당신이 함께 와줄 거라는 걸 알고 있으니까요."

알 듯 모를 듯 묘한 미소를 짓던 월하가 휼과 요랑에게 다가왔다.

"우선 귤피차橘皮茶라도 드시겠어요?"

월하의 미소가 달빛처럼 아름다웠다.

*

"이상하다. 왜 이렇게 안 오지?"

설화가 다리 끝에서 서성이며 돌아오지 않는 둘을 기다렸다. 하지만 둘은 머리카락 한 올조차 보이지 않았다.

'벌써 이곳을 떠난 지 한 시간이 넘었건만 왜 이리 오지 않는 것인지.'

발을 동동 구르던 설화가 전각 한구석에서 젖은 몸을 늘어뜨리고 있는 태율을 힐끔 쳐다보았다. 산허리에 걸려 있던 따사로운 햇빛에 몸을 말리고 있던 태율은 어느새 까무룩 잠이 들어 있었다. 햇빛이 들지 않는 다리 위에 쌀쌀한 봄바람이 스쳤다. 얇은 속치마만 걸친 설화는 차가운 바람에 한기가 들어 손을 비비며 태율의 곁으로 다가갔다. 소년의 기다란 속눈썹이 햇빛을 받아 반짝이는 그늘을 만들었다. 곁에 쭈그려 앉아 그 모습을 바라보던 설화가 손을 들어 소년의 속눈썹을 간질였다. 손끝에 병아리 부리처럼 귀여운 속눈썹이 부딪혔다. 보드랍고 귀여운 그 느낌에 설화의 손이 더욱 장난스럽게 스쳤다.

'아, 귀여워라…….'

창백한 볼 위에 햇살이 부서져 내려앉았다. 길고 시원한 속눈썹이 촉촉한 습기를 머금어 반짝거리고 있었고, 섬세한 콧날과 그 끝에 이어져 있는 얌전한 입술이 조화로웠다. 태율은 병약해 보였지만 동시에 날카로운 미美를 가지고 있는 서늘한 미소년이었다.

그의 얼굴을 하나하나 새겨보는 설화가 다시 후후 미소를 지었다. 그녀의 얼굴 위로 보일 듯 말 듯 가벼운 보조개가 걸려 있었다. 문득 강한 봄 햇살이 소년의 얼굴을 상하게 할까 걱정이 들었다. 그녀가 작고 고운 손을 들어 햇빛을 막아주었지만 투명한 손가락 사이로 햇살이 빠져나왔다. 서툰 손차양 아래 태율의 눈이 찡긋거리다가 이내 천천히 눈꺼풀을 들어 올렸다.

어여쁜 두 눈동자가 햇살 아래 부딪혔다. 훔쳐보고 있던 것을 들킨 까닭에 설화는 당황한 눈을 몇 번 깜빡거렸다.

태율은 눈을 뜨고도 한참이나 그녀를 바라봤다. 그러

고는 문득 닫혀 있던 입술을 달싹였다.

"나 추워."

"뭐?"

"나 춥다고."

그렇게 말하며 태율이 팔짱을 끼고 있던 손을 들어 올렸다. 그러고는 그를 빤히 바라보고 있는 설화를 향해 활짝 팔을 벌렸다. 마치 어미 새를 향해 품을 벌리는 아기 새처럼 천연덕스럽고 자연스러운 모습이었다. 그의 투정 아닌 투정에 당황한 것은 설화였다.

'어쩌라는 거지?'

설화의 당황한 뺨이 복숭앗빛으로 물들어 있었다. 영문을 몰라 껌뻑껌뻑 바라보고만 있는 설화를 향해 태율이 다시 친절한 목소리로 중얼거렸다.

"너도 춥잖아. 여기 햇볕 들어서 따뜻해. 이리 와봐."

그의 목소리는 천진했고 사심이 없어 보였다. 하지만 그럼에도 불구하고 그 말의 정확한 뜻을 몰라 설화는 주저하고 있었다. 결국 먼저 행동을 보인 것은 태율이었다. 그가 들어 올렸던 팔을 움직여 설화의 팔목을 잡아챘다. 찬 기운에 몸져누워 있던 것이라곤 생각하지 못할 만큼 강한 힘이 그녀를 끌어당겼다.

설화가 말릴 새도 없이 순식간에 태율과 설화의 몸이

포개졌다. 강물에 젖어 서늘한 설화의 몸이 햇볕을 받아 따끈따끈하게 젖어 있는 태율의 몸과 겹쳐졌다.

설화의 얼굴이 삽시간에 홍당무처럼 붉어졌다. 그녀보다 작은 소년에게서 힘으로 밀릴 거라 생각지도 못했건만, 아귀힘이 얼마나 센지 저항도 하지 못하고 그 품에 갇혀버렸다. 태율은 어느새 그녀의 허리에 팔을 두르고 처진 고개를 그녀의 어깨에 기대어왔다. 포개진 몸이 포근하고 말랑했다.

사실 태율도 반쯤 잠에 취해 저지른 일이었다. 눈앞에 뽀얗고 어여쁜 설화의 얼굴이 그를 보고 웃고 있으니 저도 모르게 '아 이게 꿈인가 보다' 하고서는 서슴없이 손을 뻗어버리고 만 것이었다.

하지만 품 안에 느껴지는 소녀의 몸은 진짜였고, 따뜻하고 보드라운 느낌은 한순간에 잠을 내쫓아버렸다. 설화를 품에 안은 소년의 마음이 더없이 뿌듯하고 풍요로웠다. 구름 위에 앉아도 이런 기분은 아닐 것이었다.

"저기, 태율아?"

설화가 이러지도 저러지도 못하는 손을 들어 태율의 어깨를 잡았다. 이미 잠 따위는 저 멀리 사라진 태율이었지만 그는 모르는 척 말없이 눈을 감고 있었다. 따뜻한 햇볕이 둘을 감싸주었고 물 흐르는 소리가 편안했다.

어디선가 들려오는 작은 새의 지저귐이 물가를 스쳐 청
아하게 울려 퍼졌다.

당황한 채로 그렇게 굳어 있던 설화는 침묵이 주는 포
근함에 서서히 눈꺼풀이 무거워지는 것을 느꼈다. 어쩌
지, 어쩌지 고민하다가도 어느새 까무룩 정신이 아득해
지고 있었다. 그녀의 어깨에 닿아 있는 소년의 머리 위
로 설화의 고개가 기대어졌다. 어느새 서로에게 고개를
의지한 채 완전히 겹쳐진 두 사람에게서 새액새액 고운
숨소리가 고요하게 울려 퍼졌다.

찌르르 다시 한 번 작은 새가 지저귀고 지나갔다. 그
소리에 맞춰 설화의 손이 툭 아래로 떨어졌다. 저도 모
르게 완전히 잠이 들어버린 것이었다. 바로 그때 감겨
있던 태율의 눈이 떠졌다. 슬며시 고개를 든 그가 고개
를 떨어뜨린 설화의 얼굴을 살폈다. 얇은 비단처럼 투명
한 속눈썹이 얌전히 내려앉아 있었다. 어느새 색색거리
는 고운 숨소리를 내며 잠든 설화의 얼굴을 보는 태율의
눈빛이 다정했다.

조심스레 몸을 움직여 설화가 좀더 편하게 잘 수 있게
품을 넓힌 태율이 부드러운 눈빛으로 설화의 얼굴을 눈
으로 더듬었다. 파르르 떨리는 그 속눈썹이 무척이나 어
여뻤다. 색색 숨을 내뱉는 입술이 한없이 어여뻤다.

'이 입술은 앵두로 만들어진 것인가? 아니, 봉숭아로 물들인 것인가? 어찌 이리 고운 색을 가지고 있지?'

태율이 설화의 입술을 홀린 듯 바라보았다. 시선을 떼지 못한 채 울렁거리는 가슴으로 하염없이 설화의 입술을 바라보던 태율이 뒤척이는 설화의 움직임에 혼자 자지러지게 놀란 가슴을 진정시켰다. 가슴이 떠나가라 쿵쿵거리는 울림에 태율은 저도 모르게 깊게 심호흡을 했다. 시선이 자꾸만 제멋대로 움직였다.

'왜 움직이고 그래. 자세가 불편한가?'

태율은 조금 더 몸을 움직였다. 그러자 설화가 코를 찡긋거리며 몸을 비벼왔다. 얇은 옷만 걸친 둘의 몸이 더욱 밀착되었다. 자신이 손을 벌려 끌어안았지만 어느새 온 마음이 불에 화르륵 타오르는 태율이었다. 쿵쿵쿵 귀가 시끄러울 정도로 심장이 울려댔다. 후우, 후우. 맞닿은 여인의 몸이 너무나도 가깝게 느껴졌다. 말랑말랑하고 보들보들한 몸이 품 안에 감기었다.

다시 심호흡을 했다. 귀가 멍멍했다. 아니, 심장 소리로 시끄러웠다. 어여쁜 숨소리를 타고 과일 향이 달큼하게 몰려왔다. 태율의 눈은 온통 분홍빛 통통한 입술로 가득했다. 이상하게도 태율의 눈에 설화의 입술만이 점점 크게 보였다.

'이 향기가 저 입술의 향과 같을까? 달콤할까? 어떤······ 맛이 날까.'

태율의 머리는 온통 입술의 느낌을 상상했다. 상상은 자꾸만 욕심으로 변해갔다. 욕심은 자꾸만 태율의 어린 마음을 들었다 놨다 못살게 굴었다.

'두근두근. 두근.'

자꾸만 못살게 굴었다.

*

오묘한 분위기의 네 사람이 볕이 좋은 햇살 아래 차를 마시고 있었다. 살랑대는 바람이 훌의 머리를 쓰다듬고 지나갔다. 마음이 조급한 요랑이 발을 동동거렸다. 물에 젖은 채로 전각 위에 기다리고 있을 설화를 생각하니 마음이 급했다. 하지만 웬일인지 웃는 낯으로 요랑과 훌을 막아서는 함과 월하 때문에 발만 동동거리고 있었다. 엉덩이를 붙이지도 못하고 떼지도 못하는 요랑이 훌의 옷깃을 자꾸만 당겼지만 훌도 어찌할 줄 모르고 발만 동동거리기는 마찬가지였다.

"귤피차가 마음에 들지 않나요, 요랑?"

따뜻한 차를 두 손으로 받아 든 월하가 침착한 눈으로

요랑을 바라보았다. 월하는 고운 비단옷 사이로 살그머니 보이는 하얀 손가락으로 요랑에게 약과를 밀어주었다.

"약과라도 좀 드시지요?"

"월하님, 지금 설화 아가씨가 기다리고 있습니다."

"어머, 옷이 준비될 때까지만 잠시 몸을 식히시라는 것인데. 왜 그리 초조해하시는 거지요? 함, 제가 지금 잘못하고 있는 건가요?"

"그럴 리가 있겠소? 요랑! 얌전히 기다리면 어련히 우리가 준비해서 보내주지 않겠느냐? 뭐 마려운 똥강아지처럼 그리 엉덩이를 촐싹대지 말거라."

함의 말에 요랑이 깨갱하며 입을 다물었다. 월하의 말이라면 메주로 콩을 만든다고 해도 '대단하오!' 하며 팔불출이 될 이가 함이었다. 함의 말에 월하는 고운 눈웃음을 지었다. 그 미소에 또 마음이 훈훈하게 퍼지는 함이었다. 한결 물렁해지는 맘으로 함이 휼에게 물었다.

"휼, 자네가 모시는 황자의 몸은 요즘 어떠한가?"

가만히 그들의 이야기를 듣고 있던 휼이 화들짝 놀라 대답했다.

"그게 무슨 뜻이신지?"

"내 들기로 황국의 첫째 황자의 몸이 좋지 않다고 들었지. 이곳에는 요양차 온 것이라고. 허니 황자의 몸은 많이 좋아졌나 물어보는 것일세. 뭐 별뜻은 없고."

"아, 그러시군요. 황자님의 건강은 이 황산의 기운을 받아서 그런지 많이 좋아지셨습니다. 이제는 산도 제법 타실 정도로 튼튼해지셨습니다. 걱정해주셔서 감사합니다."

"걱정한 것은 아니었네만."

능글맞게도 슬쩍 웃으며 건네는 말에 월하가 고운 눈매를 찌푸렸다. 함은 그 모습을 보며 그저 하하하 웃어버렸다. 휼은 말없이 그들의 말을 들었다. 함의 말에 기분이 상하거나 하지는 않았다. 그에게는 어떤 말을 들어도 기분이 나빠질 수 없는 힘이 느껴졌다. 감히 그럴 수 없는 이라는 느낌이 들었다.

"그래, 황자가 복숭아를 먹었다지?"

"네네네! 제 복숭아를 홀랑 먹어버렸어요."

"어허, 요랑아. 그건 네 게 아니었을 텐데? 그건 설화 아가씨 거였지. 설화 아가씨가 주고 싶은 이에게 준 것 아니냐?"

"히잉, 아니라고요. 제 것이라고요……."

자신의 앉은키보다 큰 의자에 앉아 풀이 죽은 채 발을 대롱거리는 요랑이 고개를 숙였다. 그 모습을 보던 월하가 요랑의 머리를 쓰다듬어주었다. 휼이 그 모습을 보면서 고개를 끄덕였다.

"예, 설화 아가씨께서 주셨습니다. 헌데…… 그것이 무엇인지 물어봐도 될는지요?"

"복숭아지."

"저도 그것은 알고 있습니다. 다만 그것이……. 그 복숭아를 먹고 태율님의 건강이 놀라울 정도로 좋아지셨습니다. 매일 밤잠도 이루지 못할 정도로 괴롭히던 기침도 멈추셨고요."

"흐음, 그래?"

함은 그저 조용히 웃을 뿐이었다. 휼이 함의 입을 뚫어지게 바라보았다.

"복숭아는 천상의 과일이라지 않나?"

"예?"

그러고는 조용히 차를 마시는 함의 입은 더 이상 열릴 기미가 보이지 않았다.

*

간지러웠다. 무언가 따뜻한 느낌이 얼굴을 간질이고 있었다. 몇 번 얼굴을 찡긋거리던 설화가 이내 서서히 눈을 들었다.

"으음……."

시린 눈을 깜빡이며 무엇이 그렇게 그녀를 괴롭혔나 확인해보니, 그것은 따뜻한 햇살이었고, 그녀보다 먼저 깨어난 태율의 숨죽인 호흡 소리였다. 설화가 뒤척이며 포근하게 감싸고 있던 태율의 품을 떠났다. 태율이 물끄러미 그런 설화를 바라보았다.

'여기는 어딜까……?'

멍한 정신이 아직 제자리를 찾지 못했다. 강바람이 그녀의 얼굴에 닿았을 때, 그제야 둘이 있는 곳이 전각 위라는 것을 깨달았다. 설화가 눈을 비비며 그녀를 품에 안고 있던 태율에게 물었다.

"아직 안 온 거야?"

태율은 말없이 설화를 물끄러미 바라보았다. 설화 또한 대답도 없이 그녀를 바라보고 있는 태율을 바라보았다. 그의 시선에 설화는 왠지 부끄럼증이 일어났다. 소년은 어딘가 모르게 그윽한 분위기를 풍기곤 했는데, 그럴 때면 왠지 설화는 그가 어리다는 생각이 전혀 들지 않았다. 오히려 한겨울 밤의 달빛처럼 차갑고 서늘한 눈빛은 그녀가 속을 헤아릴 수 없을 만큼 깊어 보이기까지 했다. 살며시 얼굴을 돌리며 당황한 그녀가 입술을 달싹였다.

"왜……."

태율의 손이 설화의 허리에 닿았다. 이게 무엇일까 생각하기도 전에 설화의 몸이 갸우뚱 기울어졌다. 그녀 주변의 풍경이 천천히 스러져갔다. 눈에 보이는 것이라곤 나른하고 깊어진 소년의 눈이었다. 희미해지는 풍경과 또렷해지는 소년의 얼굴 사이에서 설화의 머릿속이 하얗게 변해갔다. 그리고 그 순간 어린 두 남녀의 입술이 겹쳐졌다.

"음……."

촉촉한 두 입술이 부딪히는 순간 설화가 화들짝 놀라 그를 밀쳐냈다. 놀라 동그래진 눈으로 설화가 태율을 바라봤다. 화가 난다거나 놀림을 받았다는 생각은 들지 않았다. 다만 무슨 일이 일어났던 건지 더딘 머리가 잘 돌아가지 않았다.

"너, 너!"

당황한 입술이 뭐라 말을 하려고 달싹거렸지만, 뜨거워지는 양 볼이 더없이 부끄러워 아무 말도 나오지 않았다. 그러자 태율이 먼저 선수 치듯 불퉁스러운 말을 툭 꺼냈다.

"너 나랑 이리 옷 벗고 입술 도장 찍었으니 도망갈 수 없다. 내 꺼야."

그렇게 말하는 그의 얼굴도 그녀만큼이나 붉어져 있었다.

"화났어?"

멀찍이 떨어져 앉아 볼을 부풀리고 있는 설화를 보며 태율이 은근히 말을 꺼냈다. 슬그머니 엉덩이를 움직이는 모습이 여간 조심스러운 것이 아니었다. 설화는 힐끔힐끔 바라보는 소년의 눈초리를 느꼈지만 뾰로통한 표정을 풀지 않았다.

물론 소년의 귀여운 입맞춤에 기분이 나빴던 것은 아니다. 소년의 사랑스러운 급습에 당황하기는 했지만 그녀도 그 수줍은 입맞춤에 가슴이 콩콩 떨렸던 것이다. 그것도 자신보다 백여 살은 어린 소년에게 말이다!

바로 그것 때문이었다. 그 점이 지금 설화를 혼란스럽게 만들고 있었다. 아무리 성숙한 눈빛을 가졌다고는 하지만 지상계의 열서너 살 먹은 소년일 뿐인 태율에게 자신의 마음이 흔들렸다는 사실을 인정할 수 없었다. 설화는 애써 도리질을 치며 떨쳐내려고 했다. 대담한 소년의 공격이 떠올라 자꾸만 얼굴이 붉어지고 화끈화끈 열이 올라왔지만 정말 애써 모르는 척했다.

그것은 설화의 첫 입맞춤이었다. 처음으로 타인과 입

술을 비빈 것이었는데! 헌데, 그것을 백 살 연하의 소년에게 빼앗겼다니. 아이고, 남우세스럽고 당황스러워라. 설화의 가슴이 다시 펄떡펄떡 세차게 뛰었다.

하지만 우리의 태율 황자, 이런 설화 아가씨의 마음은 알지 못하니 그는 설화가 마냥 화나고 토라져 저리 틀어 앉아 있다고 생각하고 있었다. 이대로 '내 다신 너 안 볼란다!' 이리 나올까 봐 그는 내심 전전긍긍이었다. 용기 있게 부딪혔을 때는 언제고 막상 저지르고 보니 그녀의 반응에 앞이 깜깜하다. 이런 일이 없었던 것은 그에게도 마찬가지였기 때문이었다.

태율은 전각 끝에 토라져 앉아 꽁꽁 얼어 있는 설화의 뒷모습을 보며 어떻게 그녀를 달래볼까 끊임없이 고민했다. 어찌나 끙끙대며 생각을 쥐어짜고 있는지, 데구루루 굴러가는 머릿속 소리가 밖으로 들릴 지경이었다.

그 순간 태율에게 기똥찬 묘안이 전광석화처럼 스쳐 지나갔다. 옳거니! 이거면 괜찮겠구나, 싶어 다시 한 번 소년이 조심스레 소녀를 향해 말을 붙였다.

"저기, 화났어?"

"……."

설화는 여전히 대답이 없었다.

그에 굴하지 않는 속내 시커먼 도령. 슬금슬금 설화 아가씨를 향해 무릎걸음을 옮겼다. 그가 다가오는 것을 빤히 알고 있음에도 설화의 언 입술은 열릴 기미가 보이지 않았다. 애가 닳은 태율이 다시 먼저 입을 열었다.

"있지, 요 밑에 내일부터 장 서는 거 알아?"

슬쩍 운을 떼는 소년의 말에 소녀의 귀가 쫑긋 섰다.

인간계의 장은 한 번도 가본 적이 없었다. 여태까지 항상 산을 타고 들을 돌아다니며 자연 속에 유유자적하기만 한 설화는 인간들이 어찌 부대끼고 살아가는지 늘 궁금했다. 하지만 시끄러운 요랑이 질색을 하며 말리는 통에 시도조차 하지 못했다.

"…… 장?"

설화가 새침하게 되물었다. 그 소리를 듣고 태율은 다시 한 번 속으로 쾌재를 불렀다.

'옳거니! 걸렸구나! 넘어왔구나!'

"응, 나도 나인들이 하는 이야기를 얼핏 들은 건데, 장이 서면 그렇게 맛나고 재미난 것이 많이 온대. 요 밑에 동네는 작은 촌이라 장이 설 때면 사람들이 북적북적하고 그렇게 재미나다는데. 나도 그동안 몸이 안 좋아서 마실 한번 제대로 다녀본 적 없고, 잠행 한번 해본 적 없는데 이참에 해보려고……. 너도 갈 테야?"

군침이 당기는 제안이었다.

'그래도 되나? 가도 되나?'

분명 요랑이 돌아와 이를 알게 되면 몇 시간을 옆에 두고 잔소리를 해댈 것이다. 밖이 얼마나 위험하고 귀찮은지 아느냐고, 어린 아가씨가 돌아다니면 불한당들이 당과에 꼬이는 파리처럼 쫙쫙 달라붙어 여간 성가신 게 아니라고. 듣지 않아도 이미 귀에 윙윙대는 요랑의 목소리가 선했지만, 그럼에도 불구하고 구미가 당겼다. 누구하나 같이 가자 한 적이 없었는데 때마침 이리 같이 가자 제안을 해주니, 그 어찌 혹하지 않을 수 있을까?

고민하는 듯 머뭇거리는 설화를 보며 태율은 어느새 옆으로 다가와 앉아 설화를 더욱 열심히 그녀를 꼬여냈다. 아무 생각 없이 뱉어낸 말이지만, 잘하면 둘이서 산을 벗어나 이리저리 구경도 하고 맛있는 것도 먹을 수 있다 생각하니 몸이 달기 시작했다.

"내 나가면 조청 바른 떡꼬치도 사주고 과일 꼬치도 사줄게. 음, 그리고 너 옥가락지도 사줄게. 나 그 정도 재력은 있는 남자야."

태율의 당찬 말에 설화가 이내 고운 볼우물을 보이며 푸후후 웃음을 터트렸다. 태율에게 설화의 눈웃음은 조청이 살살 흘러내리듯이 달콤했다. 그 미소를 보고 있자니 저도 모르게 신이 난 그가 어깨를 으스대며 서툰 의

기를 보였다.

"에이, 기분이다. 노리개도 사주고 면경도 사줄게! 내 너에게 많이 얻어먹었으니 맛난 것도 많이 사줄게! 어때?"

자신만만하게 어깨를 쫙 펴며 건네는 모양새가 제법 위풍당당했다. 고개를 끄덕이며 우쭐우쭐하는 태율의 모습에 설화가 참을 수 없다는 듯 키득키득 입가를 가리며 웃었다. 더 이상 이 소년에게 화를 낼 수가 없었다. 자꾸만 마음을 따뜻하게 간질이는 태율의 말에 설화는 결국 고개를 끄덕였다. 태율은 그 작은 고갯짓에 함빡 기분이 좋아졌다. 얼씨구, 웃음꽃이 피었다.

"너는 웃는 게 어여쁘다. 그거 알아?"

태율이 마주 웃더니 대뜸 설화에게 어여쁘다는 말을 건넸다. 키득거리며 웃던 설화가 당황하여 얼굴을 붉히며 입술을 삐죽였다. 이 소년은 자꾸만 사람을 당황시키는 묘한 재주를 가졌다. 그것도 뜬금없이 갑자기 당황하게 만든다. 그것이 그녀의 마음을 철렁철렁 내려앉게 만든다는 것을 아는 걸까?

"나도 안다, 꼬마야!"

그 말에 태율의 머리에 화끈한 열십자가 새겨졌다.

"너는 꼬마에게 입맞춤하냐!"

"어머, 내가 한 건가? 네가 했지?"

"어쨌든 하긴 한 거다. 너 어디 가서 이리 옷 벗고 입술 도장 찍었다고 하면 시집은 못 간다는 거 알고 있지?"

"억지야! 그런 게 어디 있어! 그리고 말 안 하고 다니면 되지 뭐, 흥!"

"어? 너 그럼 나랑 이리 입술 비비고 딴 남자에게 시집 갈 거란 말이야? 내가 그리 놔둘 줄 알아?"

"안 놔두면 어찌할 건데, 흥!"

둘이 투덕거리고 있을 때, 작은 다리를 건너 거처에 갔던 요랑과 훌이 전각으로 돌아왔다. 둘이 마른 옷을 들고 등장했지만 설화와 태율의 옷은 이미 햇빛에 대강 말라 있었다.

"아가씨!"

요랑이 다리를 뛰어오며 와락 소리쳤다. 헐레벌떡 달려와서는 붙어 앉아 있는 태율과 설화의 사이를 억지로 가르고 봤다. 이럴 수는 없다 하며, 이건 안 된다 하며 땡깡이란 땡깡을 다 피우는 요랑이 투정 가득한 얼굴로 설화의 어깨에 외투를 걸쳐주었다. 그 작은 얼굴이 짐짓 충격을 받은 듯 파리해졌다. 투덕대면서도 다정해 보이는 설화와 태율의 모습이 꽤나 충격적이라는 듯 그녀를 억지로 태율에게서 빼돌린다.

"내가 없는 사이 무슨 짓 한 거 아니죠?"

"뭐? 아니야! 아무 일도 없었어!"

날카로운 요랑의 물음에 설화가 질겁하며 뒤로 물러섰다. 절레절레 고개를 내젓고는 온몸으로 부정하는 모습에서 당황스러움이 담뿍 묻어나왔다. 요란스럽게 도리질 치는 그녀의 모습에 요랑이 더욱 수상하단 눈길을 보냈다. 둘 사이를 오가며 날렵하게 기묘한 기류를 읽어내던 요랑이 매서운 눈으로 태율을 노려봤다.

"너! 무슨 짓 했어?"

요랑의 말이 기분 나쁜 듯 눈을 찌푸리던 태율이 별안간 씨익 웃음을 지었다. 의미심장해 보이는 미소로 설화를 보던 그가 별안간 어깨를 으쓱하며 딴청을 부렸다. 요랑은 말하지 않아도 느낄 수 있었다. 저건 승자의 미소였다. 네가 아무리 용을 써도 알려주지 않을 거라는 얄미운 승자의 미소!

'도대체 둘 사이에 무슨 일이 있었기에 저 얄미운 도령 놈이 저리 자신만만해진 거지?'

속 불이 올라오는 요랑이 발을 동동 구르며 설화를 채근하기 시작했다. 저 새끼 구렁이 같은 놈이 무슨 일을 벌였다. 그런 게 틀림없었다.

"아가씨! 무슨 일 있었어요?"

"어, 엉?"

끈질긴 요랑의 눈빛을 피하려는 듯 설화가 서둘러 눈동자를 돌려 주변을 살폈다. 그러던 중 두어 발자국 떨어진 곳에서 세 사람을 말없이 지켜보고 서 있는 흉을 발견했다. 그녀가 냉큼 그의 손을 잡아끌어 태율에게 들이밀었다.

"자, 어서 도령 데리고 산 내려가세요. 시간이 늦었어요."

얼떨결에 태율에게 떠밀린 흉이 서툴게 고개를 끄덕이며 대답했다. 눈치껏 황자의 곁으로 가는 그의 모습에 설화가 다시 요랑의 손을 잡아끌었다.

"요랑, 우리도 올라가자. 응?"

당황하여 허둥지둥하는 그녀의 곁으로 태율의 나지막한 웃음소리가 들렸다. 설화의 눈매가 얄미운 그를 잠시 노려보더니 그때까지도 의심을 거두지 못하는 요랑을 보며 서둘러 발을 옮겼다.

"내일도 오늘 거기에서 봐! 데리러 올게!"

떠나는 설화를 보며 태율이 크게 소리쳤다. 설화는 대답하지 못한 채 빨개진 귀를 감추며 요랑을 앞세워 길을 서둘렀다. 요랑은 끝끝내 두 사람을 수상하게 바라보았지만 단단히 입을 봉한 설화는 요랑에게 아무 말도 해주지 않았다. 태율은 그런 두 사람의 모습에 배를 잡고 웃으며 끝까지 바라보았다. 그리고 두 사람의 모습이 완전히 저편으로 사라지고 나서야 발길을 돌려 산을 내려갔다. 춘풍春風이 스치며 그의 옷자락 끝이 펄럭였다.

*

몰래 설화의 거처 앞으로 다가온 함이 부드럽고 커다란 하얀 새의 깃털을 이어 만든 부채를 팔랑거렸다. 살며시 다가와 문턱에 기대선 그가 어딘가로 나갈 준비를 분주히 하고 있는 설화를 자상한 미소로 바라봤다. 어딘가 모르게 뜨뜻미지근한 미소였다. 시원하지도 않은 바람을 일으키는 깃털로 만든 그의 부채처럼 말이다.

"어디 가시나요?"

"에구머니!"

주섬주섬 허리춤에 전낭 주머니를 매달던 설화가 화들짝 놀라 소리가 난 곳을 돌아보았다. 그녀가 식겁한 가슴에 손을 올렸다. 심장이 다 벌렁거렸다.

'아니, 누가 맹수 아니랄까 봐 저리 소리도 없이 다니신대? 간 떨어질 뻔했네.'

설화는 소리 없는 구시렁을 목구멍 안으로 삼키고 주머니를 암팡지게 허리에 매달았다.

"요 밑에 장 서는 거 구경하러 가는 길이랍니다."

"오호! 장이요?"

슬쩍 방 안에 들어선 함이 오동나무 의자에 걸터앉았다. 그것 참 재미나겠다는 말을 중얼거리던 그가 불현듯 눈썹을 치켜세웠다.

'지금 서는 장이면…….'

뭔가가 생각이 날 듯 말 듯 석연치가 않았다. 그리고 그 석연찮음은 이어지는 설화의 말에 말끔히 정리가 되었다.

"예, 산신제山神祭를 모시기 전에 제전시(祭典市: 제사가 거행되는 제단 부근에는 형성되는 장터)가 열린다더군요. 아!"

문득 손뼉을 친 설화가 눈빛을 반짝이며 함을 바라보았다. 기대를 한껏 안고 있는 눈빛이었다.

"그러고 보니, 황산의 산신이자 신선이 바로 함님이시군요! 함님을 위한 의식이 곧 열리겠네요?"

설화의 말에 함은 끙 하는 소리와 함께 말없이 부채를 펄럭였다. 이 산신제라는 것이 고약했다. 수도인 개황과 황산의 중간에 위치한 작은 고을인 '산군 마을(호랑이 마을)'은 꽤나 오래전부터 이어진 산신제를 매년 사월 첫째 주, 초봄에 치렀다. 작은 고을이 이어온 제사에 깃든 전통성과 령의 의식(조상신)이 꽤나 강해서 황국의 삼신산三神山 중의 하나인 황산의 신선인 함이 꼬박꼬박 그 의식의 중간에 불려갔다.

고을의 평화와 안녕을 도모하고 나라의 시화연풍時華年豊을 염원하는 것. 이것은 산신제를 통해 인간 세상의 일들을 하늘 세계에 알리면서 신과 소통하여 목적을 이루기 위함이었다. 이를 통해 이제 막 부부의 연을 이룬 이들에겐 가정의 평화를 빌어주고, 새 생명에겐 축복을, 또 이 같은 정성을 마치는 마을을 무탈하게 보살펴주는 것이 함의 일이었다. 황산에 뿌리를 둔 대부분의 고을에서 이제는 잊혀진 전통이 되어가는 산신제를 산군 마을은 매해 잊지도 않고 잘 챙겼다. 그것이 가상하여 함도 매해 꼬박꼬박 신령의 자격으로 마을을 살펴주곤 했다. 덕분에 산군 마을은 특별한 자연재해도, 병마도 없는 평화로운 마을이었다.

"끄응, 그렇군요. 산신제를 치르기 전에 한 5일 정도 장이 열리는 것 같던데요."

"함님! 가보신 적 있으세요?"

함의 알은척에 설화가 함박 미소를 보였다. 매번 짓궂은 장난에 당하면서도 뒤돌아서면 잊어버리고 웃어주는 그 순한 성정이 저 미소에 다 담겨 있었다.

"장에 가본 적은 없습니다."

"우와! 잘되었네요. 그럼 함님도 같이 가요! 월하님은
돌아가셨나요? 월하님도 같이 가면 좋아하실 텐데."

월하라는 말에 함이 생각에 빠져들었다. 그러고 보니
달빛을 벗 삼아 뱃놀이, 꽃놀이를 즐긴 적은 많지만 인
간들 사이에서 평범한 연인처럼 노닌 적은 없었다. 월하
와 장 놀이 갈 상상을 하니 슬쩍 마음이 동하기는 했다.

"아직 가지 않았습니다만…… 월하는 지금 연못가 정
자에서 차를 마시고 있는 것 같더군요. 설화 아가씨께서
물어보시겠습니까?"

"그래요?"

제가 가자는 말은 못 하겠고, 은근히 설화를 월하에게
떠미는 함의 말에 설화가 못 이긴 척 엉덩이를 뗐다. 월
하 일이라면 은근히 귀여운 함이었다. 설화가 월하를 찾
아 장에 가자고 말했을 때, 월하는 더는 묻지도 않고 그
러자 했다. 알 듯 말 듯 고운 미소를 입가에 매달고는 곧
나갈 채비를 하여 나오겠다고 말했다. 그리하여 한창 산
을 오르고 있을 태율은 알지 못하는 두 명의 일행이 생
겨버렸지만, 그런 것은 이미 안중에 없는 설화였다.

못 가겠다고 떼를 쓰는 요랑의 귀를 잡아당겨가며 산
을 내려가는 발걸음이 가벼웠다. 도력을 이용해 순식간

에 목적지에 다다른 한 마리를 제외한 세 사람의 얼굴에는 보일 듯 말 듯한 설렘이 서려 있었다.

"하여, 저치가 네가 머물고 있는 곳의 집주인이라 이 말이지?"

태율의 입은 퉁퉁 불은 복어처럼 튀어나와 있었다. 오순도순 둘이서 봄나들이를 즐길 생각이었는데 예상치 못한 불청객이 떼로 끼어들었기 때문이었다. 설화는 즐거운지 연신 웃음을 터트리며 고개를 끄덕였다. 뭐가 그리 불만인지 모르겠지만 잔뜩 구겨진 태율의 얼굴이 퍽 우스웠다.

"저치라니, 도령. 말을 삼가게. 세상엔 네가 모르는 대단한 이가 많다고. 그렇게 함부로 남을 낮추면 안 돼."

"내가 이 황국의 주인인데 누가 나보다 잘나고 대단하다는 거야?"

"황자는 그저 좋은 곳에 어쩌다 좋은 부모를 만나 태어난 거지, 황자가 아직 뭘 대단히 이룬 것은 없잖아? 안 그래? 그래 놓고 다른 이의 인생을, 생명을 경시하면 벌받아. 하늘의 천존께서 다 지켜보고 있다고."

설화는 하늘에서 세상을 내려다보고 있을 아바마마를 생각하며 태율에게 짐짓 근엄한 투로 말했다. 입을 삐죽이던 태율은 설화의 말에 뜨끔한 속을 애써 감추고 고개를 끄덕였다. 태율 자신도 그녀의 말뜻을 모르는 게 아니었다. 다만 이제 막 피어나는 사내의 작은 질투요, 심술이 자꾸 못된 입을 내밀게 만들었을 뿐이다.

"에잇, 그래도 불청객이라니……."

불퉁거리며 휘적휘적 앞서 걷던 태율이 몇 걸음 가지 못하고 발걸음을 늦췄다. 홀로 앞서 가던 걸음이 못내 심심한지 어물쩍 발걸음을 늦추며 설화를 기다린다. 그녀가 곁에 오자 그제야 주춤거리던 발걸음을 다시 떼기 시작했다. 그 모습을 지켜보던 함과 월하가 눈을 마주치며 웃었다. 실제로 본 설화의 꼬마 낭군님이 퍽 귀여웠다.

"몸은 괜찮아?"

태율은 자신이 평생 듣기만 하던 말을 설화에게 물었다. 그 낯선 어감이 이상하게 간지러웠다. 하지만 나쁘지는 않았다. 설화는 그 말에 고개를 끄덕이며 오히려 태율을 걱정스레 바라보았다.

"나보단 도령 네가 더 걱정이지. 괜찮아? 그 기침 다시 나온 거 아냐?"

"아니, 나 이제 말짱해. 아주 건강해! 오늘 이 산도 어제보다 훨씬 빨리 올랐는걸."

"정말? 그러고 보니 처음 봤을 때보다 살이 많이 올랐네?"

"그럼! 나 키도 컸다?"

"어머, 진짜? 다시 보니 그런 것 같기도 하고."

설화가 태율을 위아래로 훑어보며 크게 고개를 주억거렸다. 그녀가 그의 작은 변화를 알아주는 것이 신 난 듯 태율은 금세 기쁜 얼굴이 되었다. 이렇듯 몸과 마음이 가벼워본 적이 없었다. 뭐든 다 할 수 있을 것만 같았다. 요 며칠 만에 세상 빛이 달라 보였다.

그리고 그의 세상이 변한 만큼 그의 얼굴빛도 매 순간 밝아졌다. 그 변화는 어려서부터 그의 곁을 지키던 호위의 눈에 확연히 들어왔다. 묵묵히 태율을 뒤를 따르던 휼이 저도 모르게 눈매를 부드럽게 휘었다. 한층 밝아지고 의욕적인 황자의 모습에 제 가슴이 다 뿌듯했다.

'저리 순수하게 즐거워하는 모습을 뵌 적이 얼마 만이던가?'

병세가 악화되면서 삶에 대한 의욕도 희망도 없어져 가던 황자였다. 헌데 지금은 삶에 대한 의지가 그 어느 때보다 강건하게 느껴졌다. 뿐만이랴? 저 어린 냉가슴으로 이제는 여인을 품는 사내의 마음도 가지셨다. 혈혈단신 홀로 살아왔던 휼은 주군이지만 황자를 제 피붙이처럼 아끼고 정을 줬다. 무뚝뚝한 성격 탓에 감히 그를 제대로 표현해본 적은 없었지만, 그는 진정 마음 깊이 황자의 안녕과 행복을 바라고 있었다. 그러니 태율의 이런 긍정적 변화가 더없이 기껍고 뿌듯한 그였다.

"아, 거 좀 떨어져요. 커봤자 얼마나 컸다고. 쥐꼬리만큼 컸나?"

황자와 설화가 다정한 모습으로 붙어 다니는 모습이 몸서리치게 싫은 요랑이 끼어들었다. 자신의 주인을 뺏긴 듯 분하기도 했고, 누이를 뺏긴 듯 억울하기도 했다. 분기탱천한 요랑의 눈에는 태율이 외나무 위의 원수처럼 보였다.

"아, 산에 들개가 올라왔나 봐. 어디서 개 짖는 소리가……."

"뭐야! 너 지금 나를 개라고 부른 거냐!"

"네 이놈, 네가 지금 나를 너라고 부른 것이냐? 이 무례한 놈!"

"너는 나를 개라고 하지 않았어? 응? 허여멀건 서생 놈!

"뭐야!"

"아, 왜 싸우고들 그래."

머리채라도 잡을 듯 달려드는 둘을 설화가 간신히 막아섰다. 산을 내려가는 그들의 발걸음은 잠시도 조용하지 않았다.

*

"월하, 괜찮소? 피곤하진 않고?"

함이 조심스레 손을 내밀었다. 산을 내려오느라 피곤하면 자신에게 기대라는 배려였다. 월하는 함의 배려를 굳이 거부하지 않았다. 월하는 함의 듬직한 손에 살포시 손을 얹고는 고개를 저었다. 자신은 괜찮다는 듯이 미소도 지어 보였다. 그러자 함의 얼굴에도 웃음꽃이 피어났다. 둘은 요란한 장터를 함께 거닐다 보니 서로 기대어 사는 보통 인간 부부 같은 간지러움을 느꼈다. 그 느낌이 썩 좋았다.

"피곤하면 언제든 말하고. 내 기꺼이 안고 거처로 돌아가리다."

"후후, 저 그렇게 연약한 여인네 아닙니다. 이렇게 내려온 것도 흔치 않은 데다가 함님의 산신제 제전시를 보는 날이 제 평생에 언제 오겠습니까? 저는 오늘 함님께서 피곤하다 채근하실 때까지 둘러보렵니다."

"이런, 내 체력을 뭐로 보는 거요? 그대가 나를 채근하고 투정 부리는 모습을 보기 위해 내 단련을 게을리하지 않은 몸이오. 하루 종일 밤이 샐 때까지 말이오! 하하하!"

함의 은근한 말에 월하의 얼굴이 붉어졌다. 월하는 살며시 함의 어깨를 밀쳐냈다. 그 모습을 보고 있던 요랑이 혀를 내밀었다. 아침에 먹고 온 고기 산적이 위장을 타고 올라오는 듯했다.

"요건 뭐지?"

"요건 요 밑에 동래 지방에서 나오는 파전이요, 도령. 아주 입에서 살살 녹아. 함 잡숴봐. 잉?"

태율의 호기심 넘치는 눈을 보고는 장사치가 냉큼 노릇노릇 구워진 전을 들어 올렸다. 고소한 냄새가 설화와 태율의 코를 찔렀다. 크고 먹음직스러운 파전 위에 날달걀을 곱게 풀어 노릇노릇 구워낸 파전이 입맛을 당겼다. 태율과 설화는 침을 꿀꺽 삼키며 슬그머니 서로를 바라보다가 누가 먼저랄 것도 없이 웃음을 터트리며 "파전에 동치미 내어주오" 하고 자리에 앉았다. 투덕거리며 신기한 듯 여기저기 둘러보는 둘의 모습이 눈에 넣어도 아프지 않을 만큼 사랑스러웠다.

요랑은 앞에서는 원수 같은 도령이 아가씨랑 퍽 다정하여 둘만의 세계에 빠져 있고, 뒤에서는 아침에 먹은 고기 산적을 토해낼 만큼 깨소금을 볶아대니 견딜 수가 없었다. 원체 내키지 않는 나들이라 시간이 가면 갈수록 요랑의 마음에는 심술이 돋아났다. 요랑은 파전 노점에서 내어준 평상에 앉아 씩씩거렸다.

*

힐끔.

태율이 눈을 들어 바로 앞에 마주하고 앉아 오물오물 파전을 먹는 설화를 훔쳐봤다. 그러고는 누가 볼세라 다시 재빨리 눈을 내리깔았다.

힐끔.

설화도 동그란 눈동자를 들어 태율의 모습을 바라보았다. 그 앙큼한 눈동자가 짐짓 아무렇지 않은 척 동치미를 들이켜는 태율을 재빨리 훑어보고는 황급히 시선을 돌렸다.

"크흠흠."

시장 통에 앉아 기름진 음식을 먹는 꼴이 그리 예쁜지 서로 힐끔대던 둘의 눈이 공기 중에 따악 마주쳤다. 깜짝 놀라 허둥지둥 동치미 그릇을 잡는 설화의 손과 태율의 손이 부딪혔다. 둘은 시선을 어디다 둘지 몰라서 구름 한 점 없는 청명한 하늘로 눈을 돌렸다. 태율은 너무 자주 목소리를 다듬어댄 탓에 목이 다 가라앉을 지경이었다.

타앙.

그런 둘을 보고 요랑이 동치미 그릇 하나를 더 받아 오더니 입술을 삐죽이며 내려놓았다.

"여기 하나 더 받아왔으니까 동치미 하나 가지고 싸우지 마세요!"

요랑이 눈을 흘겼다. 그 시선에 태율이 적잖이 짜증 섞인 목소리로 대꾸했다.

"뭐하러 하나 더 가져오냐, 어? 그러다 남기면 음식 낭비다, 이놈아. 아사餓死하는 사람들이 얼마나 많은지 아느냐?"

"안 남기면 되지?"

"난 배가 부르다!"

"그럼 내가 먹으면 되지 뭐가 불만이래."

"네가 먹을 것을 왜 여기다 가져다놓는데?"

붙어 있기만 하면 으르렁대는 둘의 모습에 설화가 고개를 설레설레 내저었다. 평소에는 순하고 귀여운 요랑인데 희한하게 태율만 보면 못 잡아먹어서 안달이었다. 태율도 걸어오는 시비를 모르는 척 받아넘기는 성인군자가 아니었다. 그 또한 매일같이 설화와 붙어 다니는 요랑이 못마땅하기는 매한가지였다.

"거참, 생각해줘도 불만이래."

요랑이 태율을 흘기더니 가지고 온 동치미 국물을 냅다 들이켰다. 벌컥벌컥 들어가는 국물 소리가 시원하기까지 했다.

"아, 저 똥강아지 새끼."

"뭐야! 이 피죽도 못 얻어먹은 아귀餓鬼같이 생긴 게!"

"뭐야!"

"아, 그만 좀 해! 요랑이 저리 가 있어."

보다 못한 설화가 중재에 나섰다. 짐짓 엄한 표정을 보이는 그녀가 요랑을 보며 낮게 명령했다. 요랑은 억울한 표정으로 설화를 바라보며 씩씩거렸다. 하지만 엄한 아가씨의 표정은 사그라지지 않았다.

"왜 저한테만 그러세요!"

"어허."

"씨이……. 아가씨 미워요!"

요랑은 상처받은 표정이 역력한 얼굴로 평상을 박차고 일어섰다. 그리고 벌겋게 달아오른 얼굴로 태율을 노려보며 밖으로 나갔다. 태율은 그런 요랑의 눈빛을 애써 무시했다. 그런 태율의 모습에 요랑은 더 약이 올랐다.

"어휴, 너도 왜 그렇게 요랑이를 못살게 구는 거야."

"내가 뭘? 저놈이 먼저 시비를 걸어오니 사내 된 도리로 받아쳐준 것뿐이지, 뭐."

"그게 사내 된 도리라고 누가 그러디?"

"사내의 도리는 아니지만, 사내의 마음은 되지요."

"함님!"

설화와 태율의 대화에 불쑥 함이 끼어들었다. 그는 여유작작한 표정으로 태율의 편을 들어주고 있었다.

"무릇 사내라면 자신의 여자를 사이에 두고 으르렁거릴 줄 알아야 하는 것이지요."

"그런 게 어디 있습니까? 그리고 누가 누구의 여자라고 그러십니까?"

"그건 뭐 본인들이 더 잘 알겠지요."

함의 은근한 말에 설화의 얼굴이 붉어졌다. 그런 둘 사이에 태율이 냉큼 끼어들어 설화를 찌푸린 눈으로 바라보았다.

"잠깐, 설화 너 지금 발뺌하는 거냐?"

"내, 내가 뭘?"

"말해줘? 여기서?"

"오호라, 뭔가 있나 보군요?"

문득 고개를 드니 모두의 눈이 설화와 태율을 향해 있었다. 설화는 긴장한 눈으로 태율을 바라보았다. 저 얄미운 입이 전각 위의 일을 냉큼 말해버리고 말 것 같았다.

'옴마나, 진짜 말하려는 것은 아니겠지?'

태율이 냉큼 야무진 입을 열었다.

"너 어제 나랑 전각 위에서 옷 벗……."

"옴마야! 너, 너, 너! 어제 나 떡꼬치 사준다고 하지 않았어? 저기 있다야!"

설화는 급히 태율의 입을 틀어막았다. 갑자기 어디서 그런 힘이 솟았는지 설화는 엉큼한 눈을 반짝이며 그들을 바라보고 있는 함을 피해 태율과 함께 시장 통으로 몸을 숨겼다. 부리나케 사라지는 둘의 뒤를 따라가야 할지 말아야 할지 망설이고 있는 휼의 어깨를 월하가 슬며시 잡았다. 그러고는 고개를 도리질 치더니 나비가 날아갈 듯 하늘하늘한 음성을 꺼냈다.

"괜찮습니다. 함님이 언제든 두 분을 찾으실 수 있으시니 걱정하지 마세요. 저 두 분에겐 둘만의 시간이 필요해요."

"둘만의 시간 말입니까……?"

"예에, 둘에게 남은 시간이 얼마 없거든요."

월하의 마지막 말이 무척이나 궁금했지만 휼은 그저 고개만 끄덕였다.

"걱정하지 말게. 요랑이라면 어디서든 설화 아가씨를 찾을 수 있으니. 신변의 위험은 없을 게야. 그나저나, 우리도 우리 둘만의 시간이 필요할 것 같은데……."

함의 은근한 의중을 눈치챈 휼이 조용히 자리를 털고 일어났다. 군소리도 없이 두 사람에게서 멀어지는 휼의 뒷모습을 보며 함이 월하의 허리에 손을 감았다.

"자, 우리도 이 시간을 즐겨볼까? 월하."

"그럴까요?"

"후후, 좋군 좋아!"

"…… 허리에 손은 내리시어요."

월하가 새침하게 말하며 먼저 발을 내디뎠다. 함은 아쉽다는 듯 손을 비비며 그녀의 뒤를 따랐다.

사람들이 바쁘게 오가는 시장 한가운데까지 태율을 끌고 온 설화는 주변을 살피며 붉어진 얼굴로 태율을 잡고 있던 손을 놓아줬다.

"너 미쳤어? 무슨 말을 하려고 하는 거야?"

"그러게 누가 발뺌하래? 내가 어제 말했지? 너랑 나랑은 이미 부부의 연을 맺은 거나 다름없다고."

"그, 그게 어떻게 부부의 연을 나눈 거야."

"어허, 이 낭자 안 되겠구먼. 혹시 금가락지를 안 줬다고 그러는 거야?"

"금가락지?"

"것 참, 여자들이란! 좋아, 내 황궁으로 돌아가면 제일 고운 걸로다 구해줄게. 기다려봐."

"…… 어휴, 됐다. 내가 말을 말지."

"왜? 못 기다리겠어?"

설화가 고개를 젓는 것을 보더니 태율이 냉큼 주변을 살폈다.

'이리 시끄러운 장이 섰는데 장신구 파는 상인 하나 안 들어왔을까?'

"아, 저기 있네."

두리번거리던 태율의 시선이 사람들이 모여 있는 한 곳에 멈춰 섰다. 젊은 처자들이 제법 모여 있는 것이 아낙들의 물건을 파는 곳임이 틀림없었다. 태율이 옳다구나 하고 설화를 끌고 그곳으로 향했다. 하지만 안타깝게도 그곳에는 태율이 기대했던 은가락지나 팔찌, 머리 장신구나 노리개가 없었다. 대신 갖가지 고운 비단들이 저마다 빛깔을 뽐내고 있었다.

"비단이네, 흐음……."

김빠진 태율은 비단을 보다가 주변을 다시 훑어보았다. 그의 시선을 끈 것은 비단신들이 단정히 진열되어 있는 진열장이었다. 설화는 그런 태율을 잡아끌었다.

"나 진짜 아무것도 필요 없어."

"저기 꽃신 있다, 꽃신."

아무리 설화가 만류해도 태율은 말을 듣지 않았다.

"요 진달래색, 요거 괜찮지 않아? 아님, 이 옥색?"

"으음……. 난 요 감청색."

"흠, 그것도 괜찮네."

싫다 싫다 도리질 치던 설화는 어느새 마음에 쏙 드는 운혜(唐鞋: 비단신)를 하나 집어 들었다. 역시 여자의 마음은 알 수 없는 것. 설화는 예쁜 비단신을 보면 금세 눈이 돌아갔다. 그녀는 어느새 제가 나서서 신을 고르고 있었다.

설화가 집어 든 운혜는 청색 비단을 덧대고 빨간 비단실로 고풍스러운 문양을 수놓은 고운 신이었다. 흰색과 청색 그리고 붉은색이 적절히 어우러져 제법 고급스러운 것이 설화의 마음에 쏙 들었다. 항상 최고급품만 보아온 태율과 설화의 눈에도 썩 괜찮게 보이는 것이 혜장(鞋匠: 비단신을 만드는 장인)의 솜씨가 제법 야무진 듯했다.

"한번 신어봐."

"응?"

"주인장 이거 신어보고 맞으면 사도 되는 거지?"

"예예, 그럼요!"

설화가 당황한 틈을 타 태율이 재빨리 다리를 구부렸다. 그러고는 설화의 발목을 냉큼 잡아챘다. 그 통에 설화는 휘청하는 몸을 가누기 위해 태율의 어깨를 짚었다. 고운 비단신은 설화의 발에 꼭 맞았다. 신기하게도 주인을 기다린 듯 발에 착 감겨왔다.

"꼭 맞네, 꼭 맞아. 주인장, 이거 얼마요?"

설화의 고운 버선발에 신겨진 청색 비단신을 흐뭇하게 바라보던 태율이 재빨리 주머니를 열었다. 기분이 좋은지 제법 큰돈을 성큼 꺼내는 태율을 설화는 말릴 수 없었다.

"아, 좋다! 좋아."

"너 정말."

"그렇게 말하면서 벗지는 않네?"

"이미 사준 건데 신어야지, 뭐. 흥!"

"그래, 그래야지. 하하하!"

설화는 발에 착착 감기는 신발이 여간 편하고 좋지 않았다. 마침 청색 비단에 흰 띠를 두른 옷을 입고 있었기 때문에 옷과도 기가 막히게 잘 어울렸다.

'뭐, 나도 해줄 게 없나?'

설화는 자기 혼자만 이리 좋은 것을 받은 게 영 마음에 걸렸다. 훈훈한 바람에 따뜻한 햇살, 거기에 맛있는 음식까지 먹고 마음에 드는 신발까지 얻으니 설화의 마음이 썩 보드라워졌다. 그 보드라운 마음속에 태율에게 무엇을 해주고 싶다는 생각이 자꾸 피어올랐다. 그런 설화의 눈에 곱게 색을 들인 실띠가 보였다.

설화의 운혜와 같은 청색의 물을 들인 실띠는 띠의 끝에만 진하게 물을 들이고 그 나머지는 모두 흰색과 청색의 실로 꼬아 만든 것이었다. 설화는 냉큼 그 띠를 집어 들고는 전낭 주머니를 열어 값을 치렀다. 그 모습을 멀뚱히 보고 있던 태율은 그것이 자신의 손에 쥐여지고 나서야 그것이 제 것임을 알았다. 태율의 얼굴은 금세 하늘 위에 뜬 태양보다 환하게 밝아졌다. 봄날에 피어난 동백보다 흰했다. 입꼬리가 슬금슬금 올라갔다.

"어?"

"나만 받으면 염치가 없지. 내 청색 운혜를 받았으니 너도 청색 띠를 받아."

"아, 우리 맞춘 거야 그럼? 너랑 나랑 서방 각시처럼 맞춘 거네?"

"아이참. 아니야, 그런 거!"

설화의 얼굴에 봉숭아 물이 들었다. 아니라면서 총총거리는 걸음으로 시끌시끌한 장 안으로 들어가는 설화의 발걸음이 설레었다. 그 뒤를 따르는 소년의 발걸음도 설레었다. 설화는 인간계가 참으로 재미있다고 생각했다. 하늘 세상보다 따뜻하게 느껴졌다.

'이곳은 참 따뜻하다. 날 좋아해주는 이도, 내가 좋아하는 이도 많은 이곳이 참 좋다.'

그렇게 둘의 깨소금보다 고소한 추억이 또 한 장 쌓여갔다.

*

널따란 흙바닥 위에서 두 개의 인영이 겹쳤다가 떨어졌다. 재빨리 손을 들어 날카롭게 달려드는 검을 막아선 손이 제법 힘을 줘 상대의 검을 쳐냈다.

"제법 많이 늘었네, 도령?"

"난 뭐든 빨리 배우지."

요랑이 가볍게 착지했다. 태율도 검을 고쳐 잡았다. 긴장된 눈으로 서로를 응시하던 두 사람이 기합 소리와 함께 서로에게 달려들었다. 투명한 칼날이 허공을 가르며 바람 소리를 냈다. 한 치의 양보도 없이 서로에게 검을 가누는 두 사람은 즐거워 보이기까지 했다. 흙먼지를 일으키며 바닥을 헤집는 두 사람의 발걸음이 썩 가벼웠다. 서로에게 집중하며 빠르게 성장해가는 서로를 경계했다.

그런 둘을 살피는 휼의 눈빛이 매처럼 날카로웠다. 6개월이 넘는 시간 동안 거의 매일같이 산을 오르고 요량과 대련을 해온 태율은 기적과 같이 강건해졌다. 튼튼하고 단단해진 몸이 어쭙잖은 무사보다 나았다. 휼은 둘의 대련을 지켜보면서 자세를 바로잡아주고 허를 찌르는 방법을 전수했다. 그리고 때로는 두 소년의 틀을 깨는 움직임과 검술에 감탄하며 자신도 그들에게 많은 것을 배워가고 있었다.

정말 놀랄 만한 시간들이었다. 황산으로 요양을 오고 나서, 아니 설화를 만나고 나서 태율과 휼의 인생은 달라지고 있었다. 송두리째 바뀌었다고 해도 과언이 아니다. 곧 죽을 것 같던 태율이 산을 오르내리며 하루 종일 검을 잡고 몸을 단련하다니. 황자의 인생이 바뀌고 있었다.

휼은 문득 긴장감과 경외심 사이의 묘한 기분에 휩싸였다. 그의 시선이 풀밭 위에 하얀 보 하나 펴놓고 태율과 요량을 바라보고 있는 설화에게 향했다.

'설화 아가씨는 도대체 누구일까?'

그 의문이 1년 내내 그를 괴롭혔지만 함부로 입을 놀릴 수는 없었다. 그의 시선을 느낀 듯 설화가 눈을 돌려 휼에게 미소를 건넸다. 따뜻하고 선한 미소가 휼의 마음까지 감싸주듯 포근했다. 휼은 그녀의 미소에 고개를 꾸벅하며 다시 시선을 돌렸다.

설화의 정체는 여전히 의문이었지만 어찌 되었든 중요한 것은 그녀의 존재가 태율에게는 굉장한 도움이 된다는 것이었다. 그것만 있으면 휼은 그녀가 어떤 존재든 감싸줄 수 있었다.

'부디, 오래오래 태율 황자님 곁에 있어주시길……'

그 마음 하나 가슴 깊이 새기는 휼이었다.

"심심하지?"

이마 옆에 주르륵 흘러내리는 더운 땀을 닦으며 태율이 설화의 옆에 풀썩 주저앉았다. 턱까지 차오른 숨을 고르며 뒤로 풀썩 누워버리는 태율을 바라보는 설화의 눈이 무거웠다. 황산에 들어와 설화와 태율이 만난 지 어느덧 반년이 훌쩍 지나갔다. 설화는 그동안 매일같이 자신을 찾아오는 태율 때문에 황후화를 찾지 못했다. 그녀가 지상으로 내려온 지 어느덧 1년이 다 되어가고 있었다. 설화의 마음은 갈수록 불안했다.

"으음, 아냐. 괜찮아."

"왜 그래?"

"으응?"

태율이 몸을 반쯤 일으키고 설화를 지그시 바라봤다. 며칠 전부터 부쩍 한숨을 많이 쉬더니 오늘은 눈빛마저 어두워 보였다. 항상 밝고 쾌활하던 소녀가 자꾸만 한숨을 쉬니 태율의 마음이 영 무거웠다.

"무슨 걱정 있어? 안색이 별로 좋지 않아."

완전히 몸을 일으킨 태율이 설화의 곁으로 다가갔다. 그러고는 한껏 걱정을 담은 눈으로 설화를 바라봤다. 태율의 따뜻한 눈빛에 피식 웃어버린 설화가 고개를 내저었다.

"아냐."

"뭐가 아냐. 아닌 게 아닌데? 말해주기 싫은 거야?"

"…… 그런 게 아니라."

태율은 참을성 있게 설화의 입이 다시 열릴 때까지 묵묵히 기다렸다. 그러자 설화가 한숨 섞인 말을 꺼냈다.

"예전에 내가 어떤 꽃을 찾고 있다고 말한 적 있지?"

"아, 응. 황후화라고 했잖아. 황금 줄기에 비단으로 된 꽃잎 그리고 진주가 박힌 꽃술이라고 했지."

"응, 잘 기억하고 있네."

"당연하지, 네가 말한 건데."

태율이 자랑하듯 으쓱한 표정을 지으며 웃었다. 설화도 그런 태율의 웃음에 마주 웃으며 고개를 끄덕였다.

"응, 그런데 아직 그 꽃의 흔적조차 찾을 수가 없어서……. 시간은 벌써 이렇게나 흘러버렸어. 이번처럼 오랫동안 밖에 다닌 적도 없어. 그 꽃, 꼭 찾고 싶은데. 꼭 찾아야 하는데."

"내가 도와줄게! 걱정하지 마. 찾을 수 있을 거야."

"후후! 그래, 그래야지."

태율은 그게 어떤 것인지 짐작할 수 없었지만 반드시 꼭 찾아주리라 마음먹었다. 황국을 모조리 뒤지고 황궁을 뒤집어서라도 찾아내야겠다고 다짐했다. 그렇게 해서 태율은 설화의 근심 어린 표정을 지워주고 싶었다.

'저런 표정은 설화에게 어울리지 않아. 이번에 어마마마와 상선이 같이 동행한다 했으니 상선에게 도움을 청해야겠다. 아차!'

"아, 그런데 설화야, 나 내일은 못 올 것 같아."

"응? 왜?"

"궁에서 어마마마께서 오신다고 해서 아마 일주일은 못 올 듯한데……."

"아 그래? 알겠어."

태율이 나름대로 어렵게 꺼낸 말에 설화는 너무나도 간단히 대답했다. 태율은 그만 맥이 빠져버리고 말았다.

'근 반년을 하루가 멀다 하고 봐온 사이인데 일주일이나 못 본다는 게 서운하지도 않은 것인가?'

"그게 끝?"

당황한 태율의 물음에 설화는 이유를 모르겠다는 듯

고개를 갸웃했다.

"응? 뭐가?"

"정말 그게 끝?"

"아니, 뭐가?"

계속되는 태율의 반문에 당황한 것은 오히려 설화였다.

'알겠다 하는데 뭐가 문제인 거지?'

"그게 끝이냐고!"

"…… 그러니까 뭐가!"

"아유, 답답해!"

가슴을 치며 발을 동동 구르는 태율의 모습에 설화가 울컥했다.

'아니, 뭐가 문제인지 말도 안 해주면서 답답하다고 하면 내가 어떻게 알아?'

정말 답답한 것은 설화였다. 그녀는 볼을 빵빵하게 부풀려 인상을 찌푸렸다. 계속 "답답해, 답답해" 하고 외치는 태율을 곱게 흘겨주고는 엉덩이를 털고 일어났다.

"답답하면 바람이나 좀 쐬렴. 흥!"

"어디 가?"

"나 때문에 네가 답답해하는 것 같아서 들어가려고."

태율이 다급하게 설화의 손목을 잡아챘다. 처음 보았을 때는 설화의 어깨에 간신히 오던 태율의 키가 어느새 홀쩍 자라 설화를 따라잡고 있었다. 조금만 더 크면 설화를 홀쩍 넘어설 것이었다.

태율이 벌떡 일어나 설화의 손목을 잡아채자 설화의 몸이 그대로 팽그르르 돌았다. 살짝 입술을 삐죽이는 설화를 보고 태율이 다시 한 번 물었다.

"정말 몰라? 어휴, 곰도 아니고!"

"뭐래? 이거 놔, 들어갈 거야."

"어딜 들어가. 오늘 네가 피리 불어준다고 그랬잖아."

"내가? 언제?"

설화가 눈을 동그랗게 뜨고 되물어오자 태율은 다시 한 번 속이 답답했다. 태율은 한숨을 쉬고 고개를 절레절레 흔든 다음 힘 빠진 목소리로 말을 이었다.

"어제…… 어제 했다. 이 멍충아!"

"우리 아가씨한데 멍충이라고 하지 마! 이 멍충이 도령!"

"아니, 넌 또 왜 끼어들어?"

소피 마렵다고 뛰어가던 요랑이 언제 왔는지, 대뜸 태율의 손에서 설화의 손을 빼냈다.

"아오, 이 쪼끄만 게!"

"아, 완전 어이없어. 고깟 키 좀 쥐똥만큼 자랐다고 이렇게 날 무시해?"

"그 쥐똥만큼이 네 머리 하나 크기다."

"대왕 쥐인가 보지!"

"…… 그런 게 어디 있어!"

"있어!"

"없어!"

말만 섞었다 하면 유치한 싸움으로 이어지는 둘이 다시 으르렁거리며 검을 들었다. 키만 컸지 요랑 앞에서는 열세 살로 돌아가버리는 태율을 보고 설화는 새어 나오는 웃음을 참았다. 어찌 보면 황당하기도 하고 어찌 보면 웃기기까지 했다. 처음에는 견원지간처럼 아슬아슬하게만 보였는데, 지금은 둘의 투덕거림이 일상처럼 자연스럽고 친밀해 보였다. 거기에 둘 다 이렇게까지 유치하고 솔직하게 감정을 드러낸 상대가 없었기에 제법 즐기는 듯이 보이기까지 했다.

"하여튼, 서로 사이가 좋다니까."

"아니야!"

"아니에요!"

설화의 말에 둘이 동시에 소리쳤다.

'그거 봐, 사이좋네.'

설화가 오동나무 냄새가 은은한 나무 서랍을 열고 자신이 찾던 물건을 보자 반색했다. 예전에 우연히 손에 들어온 옥피리였다. 매끈한 옥빛의 피리가 그동안 자신을 잊고 지낸 설화에게 섭섭한 마음을 표하기라도 하듯 여린 빛을 반짝였다.

"아, 정말 오랜만에 연주하는 건데."

"아가씨?"

옥피리를 조용히 쓰다듬던 설화가 등 뒤에서 들려오는 목소리에 고개를 돌렸다. 언제 왔는지 함이 문 앞에서 부채를 팔랑거렸다.

"검무장에 가보니 안 계시길래 찾았습니다."

"아, 피리를 가지러 왔어요."

"피리 연주하시게요?"

"네, 잘은 못해도 제가 유일하게 연주할 줄 아는 게 피리거든요."

"저도 들어봐도 될까요?"

함의 물음에 설화가 얼굴을 붉혔다.

"부끄러운 솜씨인데……."

"하하! 저는 아예 불 줄도 모릅니다! 그 피리 꽤나 물건 같아 보이는데요?"

"알아보시네요. 후후!"

설화가 순한 웃음으로 고개를 끄덕이고는 발걸음을 떼었다.

깎아지른 듯 가파른 절벽 끝에 지어진 '월향정月向亭'에 옹기종기 모여 앉은 이들이 옥빛 피리에서 흘러나오는 청아한 소리에 온 감각을 맡기고 있었다. 바람결을 따라 흐르듯 울려 퍼지는 피리 소리가 온 정신을 정화해주는 듯했다. 누각의 난간에 걸터앉아 절벽을 타고 불어오는 바람을 맞으며 피리를 불고 있는 설화는 하늘에서 내려온 선녀와 같았다. 살랑대는 검은 머리카락과 그녀의 뒤로 펼쳐진 안개에 둘러싸인 첩첩산중이 그녀의 신비로움을 더해주고 있었다.

그 맑은 소리를 따라 부채를 시원하게 펼친 함의 목소리가 어우러졌다. 하얀 부채를 팔랑이며 느릿하게 뱉어내는 한시가 바람을 따라 태율의 귀에 콕콕 들어왔다.

부세분분락여비浮世紛紛樂與悲
인생취산동상수人生聚散動相隨
막언천상혼무사莫言天上渾無事
회합아시우별리會合俄時又別離

뜬세상엔 기쁨 슬픔 뒤바뀜이 예사롭고,
걸핏하면 만남 이별 잇따르기 일쑤라네.
어찌하나, 견우직녀도

만나자 이별인걸!*

*

인간 세상에는 기쁨과 슬픔이 뒤바뀌기 일쑤여서, 웃음 끝엔 눈물이기 쉽고, 만남과 이별도 걸핏하면 서로 뒤바뀌어 만나자 이별인 경우가 많다. 천상 세계에서야 설마 했건만, 보라! 견우직녀도 만나자마자 헤어지지 않던가? 이별의 야속함은 천상천하 다름없네.

피리 소리에 맞춰서 함의 목소리도 잦아들었다. 설화의 시선이 함에게로 꽂혔다. 젊은 백호랑이의 얼굴에는 뜻 모를 미소가 걸려 있었다. 태율이 단정한 미간을 찌푸리며 입을 뗐다.

"이 좋은 소리에 맞춰 왜 이별을 노래하십니까. 날도 좋고, 소리도 좋고, 바람도 좋은데 이별은 싫습니다."

"하하, 잠시간의 이별은 더 기쁜 만남을 위한 시간입니다. 이별을 두려워하지 마세요, 황자님."

"…… 모든 이별이 다시 만남으로 이어지지는 않습니다."

---

* 권벽(權擘, 1520~1593)의 한시. 호는 습재(習齋). 1543년(중종 38년)에 진사, 1546년(명종 1년) 예조정랑으로 춘추관의 기주관을 지냄.

"흠, 그것도 맞는 말이군요!"

"함님께서 산통 다 깨셨네요."

옥피리를 품에 안고 그들의 곁으로 다가와 자리한 설화가 선한 웃음으로 분위기를 환기시켰다. 함은 설화의 머리를 토닥여줬다. 그 손이 퍽 따뜻했지만 이제까지 한번도 이리 설화에게 손을 댄 적이 없던 함의 손길에 묘한 느낌이 일었다.

"그 옥피리는 사연이 있는 물건 같군요."

함이 설화가 안고 있는 피리를 힐끔 보고 은근히 물어오니 설화가 고개를 끄덕였다.

"예……."

"무엇인데, 그게?"

태율도 궁금함을 이기지 못하고 설화를 재촉했다. 그 목소리에 맞춰서 설화가 이야기를 풀어냈다.

"옥피리 이야기 들어본 적 없어, 태율?"

"옥피리 이야기?"

"혹시, 유배된 선비와 여우 이야기 말씀이십니까?"

태율은 도통 모르겠다는 표정인데, 곁에 있던 휼이 덤덤히 말을 받았다. 설화가 빙그레 웃고는 고개를 끄덕였다.

"맞습니다. 태율, 듣고 싶어?"

"응, 뭔데?"

"그게……."

설화의 낭랑한 목소리와 함께 태율은 이야기 속으로 빨려 들어갔다. 그의 귓가에 그림처럼 뚜렷한 영상이 흘러들어와 머릿속에서 펼쳐졌다.

*

옛날 옛적에 왕을 충실히 보필하던 높은 벼슬아치가 당파 싸움에 휘말려 첩첩산중으로 유배를 갔다. 아무도 살지 않고, 아무도 찾지 않으며, 누구도 관심을 주지 않는 그런 깊은 산골이었다. 온 집안이 풍비박산 나고 정권은 바뀌었으며, 믿었던 이들에게 심각한 상처를 받은 그는 산골짜기에서 죽지 못해 살고 있었다.

그러던 어느 날, 나물을 캐러 인근을 돌아다니던 중 사냥꾼이 흘리고 간 덫에 걸려 죽을 둥 말 둥 한 여우를 만나게 되었다. 선비는 여우에게 "너도 나도 인간의 덫에 걸려 상처 입은 작은 짐승이구나. 내 너를 살려내고 나 자신도 살려내야겠다"라고 하며 여우를 데려왔다. 매일같이 살뜰히 보살피고 챙겨준 덕분에 여우의 상처는 금세 아물었다. 비록 정이 들기는 했지만 자연의 본성을 거스고 싶지 않았던 선비는 여우를 놓아주었다.

그 후로 이상한 일이 일어나기 시작했다. 한번은 선비가 자고 있을 때 아궁이에 피워놓은 불씨가 잘못 튀어온 집이 불에 탈 뻔했다. 헌데 자고 있던 선비의 귀에 맑은 피리 소리가 들려 큰 화를 면할 수 있었다. 또 한번은 그를 유배 보내고도 성이 차지 않았던 세력이 그를 죽이려고 자객을 보냈다. 헌데 그날은 저녁부터 계속해서 피리 소리가 들려오는 것이었다. 뭔가 이상함을 눈치챈 선비는 그날 자리를 피하고 가짜 인형을 만들어놓았으니, 과연 그다음 날 칼에 찔려 있는 그의 분신을 볼 수 있었다.

선비는 '저 피리 소리가 나를 살려주는구나!'라고 생각하고 마음 깊이 감사했다. 그러던 어느 날, 밝은 보름달이 뜬 깊은 새벽에 그는 이상한 느낌에 눈을 떴다. 그가 마주한 것은 집채만 한 큰 도깨비였다. 그는 너무나 놀라 달달달 떨리는 다리를 추스를 수도 없었다. 도깨비는 자고 있는 선비를 잡아먹을 궁리를 했다. 도깨비방망이를 잃어버리고 마음이 사악해져버린 도깨비는 닥치는 대로 사람들을 괴롭혔다. 칼을 갈고 있는 도깨비를 보고 선비는 모든 것이 끝났구나 싶었다. 바로 그때, 청아한 피리 소리가 들렸다. 피리는 평소보다도 날카롭고 또렷한 소리를 내고 있었다. 그 소리를 들은 도깨비는 참을 수 없는 두통을 느끼며 바닥을 굴러다녔다. 머릿속이 바늘로 찔리는 듯 날카로운 통증에 고통의 눈물을 흘리던 도깨비는 점점 가까워지는 피리 소리 때문에 두려움에 떨었다.

동굴의 입구에서 한 소년이 옥피리를 불며 다가왔다. 도깨비는 마지막 힘을 내어 그 자리에서 도망쳤다. 울며 불며 잘못했다고 비는 도깨비를 그대로 지나친 채 소년은 선비를 풀어주었다.

"나는 당신이 살려준 여우입니다. 당신 덕분에 죽음을 면했습니다. 살뜰히 보살펴준 당신을 돕고 싶었습니다. 이 옥피리는 내 어머니께서 나에게 물려주신 물건입니다. 잡귀를 쫓고 복을 부른다는 귀한 피리입니다. 이것을 받아주세요. 나는 그래야 마음 편히 당신 곁을 떠날 수 있을 것 같습니다."

여우는 피리를 건네주고 홀쩍 떠났다. 여우의 보은에 목숨을 세 번이나 구한 선비는 죽을 때까지 화를 면할 수 있었다.

"흠, 흥미로운데? 그래서 지금 이 옥피리가 그 옥피리라는 거야?"

태율이 호기심 어린 눈으로 설화가 들고 있는 피리를 바라보았다. 설화는 말없이 태율에게 피리를 건네주었다.

　"예전부터 옥은 부정한 것을 쫓아낸다고 그랬어. 이 옥피리가 그 옥피리인지는 아무도 모르지만, 아주 오래된 물건인 건 확실해. 황자, 곧 있으면 생일이라며? 이건 내가 미리 주는 생일 선물이야."

　한눈에 보아도 귀해 보이는 옥피리를 선뜻 건네주는 설화를 태율이 물끄러미 바라보았다. 왠지 항상 설화는 태율에게 무엇인가를 주는 듯했다. 복숭아도, 알 수 없는 푸른 환도, 실띠도 그리고 따뜻한 애정도 듬뿍. 태율이 고개를 내저었다. 그리고 설화가 뻗은 손을 다시 밀어 넣었다.

　"매번 너에게 받기만 하는 것 같아 싫어. 나는 주고 싶어. 받는 것도 기쁘지만 내가 너무 못해줬어."

　"없는 걸 구해서 주는 게 아니야. 내가 가지고 있는 걸 네게 주는 건데, 뭘. 받아둬. 나보다 너에게 더 필요할 것 같아."

　"그래요, 황자. 시간은 많습니다. 설화 아가씨에게 천천히 그리고 풍족하게 갚아가면 되지요. 아니 그렇습니까? 설화 아가씨 팔 떨어지겠습니다."

　모두의 눈총을 받고 있던 태율이 하는 수 없이 설화가

내민 옥피리를 건네받았다. 왠지 이 시점에 선물을 받는다는 것이 영 마뜩찮았다.

"좋아, 나도 다음에 올라올 때 좋은 선물을 가져올게! 두고 봐."

"그래, 기대하고 있을게."

설화가 볼에 홍조를 가득 담고는 수줍게 고개를 끄덕였다. 태율은 그 미소를 보며 반드시 세상에서 좋다 하는 것들을 모조리 그녀에게 선물하리라 마음먹었다.

둘의 다정한 모습에 묘한 표정으로 부채를 팔락거리는 함만이 눈을 찡긋거릴 뿐이었다.

7장 / 운명의 실타래

    색색의 비단과 금박 장식으로 화려하게 치장한 행렬이 야트막한 산길을 타고 오르고 있었다. 수십 명의 사람들로 이루어진 이 행렬은 지금 단 하나의 가마를 위해 부단히 발을 움직였다. 단풍의 색을 훔친 듯 붉게 칠한 나무에 금빛 조각을 새겨 넣은 가마는 푸름을 뚫고 들어오는 강렬한 햇살을 가리기 위해 붉고 하얀 천을 겹겹이 드리웠다. 그 가마 위로 봄바람을 즐기며 행렬을 이끄는 이는 바로 황국 황실의 제1황자 태율의 모후이자 황실의 어미인 모란 황후였다.

    푹신한 요 위로 느슨하게 몸을 누인 가마 위의 여인은

한 아이의 어미라는 사실이 믿기지 않을 정도로 눈부신 미모를 가지고 있었다. 가마를 따라 사뿐사뿐 흔들리는 것을 여유롭게 즐기며 산길 저 너머를 바라보던 황후가 꿀을 발라 촉촉하게 빛나는 입술을 열었다.

"아직 먼 게냐."

나른한 황후의 목소리에 그녀를 입속의 혀처럼 따르는 심복 국 상궁이 재빨리 답했다.

"반 시간만 있으면 도착할 듯하옵니다, 마마. 날이 좋아 가마꾼들의 발이 가벼우니 금세 도착할 것이옵니다."

"그렇구나. 알겠다."

만족할 만한 답을 들은 모란 황후의 눈이 나른하게 감겼다. 황궁에서 가져온 짐 보따리에는 그녀의 하나밖에 없는 아들에게 줄 온갖 약재와 산해진미가 그득했다. 더군다나 이례적으로 밖에서 탄신일을 준비해야 했기에, 그를 위한 준비도 어마어마했다. 줄인다 줄인다 했지만 그녀의 행렬은 꼬리에 꼬리를 물고 끝이 보이지 않았다.

그래도 그런 행렬보다 더 큰 것이 어미의 마음이라, 더 챙겨 오지 못한 것이 많아 못내 마음이 쓰였다. 품 안에 있을 때부터 줄곧 시름시름 앓던 황자 때문에 황후의 마음은 성할 날이 없었다. 모란보다 아름다운 황후라 칭송받던 그녀였지만, 당장이라도 이승을 떠날 것만 같은 황자를 돌보느라 간계와 음모로 얼룩진 황실을 돌아볼 여력이 없었다. 그것뿐이랴? 젊고 아름다운 열두 후비가 늘 황제를 유혹하며 황후를 깎아내리려고 혈안이 되어 있었다. 하지만 황후는 치열한 황정도, 후비들의 총애 다툼에도 휘말릴 정신이 없었다. 그녀는 온통 황자 생각뿐이었다. 밤이면 피를 토하고 또 괜찮아지기를 반복하는 아이를 가진 부모의 마음은 항상 고단하고 바빠야 했다.

하지만 태생적으로 아름다운 미모는 별다른 노력이 없어도 항상 그녀를 눈부시게 만들었다. 오히려 헌신적이고 정성을 다하는 어미라 그 청순한 마음을 아끼는 황상에 의해 더 많은 총애를 받을 수 있었다.

황후의 눈앞에 황제를 쏙 빼닮아 늠름하고 아름다운 황자의 고귀한 얼굴이 둥실 떠올랐다. 이내 흐뭇한 미소가 어미의 입가에 달렸다.

"서두르자꾸나."

"예, 마마."

모란 황후의 마음은 어느새 활짝 열려 있을 별궁 대문에 먼저 달려가 있었다. 황후의 뒤로는 그녀를 따라 별궁 행렬에 나선 허준과 상선이 길을 같이하고 있었다.

*

"황자님."

별궁 황자의 침소 뒤에는 작은 못이 하나 있었다. 색색의 비단잉어 수십 마리가 노닐 수 있을 정도로 넉넉한 못은 깨끗하고 정갈하게 정리되어 있어 보는 것만으로도 마음이 단정해질 것만 같은 곳이었다. 그 못 위에는 작지만 고풍스러운 정자 하나가 있었는데, 본궁 황제의 뜰인 녹원鹿苑에 있는 봉황정鳳凰亭을 그대로 본따 크기만 작게 만든 것이었다.

황자 태율은 바로 그 정자 위에 자리를 잡고 앉아 청색 고운 실띠를 가지고 손장난을 치고 있었다. 조물조물 손을 움직여 끈을 이리저리 돌리고, 꼬인 실태 하나하나를 짚어보는 손이 제법 다정하고 조심스러웠다. 그의 손끝만큼이나 다정한 모양을 띠고 있는 곳이 황자의 입매였으니, 주체하지 못하는 연정이 흘러넘쳐 그의 입매가 고운 호를 그리고 있었다.

조용히 황자를 부른 휼은 태율의 대답이 없자 재촉하지 않고 대기했다. 작은 주인의 즐거운 사색을 차마 깨트리고 싶지 않았다. 하얀 나비가 그들 주위를 한 바퀴 돌 정도의 시간이 지나고 마침내 황자의 입이 열렸다.

"지금쯤 뭘 하고 있으려나……."

대답을 바라고 한 물음이 아니라는 것을 알기에 휼은 대답하지 않았다. 그저 황자가 마음을 가다듬고 자리를 나설 때까지 조용히 기다릴 뿐이었다. 주변을 날아다니는 하얀 나비를 보며 흐뭇한 웃음을 띠던 황자가 눈을 돌려 황산의 깎아지는 산허리를 바라봤다. 지금쯤 저 위 어디쯤에서 한적한 시간을 보내고 있을 사랑스러운 여인이 눈에 선했다.

'그래, 이번에 무엇을 주면 좋을꼬?'

잠시간 행복한 고민을 하던 태율이 이내 천천히 몸을 돌렸다. 그의 뒤로 휼이 묵묵히 바라보고 있었다. 그를 잠시 힐끔 바라본 태율이 조용히 발걸음을 뗐다.

"가자."

황자의 뒤를 따라 휼도 발걸음을 옮겼다. 이제는 제법 키가 자라 어느덧 휼의 어깨를 훌쩍 넘은 태율의 발걸음은 당당했다. 한 해 동안 기골이 장대해지고 어깨가 넓어진 황자의 뒷모습이 제법 사내의 기색을 띠고 있었다.

짧은 기간에 이리 장성한 황자님을 보고 놀랄 것이 분명한 황후마마를 생각하니 휼의 입가에 절로 흐뭇한 미소가 떠올랐다.

"어마마마."

화려한 금실로 수놓인 붉은 치맛자락과 그 위를 덮은
흰색 포 아래로 살며시 고운 발을 내밀어 땅을 딛던 모
란 황후가 반가운 목소리에 고개를 들었다. 그녀가 기억
하고 있던 그리운 아들의 한층 깊어진 힘찬 목소리였다.

"…… 세상에!"

모란 황후는 그 자리에 그대로 굳어버렸다. 그리도 그
리던 자식을 보며 황후는 자신의 눈을 믿을 수가 없었
다. 몇 번이고 눈을 깜박여 꿈이 아닌지 확인해본 황후
는 떨리는 목소리로 낮은 탄성을 내질렀다.

"세상에!"

놀라 동그랗게 뜬 눈에 서러운 눈물이 차올랐다. 놀라
움과 당황함 그리고 반가움이 교차된 붉은 눈동자가 그
녀를 호방한 미소로 반겨주는 그리운 아들의 얼굴을 보
며 덜컥 물길을 만들어냈다. 놀란 황후는 진줏빛 소맷자
락으로 입가를 가리고 그녀에게 다가오는 태율을 바라
봤다. 그토록 보고 싶어 하던 아들이 저리 번듯하게 어
미를 반기는데 그녀의 발걸음이 떨어지지 않았다. 놀라
고 기쁜 마음이 그녀의 발을 누르고 있었다.

'저 호젓한 이는 누구인가! 저 당당한 하늘의 아들은
누구인가! 내가…… 내가 꿈을 꾸고 있는 것인가?'

"어마마마!"

반듯하게 쌓인 돌계단을 내려오는 황자의 모습은 마치 20여 년 전의 황제와 같았다. 아니, 아름다운 어미의 모습을 섞어놓아 더욱 섬세하고 번듯한 옥안이었다. 감히 기대조차 해본 적 없던, 허약하고 가녀렸던 아들의 강건한 모습에 황후는 떨리는 마음을 주체할 수 없었다. 마치 꿈을 꾸는 것 같았다. 그런 황후에게 단번에 달려간 황자가 와락 그녀의 두 손을 잡았다.

"어마마마! 어찌 저를 보시자마자 눈물부터 보이십니까? 아들 가슴이 무너지는 모습을 보셔야 하겠습니까?"

"내 아드님……! 내 아들 태율이 맞는 것입니까?"

"아하하하! 그럼요. 어마마마의 아들 태율입니다. 어마마마, 여기까지 오시느라 고생 많으셨습니다. 어찌 이리 험한 길을 오셨습니까. 죄스러운 마음만 그득합니다."

"그런 말 하지 마세요. 지금 황자의 모습이 나에겐 그 어떤 축복보다 아름답습니다. 정말, 정말 우리 황자가 맞는 겝니까?"

물기가 배어 있는 황후의 떨리는 목소리에 황자가 호탕한 웃음을 보였다. 입구를 쩌렁쩌렁 울리는 시원한 미성에 황후를 따라온 모든 이들도 속으로 놀라움을 감추어야 했다. 저렇게 크게 웃을 수 있는 황자님이라니! 그 누구도 감히 상상조차 해본 적 없는 일이었다.

"어마마마! 소자를 못 알아보시는 것입니까? 섭섭하옵니다. 그새 제가 조금 자랐기로서니 이렇듯 소자를 못 알아보시다니요. 어서 들어가 소자와 회포를 푸시는 게 어떻겠습니까?"

"그래요. 그래요! 어서, 어서 들어갑시다, 황자. 어미가 지금 정신이 없습니다. 꿈을 꾸고 있는 것은 아니겠지요? 정녕 이게 꿈은 아닌 게지요?"

"어마마마의 옥수에 닿은 소자의 체온이 느껴지지 않으십니까? 어찌 이 따뜻함이 거짓이라 말할 수 있겠습니까?"

"그렇군요. 그래요!"

둘의 정다운 발걸음 뒤로 허준과 상선 그리고 휼이 눈을 마주했다. 놀라움을 감추지 못하는 허준과 애써 표정을 숨기는 상선을 이끌고 들어서는 휼의 얼굴에 묘한 웃음이 스치고 지나갔다. 다섯 사람의 뒤에 남아 있는 궁인들의 탄성이 터진 것은 그들이 완전히 모습을 사라지고 난 후였다.

"무슨 술법이라도 쓰신 것입니까? 요술이라도 부리신 겝니까? 어찌 이 어미 마음에서 툭 튀어나온 것처럼 늠름하신 겁니까?"

"하하하하, 어마마마. 황산의 기운이 좋긴 좋은가 봅니다. 이곳에 온 다음부터 씻은 듯이 병세가 낫더군요. 황산의 신선이 저를 돌봐주었나 봅니다."

자신이 말하고도 슬쩍 웃는 태율의 눈에는 장난보다는 진실함이 묻어 있었다. 말로는 설명할 수 없는 그들의 모습이 머릿속에 둥싯거리며 나타났다. 하지만 이내 그들의 모습을 지우고는 씩 웃어 보이는 태율이 어미의 놀란 속을 진정시켜주었다.

"그런가 봅니다, 참으로 그러한 게 틀림없어요! 황산의 신선께 어미가 치성이라도 드려야겠습니다. 아니, 황실 전체의 복이요 기쁨이니 크게 제사라도 올려야겠습니다."

"그리 기쁘십니까?"

"암요, 기쁘다 뿐이겠습니까? 버선발로 춤이라도 추고 싶습니다, 황자!"

태율이 호탕하게 웃으니 황후의 얼굴에 다시 감격에 겨운 눈물이 차올랐다. 그 모습을 숨긴다고 슬쩍 고개를 숙이는 어미의 모습에 태율 또한 뿌듯하게 웃음을 보였다. 이제는 제법 단단해진 태율의 손이 황후의 섬섬옥수를 힘주어 잡았다.

"허준! 내 그대에게 크게 상이라도 내려야겠네. 그대 말을 믿고 이리 황자를 보내 이렇게 좋은 모습을 뵐 수 있게 되었으니. 가지고 싶은 것은 다 말하여라."

고개를 돌려 허준을 바라보는 황후의 눈이 다정했다. 그 눈을 마주 바라본 허준의 마음 또한 벅차오르는 기쁨으로 그득했다.

"마마, 말씀을 거두옵소서. 소인은 그저 말씀을 올렸을 뿐 이리 스스로 강인해지시고 튼튼해지신 것은 황자님의 순수한 복일 뿐이옵니다."

순순히 고개를 조아리며 말하는 허준의 말본새가 황후는 그리 어여뻐 보일 수가 없었다. 돌아가서 당장 저이에게 큰 상을 내리리라 속으로 다짐한 황후가 고개를 저으며 허준을 가까이 불렀다.

"혹시 모르니 진맥을 짚어보시게. 옥체가 편안하신지, 기운은 장대하신지 어서 알아보게."

"예, 마마."

황후의 말에 태율의 손목을 짚고 진맥을 보던 허준은 다시 한 번 놀란 숨을 들이켜야 했다. 그가 알던 황자의 맥이 아니었다. 몸 전체가, 아니 그를 이루고 있는 모든 구성 요소가 달라져 있었다. 그 심하던 폐병이 씻은 듯이 사라진 것은 물론이거니와 그 때문에 가지고 있던 기관지와 오장의 이상 기운 또한 완전히 모습을 감춘 것이었다.

"황자님, 혹시 신체를 단련하고 계십니까?"

떨리는 허준의 목소리에 태율이 빙그레 웃음을 보였다. 가타부타 말하지 않아도 허준은 그 웃음이 긍정의 뜻이라는 것을 알 수 있었다. 놀라운 일이었다. 어지간한 무사들의 그것보다 힘찬 혈맥이 잡혔다. 손과 발 그리고 목과 혀, 눈자위를 모두 살펴보았지만 이제까지 그가 살핀 그 누구보다 건강한 신체였다. 불과 1년 사이에 당장이라도 죽을 것만 같던 육신이 누구보다 강건해져 있었다.

"황자, 단련이라니요? 그러다 다치면 어찌하시려고……."

"제 몸을 제가 지킬 수 있는 정도는 되어야 하지 않겠습니까, 어마마마. 황실은 그리 만만한 곳이 아니니까요."

태율의 부드러운 말에 냉기가 스며 있었다. 그런 황자의 말에 황후는 입을 다물어야 했다. 황실은 그의 말처럼 그리 쉬운 곳이 아니었으니……. 그녀의 아들은 1년 동안 칼을 갈고 있었다. 단단하고 날카로운 얼음 칼을! 황자의 푸른 안광을 들여다본 황후가 고개를 끄덕였다.

"많이…… 강해지셨군요."

"이곳은 생각을 정리하기도, 몸을 정비하기도 좋은 곳

이었습니다. 어마마마."

"그래요? 황산은 참으로 좋은 곳이군요."

순한 웃음으로 대꾸하던 황후가 황자의 손을 꼭 붙잡았다. 그녀의 떨리는 눈에 은근한 기대감이 살짝 모습을 보였다.

"그럼 이번에 어미와 함께 환궁하는 게 어떻습니까? 모두 놀란 모습을 볼 생각에 가슴이 다 떨립니다."

"환궁은…… 조금 더 기다려주십시오, 어마마마."

황후의 손을 마주 잡은 태율이 고개를 내저었다.

"아니, 어이하여……?"

당혹스러워하는 황후의 물음에 태율이 은밀한 목소리로 화답했다.

"우선은 제 말대로 해주십시오. 어마마마께서는 먼저 환궁하시어 아랫것들의 입을 단단히 단속하세요. 아직 제가 회복되었다는 소식은 전해지지 않는 게 좋을 것 같습니다. 그리고 청이 하나 있습니다."

"예?"

"태사를…… 윤 태사를 아무도 모르게 불러주십시오. 어마마마라면 가능하시지요?"

황자의 말에 황후의 눈이 놀라움과 두려움에 크게 떠졌다. 어찌 저런 말을 황자가 하는 것인지, 황후의 속이 놀라 펄떡펄떡 숨찬 제자리 뛰기를 했다.

"유, 윤 태사…… 말씀이십니까?"

"예, 아무도 모르게 말입니다."

황자의 말에 황후가 곤란한 듯 굳게 입술을 다물며 슬그머니 고개를 돌렸다. 붉게 올라오는 볼을 감추지 못한 어미의 낯을 보며 태율은 보지 못한 척 눈을 돌렸다. 이제 시작이었다. 그에게는 할 일이 많았고, 많은 변화가 필요했다. 그래서 많은 사람이 필요했다. 그동안 그와 그의 어미를 눌러왔던 압박과 계략을 뒤집고, 자신의 진짜 모습을 보일 준비를 해야 했으니. 그리고 그의 짝을 맞을 준비 또한…….

이제부터 본격적인 환궁 준비가 시작된 것이다.

*

"아가씨, 어디 가시게요?"

아침 일찍부터 행장을 챙겨 입은 설화를 보고 요랑이 쪼르르 달려와 물었다. 매일같이 투덕거리던 인간 두 명이 안 보이니 그동안 숨겨왔던 그의 꼬리가 시원하게 밖으로 빠져나와 세찬 바람을 일으키며 살랑대고 있었다. 짧은 치마를 가슴팍까지 올리고 그 아래로 덧바지를 껴 입고는, 허리끈 질끈 동여매고 신발끈 쫑쫑 묶은 설화의 곁에서 요란하게 치근대고 있었다.

설화가 피식 웃는 얼굴로 허리끈 아래로 작은 주머니 하나를 매달았다. 요 작은 주머니에서는 설화가 필요한 물건들이 툭툭 튀어나왔다. 마치 도깨비 주머니처럼.

"오늘은 저기 구월산 자락 좀 다녀오자, 요랑아. 거기 어디에 도깨비가 산다고 하더라. 가서 거기 좀 뒤져보고 와야겠다."

"예에? 도깨비요? 그것들은 위험하게 왜 보러 가십니까? 얌전한 것들이 아니라고요!"

"도깨비라는 것들은 자신들의 비천한 태생과 험악한 모습 때문에 천계인들의 고운 외모를 동경하지 않니? 그리고 또 항상 귀하고 좋은 것들을 잔뜩 쌓아놓기도 하고. 반짝이는 것, 특이한 것들을 좋아하니 혹시 아니? 황후화를 찾아서 거기에 숨겨놓고 있을지?"

깜짝 놀란 요랑이 커다란 눈을 껌뻑이며 바라보자 설화가 하얀 손가락을 퉁겨 요랑의 코를 때렸다. '아얏' 하는 소리와 함께 시큰거리는 코를 비벼대는 요랑을 보고 맑게 웃는 설화의 뒤에 어느새 함이 다가와 있었다.

"아가씨."

"엄마야!"

"하하하하, 구월산 자락에 다녀오신다고요?"

놀란 가슴 쓸어내리는 설화를 보고 빙그레 웃던 함이 그녀의 옆에 놓인 의자에 엉덩이를 내렸다. 그러고는 늘 들고 다니는 하얀 부채를 팔랑거리며 미소를 보였다.

"아이고야! 언제 또 몰래 들어오신 거예요."

"죄송합니다. 하도 정다워 보여 샘이 나서 장난을 좀 쳤습니다."

밉지 않게 눈을 흘기며 고개를 끄덕이는 설화를 보며 함이 묘한 미소로 은근히 말을 이었다.

"구월산에 산신이 하나 살고 있는데, 혹시 알고 계십니까?"

"구월산 산신요?"

그 말이 하도 은밀하며 설화와 요랑 모두 저도 모르게 귀를 기울여 함의 말을 듣고 있었다.

"예, 만 개의 돌로 석탑을 쌓고 999번의 선행을 통해 산신이 된 까마귀가 하나 살지요. 원래는 삼족오였는데……."

"였는데……?"

은근히 고개를 숙이고 주변을 둘러보는 함의 입가를 따라 요랑과 설화가 귀를 기울였다. 함에게 몸을 숙이고는 덩달아 자신들도 주변을 살피는 모습에 함이 속웃음을 삼키며 조근조근 말을 이었다.

"옥황상제님의 노여움을 사서 다리를 하나 빼앗겼다지 뭡니까!"

"예에? 아바마마의 노여움이요?"

"예에! 아, 이놈이 산신이 되고서는 제 깃털처럼 마음이 새카매져서 이리저리 사고를 치고 말썽을 일으키니 하계下界가 어지러워지고 혼돈이 생겨 기어코 상제님의 화를 샀던 거지요!"

"아이고야……."

무엇이 안타까운 것인지 설화의 목소리가 낮게 가라앉았다. 고개를 내젓는 모습이 함의 이야기에 담뿍 빠진 듯했다.

"그럼, 구월산에 들어가면 그 산신님은 안 뵙는 게 낫겠는데요, 아가씨?"

"그, 그런가?"

요랑이 걱정스레 설화를 바라보았다. 그러자 설화도 불안함에 고개를 끄덕거렸다. 그 모습에 함이 큰 소리로 웃어 보이더니 고개를 내저었다.

"걱정 마십시오. 아, 그래 봬도 그놈이 제 친우 아닙니까? 제가 말 잘해놓을 테니, 걱정 말고 다녀오십시오."

"그래도 될까요?"

함이 웃으며 고개를 끄덕였지만 요랑과 설화는 불안

한 마음을 떨칠 수가 없었다. 괜스레 그런 이야기를 먼저 들어가지고 마음에 먹구름만 끼어버린 것이었다.

'아이참, 함님은 친우라면서 왜 그런 얘기를 해주셔가지고는⋯⋯.'

빙글빙글 웃는 함을 힐끗 올려다본 설화가 마지못해 고개를 끄덕였다.

"아! 아가씨 그럼 저도 준비하고 나오겠습니다!"

"그래, 요랑아. 차비하고 나와."

아무 생각 없이 멍하니 자리를 지키고 있던 요랑이 퍼뜩 일어나 자신의 방으로 달려갔다. 원체 챙길 것이 별로 없는지라 금방 올 것을 알았기에 설화는 웃으며 고개를 끄덕일 뿐이었다. 그 모습을 바라보던 함이 사라진 요랑의 꼬리를 보고는 자신의 소매 주머니를 뒤적였다. 그러고는 하얀 두루마기 하나와 색색의 명주실로 꼬아 만든 팔찌를 하나 꺼냈다.

"이게 무엇입니까?"

"얼마 전에 제가 며칠 자리를 비운 적이 있지요?"

"예에."

"그때 천계에 잠시 다녀왔습니다. 천복대감天福大監님과 마고님을 뵙기도 하고, 또 알아볼 것도 있고 해서요. 그런데 제가 상계에 다다르자마자 어찌 알았던지 무인들에게 잡혀 으리으리한 궁궐로 끌려갔지 뭡니까?"

"으리으리한 궐이요?"

"예에, 아마 설화님은 잘 아시는 곳이리라 생각됩니다. 지는 석양의 색깔과 밤하늘 속 만월滿月의 색을 빼 와 지어진 궁궐이었죠."

"어머나!"

설화가 눈앞에 그려지는 익숙한 모습에 깜짝 놀라 입을 막았다. 눈에 선하고도 선한 그리운 그녀의 '집'이었다.

"그곳에서 처음으로 천존님을 뵙게 되었는데……. 아무튼 자세한 이야기는 나중에 해드리겠습니다. 천존님께서 저에게 공주님에게 이것을 전해주라 명하셨기에, 명 받잡고 이리 내어드립니다."

함이 어찌나 경건하고 조심스럽게 물건을 건네는지 설화가 당황하여 자리에서 일어났다. 살포시 한쪽 무릎을 꿇고 고개를 숙인 채 설화를 향해 올려 바치는 물건이 마치 왕에게 귀한 보물이라도 올리는 사신의 모습 같았다. 하늘의 천존께서 친히 내어주신 물건이니 황국 황산의 산신 따위가 함부로 잡을 수도 없는 물건이었다.

그 모습에 어색한 설화가 저도 덩달아 조심스레 물건을 건네받았다. 눈에 너무나도 익숙한 금빛 인장이 보이자, 저도 모르게 왈칵 눈물이 맺혔다. 저 하나 귀히 여겨

주시고, 어여삐 여겨주시는 아바마마의 따뜻한 손길이 떠올랐다. 고귀하고 황망한 존재인 하늘의 천존께서 친히 손으로 어르고 아끼는 하늘의 따님 얼굴에 선한 웃음이 걸렸다.

"은밀히 전해드리라 명 받잡았기에 이리 드립니다. 무례한 감이 있어도 너그러이 용서해주십시오, 공주님."

"갑자기 왜 이러세요. 저는 그동안 함님께 큰 은혜를 입으며 이곳에 묵은 사람입니다. 이러면 제가 낯을 들 수 없습니다. 무릎을 피시어요. 부끄럽습니다."

설화의 조용한 독촉에 함이 무릎을 폈다. 조용히 고개를 숙여 예를 표하는 함에게 설화도 맞절을 하며 예를 갖추었다.

"저 또한 한동안 준비해야 할 것이 있고, 또 바삐 오가야 할 것이 있기에 당분간 처소에 붙어 있을 수가 없을 것 같습니다. 허나 제 친우인 현오에게 잘 당부해둘 것이니 걱정 말고 구월산에 다녀오십시오."

"감사합니다."

함의 말에 설화가 조용히 고개를 숙여 예를 갖췄다. 뽀얀 얼굴에 걸린 선한 웃음에 함의 얼굴 또한 맑은 미소가 걸렸다.

"그럼, 조심히 다녀오십시오."

예를 갖춰 조용히 자리를 뜨려던 함은 머뭇머뭇 입이 열리려는 설화를 살피고는 천천히 발을 옮겼다. 누가 보아도 느릿하게 움직이는 발걸음이었다.

"저······."

"예, 말씀하시지요."

그런 함의 발걸음을 설화가 냉큼 잡아챘다. 설화의 말에 능청스러운 웃음을 단 채 함이 뒤돌아보았다. 저는 아무것도 모른다는 능글맞은 웃음이 그의 눈초리에 걸려 있었다.

"아가씨, 아까 함님께 무엇을 부탁하신 거예요?"

설화의 손을 꼭 부여잡고 바람을 타던 요랑이 궁금함을 이기지 못하고 입을 뗐다. 눈에 보이지 않을 정도로 빠른 바람을 타면서도 둘을 감싸는 공기는 부드럽기만 했다. 바람을 다루는 요랑의 능력이 탁월한 것인지 아니면 세상을 구성하는 요소들이 설화의 고귀한 혈통에 감히 함부로 할 수 없는 것인지, 그들은 바위도 가를 수 있을 것 같은 속도로 날아갔지만 옷자락만 살포시 펄럭거릴 뿐이었다. 그 신비롭고도 괴이한 모습이 딱 하늘에서 하강한 선녀와 같았다.

설화의 방으로 뛰어 들어갔을 적에 함을 붙잡고 '꼭

좀 부탁드려요'라며 곤란한 얼굴을 하고 있던 설화가 마음에 걸린 요랑이 조심스레 설화를 바라봤다. 설화의 얼굴에 예의 곤혹스럽고 묘한 표정이 걸렸다.

"아, 그게. 아무래도 구월산행이 며칠 걸릴 것 같아서……."

"그래서요?"

"그사이에 태율이 찾으면 잘 좀 말해달라, 뭐 그런 거였어."

"아."

그제야 그 곤란했던 설화의 얼굴이 이해가 되는 요랑이었다. 하긴, 며칠 동안 그들이 보이지 않으면 그 성깔 대단한 꼬마 도령이 생난리를 칠 것이 분명했다. 졸졸졸 설화를 따르는 도령이 마음에 들지 않는 요랑이 입을 삐죽였다. 어느 순간부터 자신만 차지하고 있던 설화의 옆자리를 그 태율인지 대충인지 하는 도령이 꿰차고는 내어주지 않았다.

'흥, 그래 봤자 인간이지. 우리랑은 다르다고.'

거세게 도리질 치며 심술궂게 뾰족뾰족해지는 마음을 다잡은 요랑이 콧김을 뿜었다. 애써 그를 부정해도 자꾸만 시나브로 그들 사이를 파고드는 태율이 걸렸다. 하지만 이내 그 마음을 떨쳐내며 요랑이 더욱 길을 재촉했다. 몽실몽실한 구름 아래 푸르른 산수가 강물처럼 흐르고 있었다. 그러나 그들은 모르고 있었다. 그 푸른 바람 길이 운명에 내정된 비틀린 이별로 가는 나루터였음을 말이다.

*

달과 태양의 색을 섞어놓은 것처럼 보기에도 눈이 부신 의복을 입은 이가 높고 커다란 의자에 앉아 머리가 하얀 이를 내려다보고 있었다. 또렷하게 빛나는 눈 사이로 차갑고도 뜨거운 영혼이 보일 것만 같았다. 하지만 하얀 머리카락과 흰 수염이 고귀하고 냉정한 그의 모습을 유하게 만들어주었다.

"그대, 함은 고개를 들라."

조가비처럼 단단히 닫혀 있던 상제의 입이 열렸다. 단단한 입술 사이로 나오는 목소리는 넓고 웅장한 방 안을 울릴 듯 또렷하면서도 은근한 위엄이 서려 있었다. 함의 무거운 고개가 천천히 들렸다.

"고귀하신 천존님의 명을 받들겠습니다."

그는 시선을 들어 상제를 마주하고 다시 한 번 존경과 경의를 담아 황망한 인사를 올렸다. 그를 무표정하게 바라보던 천존이 불현듯 씩 웃었다. 엄하고 단단한 얼굴에 웃음이 피니 그 모습이 봄날의 복사꽃보다 따뜻했다.

"그래, 황후화는 잘 찾고 있나?"

"소인이 미약하고 둔하여 아직 그 행방을 잡지 못했나이다. 송구하옵니다."

"그것은 그대의 잘못이 아니야."

천존의 말에 감읍할 뿐인 함이 고개를 조아렸다. 그의 머리맡에서 흘러나오는 장대하고 고귀한 기운만으로도 양어깨와 머리가 땅에 떨어질 듯 무겁고 황망했다. 옥황상제가 다시 입을 열었다.

"세상에 있지도 않은 것을 찾으라며 속여 떠밀어 내려보낸 어리석은 자매 때문에 그대와 우리 막내가 고생을 하고 있는 것이야. 과인의 집안일에 모두가 휘둘리는 것이지. 모두 과인의 불찰이네."

"천존과 하늘의 일은 이 땅 생명을 가진 것과 가지지 않은 것 모두 저 자신의 일보다 우선시되는 일입니다. 세상을 만드시고 질서를 잡아주시며 생명을 주시는 하늘님은 우리 모두의 아버지이니 설화 공주님 또한 우리 모두의 공주님이십니다. 그러니 그런 말씀 거두소서. 지당하고 합당한 일을 하는 것입니다."

어느 정도 예상을 했던 말이지만, 이리 실음으로 듣고

나니 마음이 무겁고 놀라울 뿐이었다. 설화 아가씨가 안쓰럽고 또 안쓰러워 통탄이 가슴을 울리고 있었지만, 작은 한숨으로 표출할 뿐이었다. 함이 이에 고개를 조아리며 대답할 말을 찾지 못하고 있을 때 다시 지엄하고 고귀한 옥음이 방 안을 울렸다. 그 목소리가 봄바람보다 따뜻하고 태양보다 직설적이어서 함의 얼굴이 붉어졌다.

"후후후! 천경天鏡을 통해 내려다보니 그대가 막내에게 꽤나 좋은 동거인이 되어주더군."

"당연한 일을 하고 있을 뿐이옵니다."

"비록 이 사단이 나의 모자란 딸들이 모여 벌인 사건일지라도 나는 이것이 우리 설화에게 좋은 기회가 될 수 있다고 생각하네. 거기에 월하가月下家에서 나온 운명의 실타래를 보니, 이 또한 내가 막아설 일이 아니라고 생각되었네. 하늘과 땅, 바람과 운명 그리고 질서를 만드는 우리가 나서서 혼란을 야기할 수는 없는 일. 나 또한 아비로서 마음이 아프고 서운하지만, 내가 딸의 운명과 삶을 좌지우지하는 것은 나의 소중한 설화를 망칠 수 있다는 것을 잘 알고 있네. 하늘의 천존이라 떠받들어지지만 나 또한 소중한 우리 아이들의 아비, 그 마음이야 모든 이들과 마찬가지일 것이라네. 그러니 함! 그대는 우리 막내 설화를 잘 부탁하네. 내 그 말을 일러주러 이리 불렀네."

"제 명줄과 영혼을 불살라서라도 설화 공주님을 모시 겠습니다!"

"하하하! 그렇게까지 하지 않아도 된다는 것을 알면 서! 말이라도 기분이 좋군. 허나! 머리 좋은 영물이자 인 간사를 들여다볼 줄 아는 신선이니 그대도 어느 정도 예 상하고 있을 거라 믿네. 우리 설화의 운명이, 아니 그 아 이의 운명줄이 얽히고설켜 그 꼬인 실타래를 풀어가는 것이 꽤나 먼 여정이 될 거라는 것을. 그리고 그게 바로 그 아이의 짝을 만나는 길이고, 세상을 돌아보며 눈을 키우는 일이라는 것을……."

그다음 말을 잇지 않아도 함은 알 수 있었다. 아비로 서, 하늘의 상제로서 처음부터 끝까지 보듬어줄 수 없음 을. 그리고 그 마음이 안타까워 이리 조력자를 붙여둔다 는 것을 함은 알 수 있었다. 깊이를 알 수 없고 차마 그 넓이를 헤아릴 수 없는 상제의 마음에 그는 가슴 깊이 고개 숙여 동조했다. 그리고 이 황망하고도 고귀한 이 의 눈 아래에 감히 설 수 있다는 것에 감사하고 또 거룩 히 여기며 그의 깊은 마음을 바쳤다. 그를 보는 상제의 눈이 냉혹하게 빛나다가 이내 다시 따뜻한 빛을 품었다. 세상의 모든 뜻을 담고 있는 하늘님의 깊은 눈이 함을 내리눌렀다. 하지만 이내 고개를 끄덕이며 그에게 몇 가지 물건을 건네주니 함이 무릎으로 받아가 머리를 조아렸다.

"가게. 그리고 황국의 운명과 하계의 새로운 전설을 만드시게."

천존의 말에 가슴 깊이 차오르는 전율을 간신히 삼키며 함이 머리를 조아렸다. 옹골찬 사내의 기상에 하늘의 뜻을 받잡으니 그 기운이 하 웅대하여 보는 이의 마음도 흡족하게 만들었다.

그리하여 함이 지엄하신 상제님을 뵙고 하계로 하강하여 존귀하신 설화 아가씨를 위해 판을 벌이니, 어허 그 판이 참으로 재미나고 흥겹구나.

*

길쭉길쭉한 여덟 개의 산봉우리에 둘러싸인 커다란 산 중턱에 그 험악한 산과는 어울리지 않는 고운 두 사람이 연신 산허리를 헤매고 있었다. 지형을 대충 휘휘 둘러보니, 함이 설명해준 그 구월산이 맞는 듯한데 산이 워낙 험악하고 어지러워 설화는 도저히 어디로 나아가야 할지 갈피를 못 잡고 있었다. 설화가 내리쬐는 뙤약

볕에 살짝 눈살을 찌푸리고는 그녀 앞에서 먼저 길을 살피고 있는 요랑을 향해 물었다.

"여기가 확실히 맞는 거지, 요랑아?"

"아, 거참. 저 좀 믿어보세요! 이래 봬도 제가 냄새 하나는 확실히 맡지 않습니까, 아가씨? 분명 여 어딘가에서 고약한 도깨비 냄새가 납니다. 확실해요!"

"으응, 네가 맞다고 하면 맞는 것일 텐데…… 휴우, 근데 왜 이렇게 안 보인다니."

"킁킁. 크웅킁. 컹! 여기, 요 근처예요. 분명 갈수록 냄새가 진해지고 있어요."

앞에서 연신 코를 벌렁이며 도깨비의 냄새를 찾아가던 요랑이 귀를 쫑긋, 꼬리를 살랑이며 덜컥 앞을 향해 뛰었다. 설화도 요랑의 발걸음에 맞추어 그를 따라 뛰어갔다. 듬성듬성 보이는 소나무들은 그 몸뚱어리가 기괴하고 신묘하게 꺾여 있었다. 신기한 소나무들이 숲을 이루는 자그마한 나무숲을 뛰어 가로지르니 그 앞으로 산 아래를 몽땅 내려다볼 수 있는 절벽이 그들을 맞아주었다. 뭉게뭉게 하얗게 퍼진 산안개가, 바다를 이루고 있는 신비하고 웅장한 자연의 산수화가 둘 앞으로 펼쳐졌다. 설화와 요랑이 그 모습에 입을 딱 벌리고 자연의 정기에 흠뻑 빠져들었다. 하얀 안개의 바다 속에 간간이 솟아오른 몇 개의 봉우리들이 마치 외딴 섬처럼 신묘했다.

"우와, 멋지다! 그치, 요랑아?"

"네! 하늘에서 내려다본 구름바다 같아요, 꼭."

"어머! 진짜 그러네. 저어기 듬성듬성 선녀들과 천신들이 숨어 있다가 나타나면 딱 하늘의 모습일 텐데. 그치?"

"네! 근데 왜 선녀님들이랑 천신님들이 구름 속에 숨어 놀다가 나오시는 거예요?"

설화가 요랑의 말에 고개를 갸웃했다. 그녀 또한 항상 궁금증을 가지고 있었다. 매번 둘둘 짝을 지어 구름 놀이를 가는 천신님과 선녀님들을 보자니 뭔가 마음이 간지럽고 수상했다. 그 안에서 짧으면 두어 시간 혹은 반나절, 한나절 놀다 돌아오는 천신님들과 선녀님들은 꼭 몰래몰래 숨어 놀다가 슬그머니 빠져나오곤 했다. 그때 그들의 얼굴은 하나같이 복숭아처럼 붉어져서 하하 호호 즐거워 보였는데, 한번은 설화가 하 궁금하여 그녀와 가까이 지내는 하늬바람을 주관하는 풍 대사에게 물어본 적이 있었다. 그랬더니 그가 박장대소하며 하는 말이!

"그 안에 남녀 춘정 찾아 숨바꼭질 거나하게 하시고! 서로의 뽀얀 배를 맞춰 뱃놀이하다 보니, 얼굴이 벌게지고 가쁜 숨이 턱턱 막히며, 세상이 오락가락하는 경험을 하고 나옵니다. 그 뱃놀이가 하도 재미나서 헤어 나오질 못하시니 한번 들어갔다 하면 정신을 못 차리시는 게지요. 그러니 그 선녀님들, 천신님들 거나하게 뱃멀미가 나서 비틀거리며 구름 숲을 빠져 나오는 게지요."

설화는 당시 그 말이 무슨 뜻인지를 몰랐다. 그렇다고 지금 그 뜻을 아느냐? 그것도 아니었다. 그저 구름바다 안에서 서로 배 맞추며 뱃놀이하시는구나, 그게 그리 즐거운 것이면 나중에 나도 끼워달라 해야겠다! 하며 속으로 의문을 삼켰을 뿐.

아무튼 설화가 그때의 기억을 되살려 요랑의 물음에 답해주었다. 들은 것을 전해주는 것이라 그 말에 확신은 없었지만 말이다.

"음, 그건 내가 예전에 풍 대사님께 들었는데 뱃놀이하다가 나오시는 거래."

"뱃놀이요? 딱 둘이서만요? 그 배, 참 작나 보네요. 쪽배 정도나 돼야겠습니다."

"그래! 쪽배. 쪽배인가 보다."

설화가 손뼉을 탁 치며 고개를 끄덕였다. 산중 장관을 눈앞에 두고 속살거리는 내용은 순수하지 못한데, 그 이야기를 하는 두 사람이 순진하기 그지없으니 묘하게 웃음이 나는 광경이었다. 하지만 주변에 그들을 향해 웃어줄 함이나 태율이 없으니 순진한 두 남녀는 제 얘기가 맞다고 고개를 끄덕거리고 있었다. 그렇게 둘이 눈앞의 장관에 시선을 뺏기고, 옛 생각에 잠겨 잠시 시답잖은 대화를 나누고 있을 때 요랑의 귀가 쫑긋거리기 시작했다. 그러더니 고 작은 코를 킁킁거리며 냄새를 맡고, 귀를 쫑긋쫑긋 세우니 설화가 저도 모르게 손가락을 세워 입에 대고 침묵을 지켰다.

"왜 그래?"

"쉬이이……."

한참을 귀를 쫑긋거리는 요랑에게 설화가 궁금함을 참지 못하고 입을 열었다. 그러자 요랑이 냉큼 손가락을 입에 대고 조용히 하라는 눈치를 주었다. 그에 찔끔한 설화가 자라처럼 입을 꼭 다물었다.

"…… 살…… 주세요……."

바로 그때, 어디에선가 희미한 소리가 요랑의 귀를 찔렀다. 그것은 분명 누군가의 음성이었다. 그 소리는 그들이 산 아래를 내려다보던 절벽 아래에서 타고 올라오고 있었다.

"게, 누구 있소!"

요랑이 냉큼 절벽에 납작 엎드려 절벽 아래를 훑어보았다. 요랑의 그 모습을 보고 설화도 요랑의 옆에 엎드려 그의 시선을 쫓았다. 그렇게 아래를 휘휘 둘러보던 설화가 깜짝 놀라 소리치며 어느 지점을 가리켰다.

"요랑아! 저기 봐!"

그녀의 손가락 끝에는 밧줄로 몸이 칭칭 감긴 커다란 사람 하나가 절벽 위에 아슬아슬하게 걸려 있었다. 힘없이 축 늘어져서는 바동대지도 못하는 꼴이 그곳에 그렇게 매달려 있은 지 꽤 오래되어 보였다. 요랑이 설화의 손을 쫓아 그것을 유심히 보더니 고개를 갸웃했다. 그러고는 불안스레 설화를 보고 조용히 속삭였다.

"아가씨, 저거 도깨비 같은데요?"

"도깨비? 도깨비가 왜 저리 매달려 있어?"

"글쎄요, 한번 내려가볼까요?"

"응, 같이 가보자."

자리를 털고 일어나 옷을 정리한 설화와 요랑이 손을 맞잡았다. 요랑이 자유로운 나머지 한 손으로 손을 휘저으니, 그의 앞에 바람을 꾹꾹 누르고 눌러 응축한 투명한 막이 형성되었다. 설화와 요랑이 그 위에 냉큼 올라섰다. 둘의 몸이 보이지 않는 판을 타고 둥실둥실 아래로 향했다.

"…… 살……려주세요……."

세찬 바람을 그대로 맞서고 절벽 가운데에 매달려 있는 그것은 눈도 뜨지 못한 채 살려달라고 끊임없이 중얼

거리고 있었다. 무척이나 지친 듯 축 늘어진 몸은 겨울
철 기와에 매달린 메주처럼 힘이 없고 버석하게 말라 있
었다. 보통 남자보다 머리 두 개는 큰 키에, 5백 년 묵은
소나무처럼 커다란 덩치와 정수리 가운데로 야트막하게
올라온 뿔이 딱 봐도 사람은 아니었다. 거기에 덥수룩한
머리와 짐승의 가죽을 엮어 만든 듯한 투박한 옷은 시장
어디에서도 볼 수 없는, 아니 천상 어디에서도 볼 수 없
을 정도로 조잡하고 지저분했다.

  '도깨비……? 그런데 누가 이렇게 만들어놓은 거지?'

  설화가 걱정 반, 의심 반의 마음으로 슬그머니 도깨비
를 향해 말을 걸었다.

  "괜찮아요?"

  "흐…… 쿨럭!"

  시름시름 앓는 도깨비를 본 설화는 의심은 날려버리
고 걱정을 한 아름 달고 그를 불렀다. 그러자 그 도깨비
가, 시린 겨울 지나 찾아온 봄소식보다 달큼한 목소리에
힘겹게 눈을 떴다. 파르르 떨리는 눈꺼풀을 겨우 들어
앞을 보니 말갛고 고운 얼굴을 내밀며 걱정 가득한 투
명한 눈동자가 보였다. 그의 도깨비 인생을 통틀어 이처
럼 곱고 어여쁜 이는 처음이라! 그 곱고 뽀얀 여인의 모
습에 숨을 훅 들이켠 도깨비가 순간, 머리를 가로지르는

생각에 눈을 찡그리며 울먹거리니 설화가 다시 또 놀라고 말았다.

"왜 그래요? 아파요?"

"…… 지가 참말로 이제 딱…… 죽을 판인가 보네요이. 하늘에서 내려온 선녀님을…… 선녀님을 뵙다니. 아이고…… 이제 전 죽어도 여한이 없네요이. 흐, 쿨럭. 이리 고운 임을 봤으니, 이 비천한 도깨비…… 천생의 소원 다 이뤘네요."

생에 대한 미련을 정리하기라도 하는 것처럼 눈물을 글썽이는 도깨비를 보니 왠지 모르게 마음이 아려서 설화는 그를 당장 구해줘야겠다고 마음먹었다. 덩치도 크고 인상도 험악했지만 왠지 모르게 정이 가는 이였다.

"어머! 그게 무슨 말이에요. 정신 차려요. 요랑아, 저 밧줄 좀 끊어줄래?"

"…… 구해주시게요?

"그럼, 그냥 가?"

설화의 말에 설마 하는 표정의 요랑이 눈을 끔뻑거렸다. 그는 절대, 절대 도깨비를 구해줄 생각이 없었던 것이다. 그저 그를 채근해서 도깨비 굴 위치나 알아보고, 또 아니 가르쳐준다 하면 자신이 좀더 찾아봐야겠다고 생각했을 뿐이다. 설화보다 조금 더 세상을 다녀본 그가 알기로 도깨비라는 것은 워낙에 흉포하고 아둔하여 제 멋대로인 데다가 은혜 같은 것은 모르는 종족이었다.

그런 것을 살려줘서 무엇하겠는가? 이 세상을 더 어지럽히면 어지럽혔지 도움은 절대 안 되는 집단이었다. 게다가 이 흉포한 도깨비가 이리 절벽에 매달려 있다는 것은 누군가 그를 잡아 벌을 주고 있다는 것이었다. 그 누군가는 분명 이 도깨비보다 힘센 자일 것이다. 그와 엮인다면 또 골치 아파질 것이었다.

거기까지 생각이 미친 요랑은 고개를 절레절레 내저으며 강경한 눈빛으로 설화를 바라보았다.

"아가씨! 이건 분명 누군가 도깨비를 벌하고 있는 것이에요. 그리고 도깨비들은 이 정도 고초로는 절대 죽지 않는 종족이라고요. 그냥 가요, 우리. 네? 우리가 굳이 구해주지 않아도 충분히 살고도 남을 거예요."

"그게 무슨 소리야, 이리 고통스러워하고 있는데! 저 홀쭉한 몰골을 봐. 분명 오랫동안 이리 매달려 있었던 게 틀림없어. 그러지 말고 얼른 구해주자, 요랑아."

"으, 아가씨. 아가씨 눈에는 불쌍한 생명으로 보이는가 본데, 제 눈에는 그저 흉포한 짐승 한 마리랑 다를 바가 없다고요."

그 말에 설화가 순간 엄한 표정을 지어 보였다. 그러고는 요랑을 향해 강한 어조로 말을 이었다. 그 눈빛이 그녀답지 않게 매서웠다.

"그래, 짐승. 너는 그럼 짐승이 이리 죽기 직전까지 시름시름 앓고 있으면 그냥 갈 것이야? 너도 짐승이었어, 요랑. 너도 난폭하고 흉포한 이리였다고. 잊은 거야? 상처 입고 다친 생명을 보면 구해주고 싶은 것이 인지상정이야. 네가 아직 그 마음이 안 든다면, 너에게 수행이 부족하고 덕이 부족한 것이야. 나는 네가 세상사를 돌볼 줄 아는 따뜻한 마음을 가진 영물이 되었으면 좋겠어. 남을 배려하고 포용할 줄 아는 부드러운 마음 말이야."

"……."

따끔한 설화의 말에 요랑은 말없이 고개를 푹 숙이고 말았다. 그리고 조금 빨개진 얼굴로 고개를 끄덕이더니 그를 결박하고 있던 포승줄을 향해 손날을 세웠다. 이내 핑 소리를 내며 줄이 끊어졌다. 그러자 대롱대롱 매달려 있던 도깨비가 바닥으로 떨어졌다. 그를 냉큼 잡아챈 요랑이 설화와 도깨비를 동반하고 절벽 위로 향했다.

"선녀님이 틀림없지라……."

몸이 둥실둥실 떠오르는 것을 느끼며 정신이 까무룩해지던 도깨비가 눈앞에 아른거리는 고운 여자의 얼굴을 떠올리며 선녀님을 보았다고 끊임없이 되뇌었다.

"정신을 잃은 거야?"

"그런 것 같은데요?"

"무슨 도깨비가 이렇게 쉽게 정신을 잃어?"

"그러게 말이에요."

설화와 요랑을 합쳐도 그보다 훨씬 더 클 것 같은 도깨비를 가운데 두고 둘이 주거니 받거니 이야기를 나누었다. 막상 저 아래서 끌어올리기는 했는데 설화마저도 도깨비를 깨우기가 조금 겁났다.

'그냥 갈까?'

순간 설화의 마음을 흔드는 달콤한 속삭임에 그녀는 마음이 혹했다.

'아냐, 어찌 쓰러진 이를 두고 그냥 가? 다 아바마마의 백성이요, 자식들인데.'

하지만 곧바로 고개를 저으며 마음을 다잡은 설화가 허리춤을 뒤적였다. 마른 입술이라도 축여줄 요량으로 수통을 찾아 허리에 매단 주머니를 뒤적였다.

"어? 무낭無囊이네요? 천계에서 가지고 오셨어요?"

요랑이 그제야 설화가 뒤적거리고 있는 봉황이 새겨진 주머니를 알아보고 놀란 표정을 지어 보였다. 설화가 뒤적이고 있는 '무낭'이라는 것은 평소에는 아무것도 들어 있지 않은 듯 텅 빈 주머니이지만, 막상 그 안에 손을 집어넣으면 주인이 그곳에 넣어둔 갖가지 물건들이 작은 입구에서 쑥쑥 튀어나오는 주머니였다. 아무리 많은 물건을 넣어도 무게가 무거워지지 않으며, 아무리 커다란 물건을 넣어도 입구가 찢어지지 않았다. 천계에서도 이 무낭은 꽤나 귀한 물건이었지만 상제님께서 설화가 태어날 적에 이것저것 챙겨 그녀에게 하사한 물건 중 하나였다. 본래 그것은 마고님께서 설화의 탄생을 축하하며 직접 하나하나 수를 놓고 만들어준 물건으로 그 높은 가치와 효용으로 온 세상이 탐을 내는 보물이었다.

"모르겠어, 서랍 안에 있던데?"

설화에게는 그저 쓰기 편한 주머니일 뿐이었지만.

설화가 잘 모르겠다는 듯 어깨를 으쓱해 보이고는 주머니를 뒤적여 항상 늘 지니고 다니는 대나무로 만든 수통을 꺼내 들었다. 본래 하늘의 용품인 그것은 겉은 볼품없는 대나무로 되어 있었으나 항상 물이 마르지 않는 귀한 수통이었다.

이내 설화가 수통의 입구를 열어 도깨비의 입에 다디단 물을 조금씩 부어주었다. 그러자 바짝 마른 메주처럼 쩍쩍 갈라져 있던 입술에 색이 돌았다. 설화는 조금 겁이 났지만 요랑이 곁에 있는지라 슬며시 입을 열어 정신을 잃은 도깨비를 불렀다.

"이봐요, 도깨비님. 정신 좀 차려보세요."

하지만 굳게 감긴 눈과 닫힌 입은 열리지 않았다. 그 모습을 보고 요랑이 어림도 없다는 듯 고개를 내저었다. 그런 미약한 소리로 이런 도깨비를 깨울 수 있을 리가 없지 않은가?

"아가씨, 깨어날 기미가 안 보이는데요? 흔들어볼까요?"

"그럴래?"

요랑이 고개를 끄덕이고는 손을 들어 도깨비의 어깻죽지를 막 잡으려는 순간, 어디선가 정체 불명의 소리가 들려왔다. 요랑이 손을 멈추고 귀를 쫑긋거렸다. 그의 예민한 귀를 파고드는 낯선 소리가 점점 가까워지고 있었다. 설화 역시 저도 모르게 주변을 둘러봤다. 동그랗고 어여쁜 눈동자가 이리저리 주변을 훑었지만 그녀의 눈에 보이는 것은 아무것도 없었다. 요랑은 더욱 낮게 고개를 숙이며 눈을 감고 바람을 타고 흘러오는 소리를 들으려 집중했다.

한동안 정적이 흐르더니 요랑이 벌떡 일어나 허리에 차고 있던 작은 검을 잡고 설화의 앞에 섰다. 바람 칼을 날릴 수도 있었으나, 아직 그 정체가 묘연하여 주의를 기울이기 위함이었다.

"누가 도깨비를 풀어준 거야! 어떤 놈이야!"

"누구냐!"

숲을 쩌렁쩌렁 울리는 우레와 같은 소리와 함께 검은 인영이 엄청난 속도로 튀어나왔다. 몹시 놀란 설화는 저보다 작은 요랑의 뒤로 쏙 숨었다. 요랑이 손에 든 칼을 고쳐 잡으며 그의 앞으로 튀어나온 검은 사내를 바라보았다. 키가 6척은 되어 보이는 장신의 사내는 까마귀의 깃털처럼 결이 좋은 까만 머리카락을 길게 늘어뜨리고 있었다. 그중 반을 잡아 묶었다. 그 검은 머리 사이로 슬쩍슬쩍 보이는 눈이 부리부리했고, 진한 눈썹이 고집 세 보였다. 거기에 험상궂게 구겨진 이마가 마치 곱상한 산적 두목 같은 생김새였다.

"너야말로 누구냐, 이놈! 누가 허락도 없이 저놈을 풀어주라 했느냐!"

사내가 인상을 구기며 그의 허리춤밖에 오지 않는 어린 요랑을 보고 기가 차다는 말투로 크게 호통을 쳤다. 그 소리가 하도 우렁차서 귀가 얼얼할 정도였다. 저도 모르게 손가락으로 귀를 틀어막은 설화가 요랑의 뒤에서 빠끔히 고개를 빼어 그를 바라봤다.

까맣고 커다란 그를 보고 있자니 덜컥 겁이 난 설화가 내밀었던 고개를 다시 쏙 집어넣었다. 그 모습을 내려다보던 사내가 다시 빽 하고 소리를 질렀다.

"어디서 굴러먹다 온 똥강아지 새끼랑 여우 계집애냐? 이 산은 이곳의 법도가 있거늘 누가 그리 설치고 다니라고 했느냐? 거기 너, 여자. 어린아이 뒤에 숨어 뭐하는 것이냐! 입이 있으면 말을 하렸다."

"무례한 놈! 누가 똥강아지랑 여우 계집이라는 것이야!"

요랑이 그 말을 듣자마자 길길이 날뛰며 눈앞의 거인을 노려봤다. 씩씩거리며 들썩이는 품세가 꽤나 분하고 화가 난 듯했다.

'뭐, 여우 계집애?'

화가 난 것은 요랑뿐만이 아니었다. 설화도 순간 겁을 잊고 불쑥 요랑의 뒤에서 얼굴을 내밀었다.

"어디 사는 갈까마귀가 이리 시끄럽게 울어대는 거지요? 똥강아지랑 여우 계집이라뇨? 눈을 비비고 다시 보셔야겠습니다. 아니면 그 눈도 까막눈이라 비벼봤자 소용이 없는 것인지요? 치잇!"

"아니, 뭐라?"

"귀 안 막혔습니다. 왜 아까부터 그렇게 소리를 지르시는지요?"

그에 놀란 것은 요랑이었다. 언제부터 설화가 이리 따

박따박 사람 약을 올리던 이였던가? 설화는 항상 순하고 맑은 이였지, 화를 내는 사람의 속을 긁는 이가 아니었다.

'그 꼬마 놈이 순한 설화 아가씨 성격 다 버려놓았구나. 쯔쯧!'

설화 덕분에 속이 좀 시원해진 요랑이 저도 모르게 상대를 약 올리듯 올려다봤다.

"하, 요것들 봐라?"

"요것들이라니요. 초면인데 조금 무례하시군요?"

"호오! 무례?"

까마귀 신선 현오玄烏가 흥분했던 마음을 가라앉히고 그를 향해 눈을 치켜뜨는 둘을 바라봤다. 둘의 눈빛에는 당당한 기백이 꽉 차 있었고, 영롱한 기운이 돌고 있었으니 현오는 눈을 깜빡거리며 눈앞에 두 사람을 다시 봐야 했다.

작은 사내아이 같은 놈은 짐승처럼 꼬리와 커다란 귀를 가지고 있는 것이 딱 영물이었다. 그 생김새를 보아하니 이리나 늑대 과에 속할 것 같은데, 짐승이 영물이 되려면 수많은 시간 동안 덕을 쌓고 귀한 이를 섬겨야 가능했다. 즉, 그 말인즉슨 그가 감싸고도는 저 작은 여자가 귀한 인물일 가능성이 크다는 것이었다.

'누구지? 신선은 아닌 것 같은데.'

그가 아는 한 저렇게 생긴 여자 신선은 주변에는 존재하지 않았다. 거기에, 신선이 되려면 많은 시간 동안 덕을 쌓고 수행을 해야 하는데 그 과정에 여성이라는 생물체는 영악해지고 간사해지는 경우가 많았다. 헌데 눈앞에 있는 저 여인은 간사하고 영악하기보다는 순진하고 겁이 많아 보였다. 비록 그를 향해 따박따박 따지고 들긴 했지만.

'선계? 상계? 어디에서 온 것이지?'

머리 아픈 것을 싫어하는 그는 이내 인상을 찡그리고는 시끄러운 머릿속을 잠재웠다. 그리고 언제나 그렇듯 있는 성질 없는 성질 긁어모아 그들을 향해 다시 우렁찬 소리를 질러댔다.

"무례는 누가 저질렀는데! 네놈들이 허락도 없이 이 땅에 들어와서는 저 도깨비를 풀어준 것 아니냐? 그렇다면 누가 무례한 것이겠느냐? 허락도 없는 일을 저지른 너희 아니겠느냐?"

"어찌 이 땅이 당신 거라 말하는 것이지요? 아하! 그러고 보니 구월산에 사는 신선이 까마귀 신선이라 하더니, 당신이 그 까마귀 신선 현오님입니까?"

현오의 말에 불퉁거리던 설화가 금세 표정을 피고는

그를 다시 바라봤다. 그 눈은 호기심과 의문이 얽혀 투명하게 반짝이고 있었다. 현오는 자신을 알아보는 설화에 기분이 좋아진 것인지 씨익 웃으며 크게 고개를 끄덕였다.

"그렇지! 잘 아는구먼. 내가 바로 그 현오님이시다. 이제 알겠느냐?"

요랑이 설화를 돌아보며 현오에 관해서 수군거렸다.

"아가씨, 함님 말씀대로 정말 안하무인이 따로 없는데요?"

설화도 그에 질세라 요랑의 말에 대꾸해주었다.

"나도 설마설마 했는데, 함님의 말이 사실이었네."

'으잉? 이게 무슨 말인고? 함? 함이라면 황산의 늙은 백호랑이 함? 내 친구이자 원수인 함? 그 함 말하는 것인가?'

"너희 지금 황산의 신선 이야기를 하는 것이냐?"

"그렇습니다. 함님께서 자신의 친우라 당신을 소개해주었는데…… 혹시 전갈 못 받으셨습니까?"

그 말에 현오는 오늘 아침 그에게 날아왔던 독수리 한 마리가 생각났다. 다리 아래 묶여 있는 하얀 쪽지에 휘갈겨 쓴 한마디가 당최 무슨 뜻인지를 몰라 흘려들은 현오였다. 불현듯 대충 휘갈겨 쓴 그 한마디가 그의 머릿속에서 둥실둥실 떠다녔다.

'옥황상제 금지옥엽玉皇上帝 金枝玉葉.'

이 망할 놈의 백호랑이 새끼 자세히 좀 말해주지!

8장 / 비틀린 인연

꿀꺽.

무척이나 곤혹스러운 표정의 현오가 그 부리부리한 눈을 끔뻑거리며 설화를 다시 바라봤다. 크고 옹골찬 눈이 설화를 잡아먹을 듯 바라보니 설화는 그 눈에 또 질겁하여 요랑의 뒤로 몸을 숨겼다. 현오가 긴가민가 고개를 갸웃거리다가 의심에 찬 목소리로 물었다.

"잠깐! 너 아니, 너님 아니, 당신! 혹시라도 네가 아니, 당신이 상제님의 따님이라도 되는 건 아니겠지? 응?"

현오는 믿을 수 없다는 듯 떨떠름한 목소리로 물었다. 요랑의 주변을 빙글빙글 돌던 설화는 현오에게 경계심을 보였다. 현오의 말에 설화는 눈을 동그랗게 뜨고 고개를 끄덕였다.

"그 설마, 만에 하나, 혹시가 맞는 것 같은데요?"

"뭐? 거짓말이면 가만두지 않을 테다!"

"너 지금 우리 아가씨를 사기꾼으로 몰아가는 거냐? 너야말로 이 사실이 상제님께 알려지면 두 다리마저 뺏기고 한쪽 발로 콩콩 뛰어다녀야 할 것이야!"

요랑이 약이 오른 듯 현오에게 버럭 소리를 질렀다. 그 말을 듣고 있던 현오가 잘생긴 눈썹을 험악하게 찌푸리며 설화를 졸졸 쫓아다니던 발걸음을 멈추었다. 그리고 그를 잡아먹을 듯 올려다보고 있는, 그의 허리쯤에나 오는 소년의 동글동글한 머리를 향해 튼실한 주먹을 내리꽂았다.

따악!

둔탁한 소리가 고요한 산중에 시원하게 울렸다.

"아야야야…… 이씨!"

"어디, 너보다 몇백 살은 어른에게 따박따박 말을 낮추느냐? 네 아가씨가 그리 가르쳤느냐, 이놈아!"

"네놈도 우리 아가씨에게 말을 낮추고 있지 않느냐!"

"이게 또! 콰악! 난 살 만큼 살았고, 먹을 만큼 먹었다. 딱 봐도 이 아가씨보다 나이 많아 보이지 않느냐!"

"나이가 문제가 아니지 않, 않······습니까! 우리 아가 씨께선 무릇 그 태생적 고귀함이 다릅니다!"

요랑은 제 머리통만 한 주먹을 휘두르는 까마귀 신선을 보고 마지막 자존심을 살렸다. 그 모습을 기가 차다는 듯 바라보면서도 한편으로 '요놈 봐라?' 하며 그 기상을 귀엽게 본 현오가 수긍하는 척 손을 거두었다. 그런 둘을 한 발짝 떨어져 멀뚱멀뚱 바라보던 설화가 냉큼 요랑의 편을 들어주었다.

"우리 요랑이의 언사가 무례했던 것은 사과드립니다. 하지만 그쪽이 먼저 살기등등하여 우리를 향해 소리를 빽빽 질러대며 겁을 주었으니 잘못한 것은 매한가지 아니겠습니까, 현오님? 그러니 우리 모두 예서 화를 거두는 게 어떠할는지요."

그 말을 듣고 있던 현오가 손을 들어 머리를 긁적였다. 자신이 잘못한 것도 있고, 무턱대고 의심부터 했던 것이 사실인지라 양심이라는 것이 찔리기도 했고 또 정말 상제님의 금지옥엽이 맞다면 자신이 훨씬 더 큰 무례를 저지른 것이었다.

하지만 이 자존심 세고 고집불통인 큰 까마귀는 천성이 고약하고 지기 싫어하여 제 잘못을 인정하기가 쉽지 않았다. 거기에 자신의 다리 하나를 거두어간 상제님의 딸이라 하니 황망하기도 했지만 얄미운 것도 사실이라 불퉁불퉁해지는 마음을 가누기가 어려웠다. 다리를 빼앗긴 것도, 설화와 투닥투닥 소리를 높이고 있는 것도 다 저의 그 성격 때문인데도 말이다.

"흥."

현오가 머리를 긁적거리다가 이내 고개를 팽 돌려버리니 설화도 그 모습을 보며 고개를 내저을 수밖에 없었다. 저러는 모습이 꼭 요랑과 싸우는 태율과 다름없었다. 열세 살짜리 소년과 몇백 년 산 까마귀 신선이 똑같이 불퉁스러운 모양이라니. 설화가 속으로 혀를 쯧쯧 찰 수밖에 없었다.

"으으……."

그때 시름시름 앓는 소리가 들려왔다. 설화는 그 소리에 재빨리 도깨비의 옆으로 가 앉았다. 그러고는 부르르 떨리는 눈꺼풀이 열리기를 바라보았다. 요랑과 현오도 그녀 곁으로 달려와 도깨비를 내려다보았다. 도깨비의 두터운 눈이 열리더니 초점을 맞추는 듯 도리질을 치며 상체를 일으켰다.

"어머, 괜찮아요?"

"어……."

웬 고운 여자의 음성에 깜짝 놀란 도깨비가 소리의 진

원지를 바라보니 그의 옆에 꿈에서나 보던 선녀님이 그를 바라보며 걱정의 눈빛을 보내고 있더라. 그에 깜짝 놀란 것은 도깨비였으니.

"으허허!"

꿈이나 생시나, 저승 가는 길에 볼 것이라 여겼던 선녀님이 옆에 있으니 도깨비가 화들짝 놀라 뒷걸음을 쳤다.

"워메, 내가 지금 꿈을 꾸는 것인가? 아니, 죽기 직전에 헛것을 보는 것인가?"

어느 지방인지 알 수 없는 구수한 사투리를 구사하며 도깨비가 제 볼을 찰싹찰싹 때렸다. 그에 설화의 뒤에서 팔짱을 끼고 못마땅한 눈으로 그를 내려다보던 현오가 버럭 소리를 질렀다.

"꿈인지 아닌지 다시 벼랑에 매달려봐야 알겠느냐, 이놈아!"

"워메!"

그 성질머리가 어찌나 대단했던지 매 순간마다 소리를 지르며 말하는 현오 덕에 설화의 귀가 자꾸만 멍해지는 듯했다. 그에 설화가 다시 눈을 똥그랗게 뜨고 현오를 향해 맵지 않은 핀잔을 건넸다. 현오를 보고 놀란 도깨비는 그사이 그 큰 덩치를 벌벌벌 떨었다.

"입에다 파초선을 달았습니까. 왜 이리 소리를 지르세

요. 아휴, 놀래라."

"아, 묶여 있어야 할 놈이 버젓이 땅 위에 발을 대고 있
으니 내 화나 가서 그런다."

"두 발 달린 생명이 땅에 발 대고 있어야지, 하늘에 대
고 있겠습니까? 쯔쯧, 도깨비님 놀라셨잖아요!"

되려 현오에게 앙큼하게 쓴소리를 지른 설화가 바르
르 떨고 있는 도깨비를 염려 가득한 눈으로 바라봤다.
그녀는 버럭버럭 화만 내고 성질 급한 신선보다는, 덩치
크고 험악하게 생겼지만 순한 눈망울을 가진 도깨비에
게 더 정이 갔다.

"괜찮으십니까? 어찌 거기 매달려 있으셨나요? 저 까
마귀 신선님이 그리 만들어놓은 건가요?"

"선, 선녀님……."

"저는 굳이 말하자면 선녀는 아닌데……."

"이리 곱고 빛나는 분이 선녀님이 아니라면 누가 선녀
입니까?"

"저, 그게……."

곤란한 듯 얼굴을 붉히는 설화를 보며 현오가 또 심술
보에서 불룩불룩 솟는 심술로 도깨비에게 다가가 냅다
그를 발로 찼다.

"이놈이 그리 혼이 나고도 여색을 밝히네?"

"으힉!"

그를 보고 대경실색한 설화가 현오를 덜컥 부여잡았다.

"어머! 신선이라는 분이 이렇게 막 남을 함부로 해도 되는 거예요? 그리고 저 도깨비님이 언제 여색을 밝혔다는 거예요!"

"앗, 아가씨이!"

설화의 갑작스러운 행동에 제일 놀란 것은 요랑이라 저도 모르게 설화와 현오의 팔을 잡고 떼어놓으려고 낑낑댔다. 현오의 단단한 팔뚝을 잡았던 설화의 두 손이 요랑에 의해 떨어졌다. 이에 도깨비는 '선녀님'이 자신을 지켜줄 거라 생각했는지 슬금슬금 설화의 뒤쪽으로 가 숨었다. 몸은 크고 아둔해도 제법 눈치라는 것이 있는 듯했다.

"신선은 신선인데, 못돼먹은 신선이라 이리 다리 한쪽 잃지 않았니? 흥, 상관 말아."

"아휴, 잘나시었네요. 차암 잘나시었어요."

"너도 나 잘난 거 잘도 알아채었구나. 암, 내가 퍽 잘난 사내지."

그의 황당한 말에 설화가 못 말린다는 듯 고개를 내저으며 한숨을 쉬었다.

'어찌 이리 신선 되시는 분이 얄미운 말, 황당한 말만

골라 하시는지.'

설화는 더 이상 말을 섞으면 머리만 더 아플 것 같았다. 그녀는 자신의 뒤에서 눈치만 보고 있는 도깨비에게 몸을 돌려 인사를 건넸다.

"안녕하세요. 저는 설화라고 합니다. 이리 갑자기 찾아와 놀라게 해서 죄송합니다. 혹여 제가 찾는 것이 도깨비님께 있을지 몰라 이리 찾아왔습니다."

"야! 너 지금 나를 무시하는 것이야?"

그의 말에 대꾸도 없이 홱 돌아 도깨비에게 인사한 설화를 보고 현오의 머리에 열십자가 새겨졌다. 성질 급한 신선이 길길이 날뛰든 말든 설화는 뒤돌아보지 않고 도깨비의 대답을 기다릴 뿐이었다. 그녀의 말에 도깨비는 놀라고 황망하여 넙죽 고개를 숙이며 절부터 올렸다. 그 내려간 고개가 당최 올라올 생각을 하지 않고 설화의 말에 읍했다.

"아니고! 선녀님! 제가 가진 전부를 드리겠습니다요! 다, 다, 가지시랑게요. 꼴까닥 죽어가는 제 목숨 살려주셨는데 제가 다 드려야지! 암! 근디, 제가 도깨비방망이가 없는 도깨비라 가진 게 별로 없는디…… 이를 어쩐디야."

"어머, 이러지 마세요. 제가 약탈하러 온 산적도 아니

고, 도깨비님 물건을 죄다 가져가다니요. 헌데 도깨비방
망이가 없으시다고요?"

"예에, 그게 말이지……."

보드라운 설화의 손에 일으켜진 도깨비가 달콤한 향
내에 얼굴을 붉혔다. 그러다가 도깨비방망이 이야기가
나오자 그녀의 뒤에서 눈을 부라리고 그들을 지켜보고
있는 현오를 힐끔 바라봤다. 현오는 도깨비의 그 눈길에
'눈 깔아'라고 무언으로 압박해왔다. 도깨비는 '깨갱' 하
며 당장 눈을 내리깔았다.

하지만 그것을 눈치채지 못할 설화가 아니었다. 설화
가 현오에게로 몸을 홱 돌리자 현오는 짐짓 '나는 아무
것도 모르오' 하는 순진한 눈망울을 보였다.

"현오님, 도깨비 괴롭히기가 취미인 신선이신 줄은 몰
랐습니다."

"내가 뭘?"

"아니, 왜 도깨비방망이를 빼앗고 절벽에 매달아놓은
것입니까?"

"난 몰라. 모르는 일이야. 야, 도깨비. 내가 니 방망이
가져갔나? 어?"

"……."

도깨비는 말이 없었다.

"가져갔냐고!"

현오의 목소리가 높아졌다. 도깨비는 머뭇머뭇하며 입을 열지 못했다. 그에 현오가 다시 한 번 버럭 성질을 냈다.

"빨리 말해! 내가 가져갔어? 어? 내가 가져가는 거 봤냐고!"

"…… 아니요오. 아닙니다아."

기어드는 도깨비의 대답을 듣고서야 현오가 만족한 듯 설화를 쳐다보았다. 검게 빛나는 머리카락 사이에 마음도 시커먼 이라고 설화가 생각했다.

'어찌 이런 이가 함님과 벗을 맺은 것이지? 아니, 어떻게 신선이 될 수 있었던 거야?'

"어휴, 됐습니다. 됐고요. 일단, 도깨비님. 저희가 도깨비님 동굴을 한번 봐도 되겠습니까?"

"제, 제 동굴이요?"

"아, 안 되는 건가요?"

"야! 너 숨겨놓았지? 또 사람 납치해 오고 그런 거 아냐?"

"아이고! 아니지라! 절대, 절대 그런 거 없습니다요."

"그래? 그럼 얼른 앞장서."

괜히 버럭 소리 한번 지르고 현오가 도깨비를 툭툭 발

로 차며 재촉했다. 그 모습에 설화와 요랑이 눈을 동그랗게 뜨고 동시에 외쳤다.

"현오님도 가시려고요!"

"너는 왜 간다는 거야, 요!"

둘의 반응에 씨익 웃으며 어깨를 으쓱한 현오의 말에 설화와 요랑은 둘 다 지끈거리는 해골을 부여잡아야 했다.

"재미있어 보이니까."

*

도깨비의 은신처는 그가 매달려 있던 절벽에서 그리 멀지 않은 곳에 있었다. 그의 은신처가 생각보다 가까워 놀란 것은 현오였으니, 그는 도깨비 은신처 하나 알아차리지 못한 제 머리를 쥐어박으며 안타까워했다. 숲을 조금 헤매다 절벽 근처로 간 도깨비가 주변을 망설이듯 서성이다가, 그를 보고 서 있는 설화를 한번 돌아보고는 결심한 듯 나무와 바위에 가려져 있는 돌 틈으로 들어섰다. 그 돌 틈은 커다란 바위 뒤에 가려져 있었기에 쉽게 눈에 띄지 않았다. 멀리서 봤을 때는 사람 하나 들어가기 힘들 정도로 좁아 보였다.

"여기입니까?"

설화가 설마설마하는 마음으로 물었다. 그에 도깨비가
고개를 열심히 끄덕여주었다. 도깨비가 제법 힘을 주어
커다란 바위를 옆으로 밀어버리니 도깨비 하나 들어갈
만큼 돌 틈이 넓어졌다. 그에 요랑이 놀라서 고 작은 머
리를 갸웃거리며 그 틈을 연신 살펴보았다. 설화도 그들
을 따라 들어오는 빛을 쫓아 내부를 살폈다.

"지가 먹고 자고 하는 그런 곳입니다요."

"생각보다 따뜻하고 안락한 곳이네요."

"어허, 이놈 정말 아무것도 숨긴 게 없는 거냐?'

두리번거리는 일행을 보며 도깨비가 어색하게 머리를
긁적였다. 이곳에 누구를 데려온 적이 없는지라 영 어색
하고 낯설었다. 하지만 신기한 듯 동그란 눈을 굴리는
뽀얀 선녀님을 보니 도깨비는 절로 흥이 나고 마음이 뿌
듯했다. 그 옆에서 그의 안락한 보금자리를 다 뒤집고
다니는 시커먼 신선 하나만 제외한다면 말이다.

'에휴!'

현오를 두려운 눈으로 보고 있던 도깨비가 조심스럽
게 설화에게 다가갔다. 그러고는 주섬주섬 동굴 한구석
에 놓여 있는 도깨비와는 어울리지 않은 고운 자개함으
로 그녀를 데려갔다.

"지가 모은 게 별로 없습니다. 기냥 이것저것 줍고 받

은 거 몇 개가 다인디……."

자신 없는 듯 말하며 자개함을 건네주는 도깨비를 보고 설화가 되려 미안해졌다. 무엇을 빼앗거나 약탈할 생각은 없었는데 왠지 그녀가 그의 것을 탈취하는 듯한 기분이 들어서였다.

"딱 찾는 거만 있는지 볼게요. 감사합니다, 도깨비님."

"아니지라! 다 가지시어요잉. 지가 줄 게 이그밖에 없어서 겁나 죄송하네요."

기어이 그것을 설화에게 주며 다 가지라고 말하는 도깨비를 보고 있자니 설화의 마음이 불편했다. 그래서 아무 말도 하지 않고 자개함을 열었다. 조금 있다가 몰래 놓고 가려 마음먹고서는.

딸깍.

제법 경쾌한 소리를 내며 상자가 열렸다. 이리저리 동굴을 휘젓고 다니던 현오와 요랑도 그녀 곁으로 모여들었다. 잘 익은 호박만 한 크기의 자개함 안에는 제법 많은 것들이 들어 있었다. 다듬어지지 않은 노란 호박琥珀과 금붙이 몇 개, 자수 놓인 고운 손수건 하나, 붉은 실타래가 매달린 동그란 옥패 그리고 바짝 마른 곶감 두 개. 그 외에도 이것저것 잡다한 것들이 많았지만 특별히 보물 같아 보이는 것은 없었다. 특히 설화가 찾고 있는 황후화는 그 금빛 이파리 하나 보이지 않았다. 설화는 얕은 한숨을 내쉬었다.

"없네요, 아가씨."

"그래, 없네."

"어디 있을까요?"

"그러게 말이야. 도대체 어디 있는 거야."

설화와 요랑의 실망 가득한 대화를 듣고 있던 현오가 그들을 향해 물어왔다.

"뭐가? 뭘 찾는 거야?"

설화가 현오를 보고 대답을 망설였다.

'신선이라고 하니까 한번 물어볼까? 아니, 근데 성질이 대단한 분인데 알고 있어도 쉽게 알려줄까? 물어보지 말까?'

그녀의 망설임을 눈치챈 현오가 벌컥 이는 짜증을 이기지 못하고 설화를 재촉했다.

"뭔데? 얼른 말해!"

'아, 이 까마귀님이 정말!'

울컥 솟아오르는 마음에 입을 꼭 다물었던 설화가 문득 '까마귀는 반짝이는 것을 좋아한다'는 말을 떠올렸다.

"하아, 그게 말이죠."

설화의 부드러운 목소리가 아담한 동굴에 가득 찼다.

그녀의 말이 길어질수록 대경실색한 망량^{魍魎}의 입만 함
지박만 하게 커지고 있었다.

　쾅.

　"아이고, 아이고. 이 아둔한 천것이 뒈져야지요. 뒈지
야지요. 어찌 존귀하신 상제님의 공주님을 못 알아뵙고.
아이고! 이 눈깔을 빼야지, 이 쓸모없는 눈깔을 확!"

　"그러지 마세요, 도깨비님. 그러면 제가 민망하고 죄송
해지는걸요. 그만, 그마안."

　설화는 딱딱한 돌바닥에 머리를 쿵쿵 내리찧는 도깨
비 때문에 놀라서 그의 어깨를 잡았다. 그의 이마에는
벌써 핏물이 배어나왔다.

　"눈깔 빼게 내버려두지 왜 말리고 그러시나. 거참 도
깨비가 한번 말을 하면 지켜야지. 눈깔 내가 빼줄까?"

　"어찌 그런 무서운 말씀을 하십니까, 현오님!"

　"흥."

　심술궂게 고개를 돌리는 현오를 바라보며 설화의 가
슴에 얕은 한숨이 올라왔다. 근심하는 설화의 모습을 보
고 있던 요랑이 인상을 구기며 현오를 노려봤다. 고 작
은 주둥이가 열리면서 구시렁대는 모양이 현오에 대한
불만이 가득했다.

"지가 우리 아가씨한테 저지른 무례는 생각 안 하고……. 눈깔을 빼야 할 놈이 누군데…….."

"뭐라 했냐, 꼬마?"

"예? 아무 말도 안 했습니다. 귀 좀 청소하시죠? 자꾸 헛말을 들으시는 것 같은데."

백호랑이는 무서워도 큰 까마귀는 덜 무서운 요량이었다.

"이 개스끼가!"

"뭐요?"

쿵쿵쿵.

"아이고, 아이고. 내가 무슨 짓을 한 거여 시방."

한쪽에서는 지저귀는 까마귀랑 짖어대는 강아지 한마리, 한쪽에서는 돌바닥에 이마를 쳐대는 도깨비 하나.

정작 머리를 받고 있는 것은 도깨비인데, 아픈 것은 설화의 머리였다.

'아……. 시끄러워.'

설화는 깊은 한숨을 내쉬며 두 손으로 얼굴을 포갰다. 왠지 울고만 싶어졌다.

나머지 셋이 묘한 분위기를 눈치채고는 소리를 낮추었다. 합죽이가 된 셋은 어느새 설화 주변으로 모였다.

"아가씨?"

"야, 아가씨. 왜 그래?"

"공주님, 어디 아프세요?"

설화는 여전히 두 손에 고운 얼굴을 묻은 채 고개를 들지 않았다. 덜컥 서러움이 올라왔다. 설마설마하면서도 이곳에 황후화가 있을지도 모른다고 기대했는데, 그 기대가 무너지면서 낯선 곳에서의 1년이 덜컥 홍수처럼 그녀에게 들이닥쳤다. 거기에 아바마마의 전령까지 받았으니 부모님 품에 대한 그리움까지 몰아쳤다. 자꾸만 낯선 세상, 낯선 사람들 곳에서 스스로 부여한 임무를 제대로 수행하지 못하고 있는 자신이 미워졌다. 피곤함과 조급함이 몰려들어 그녀의 다리에 힘이 탁 풀렸다.

수컷 세 마리는 미동도 않고 설화를 바라보며 점점 묘하게 퍼져가는 불안감에 안절부절못했다.

그에 도깨비가 굴러가지 않는 머리를 굴리다가 번뜩이는 생각에 주먹을 내리쳤다.

"그러고 보니 요 몇 달 전부터 이상한 것이 구월산 자락을 뒤지고 다닌다던디, 혹시 그기도 황후화를 찾고 있던 것이 아닐까요이?"

그 소리에 요랑과 현오가 멈칫하며 도깨비를 바라봤다.

"무슨 소리냐? 이 산의 신선인 나는 정작 아무것도 못 봤는데?"

"시, 신선님이 깊이 잠든 새벽에 왔다가 금시 사라지는 자입니다요. 거시기, 맨날 오는 게 아니라 한두 달에 한 번씩 나타나는디, 처음엔 지도 까마귀 신선님인 줄 알았지라. 근디 이상하드라고요. 도둑팽이처럼 뭘 찾다가 금세 가버리고, 사라지고 해서……."

"…… 그게 누군데요?"

그제야 엎드려 있던 설화가 그 뽀얀 얼굴을 들었다. 그에 신이 난 도깨비가 화색을 띠며 입을 나불거렸다.

"그게 지가 왜 까마귀 신선님이랑 헷갈렸냐 하면, 그 신선님들 특유의 기운이 느껴지더라고잉. 그기 뭐라 설명하기가 차암 애매한데 그 뭐기시……. 뭐 여튼 그런 기운 말이요."

"도력?"

가만히 듣고 있던 현오가 한마디 붙였다. 그 말에 도깨비가 크게 고개를 주억거렸다. 사실 그 도력이라는 것도 잘 모르면서 말이다.

"예! 그 도력 그거 같은디? 죄송해요. 자알 모르겠네요. 근디 시꺼먼 옷에 산 절벽 어귀만 막 돌아댕기던디. 뭘 찾는 것처럼 보였습니다. 아!"

무언가 생각난 듯 손뼉을 짝! 친 도깨비가 서둘러 설화가 내려놓은 자개함을 열었다. 그리고 몇 번 뒤적이더니 그 안에 곱게 놓여 있던 옥패 하나를 꺼내 들었다.

"그자가 이것을 떨어뜨렸습니다. 지가 후다닥 주워 왔지요."

"…… 응?"

얌전히 설화에게 건네주는 옥패를 유심히 보던 현오가 그것을 탁 낚아챘다. 그러고는 이리 돌리고 저리 돌리고 또 가까이 살펴보면서 고개를 까닥까닥하며 이상한 표정을 지어 보였다.

"왜 그러세요?"

"이거…….."

설화가 동그란 눈으로 현오를 바라보았다.

"이거, 선계 물건인데?

"네에?"

"맞아, 이거 선계 물건이야. 선계에서 나오는 물건은 그 독특한 기^{氣}가 있어. 이거 틀림없이 선계 물건이야."

현오가 다시 힘주어 설화의 놀라움에 답해주었다.

*

"정말 가시렵니까?"

"응, 여기까지 왔는데 그냥 포기하고 돌아갈 순 없어."

"선계는 천계인을 배척합니다. 아시죠?"

현오를 따라 산 정상을 향해 오르던 요랑과 설화의 불안한 대화가 그들을 스쳐 가는 바람 속으로 흩어졌다. 그들의 대화를 별생각 없이 듣고 있던 현오가 요랑의 말에 토를 달며 반박했다.

"어허! 너 말 똑바로 해라, 강아지. 선계가 배척하는 게 아니라 궁희님이 천계인을 싫어하시는 것뿐이야."

"그게 그 말이죠, 뭐! 궁희님이 선계에서 군림하고 계신데 궁희님이 싫어하시면 당연히 선계 전체가 천계와 담을 쌓았다는 말이죠."

"선인들은 그렇게 똘똘 뭉쳐 있지 않아, 이놈아."

바람을 따라 펄럭이는 현오의 결 좋은 까만 머리카락이 중천에 떠오른 해를 받아 잘 익은 머루보다 어여쁘게 빛났다. 그 모습을 본 설화의 눈에 문득 고집스러운 까만 눈동자가 떠올랐다. 부쩍 커버려 이제는 설화도 더 이상 어린 소년이라 부를 수 없는 그 오만한 황자. 커져버린 덩치와는 안 어울리게 하루 종일 그녀만 쫓아다니는 그 황자의 얼굴이 떠올랐다.

'뭐하고 있을까? 어마마마가 오셨다고 그랬지? 좋은 시간 보내고 있으려나.'

직설적이고 당돌한 그 눈빛, 고작 열서너 살짜리면서

항상 설화를 압도하려 드는 그 오만함. 그녀의 눈길을 서슴없이 잡아채던 그 고집. 무서우리만치 솔직한 그녀를 향한 애정. 작은 몸 안에 갇힌 흉포한 짐승에 설화는 어느새 사로잡혀버렸다. 낯설기까지 한 그 저돌적인 애정에 그녀는 이미 흠뻑 물이 들어버렸다.

'아, 빨리 끝내고 가야겠다.'

문득 그 깊고 까만 눈동자가 사무치게 보고 싶어진 설화의 얼굴에 말간 미소가 수줍게 떠올랐다. 어서어서 태율이 보고 싶었다.

탁탁탁.

어찌나 서둘러 뛰어가는지 황자의 뒤를 쫓는 휼은 긴장을 늦출 수 없었다. 불과 1년 전만 해도 황자가 이 정도의 속도로 산을 오를 수 있으리라고는 상상조차 할 수 없었다. 빠른 속도를 유지하면서도 지친 기색 하나 없이 가볍게 산을 타는 황자의 모습에 휼은 다시 한 번 탄성을 내질렀다. 저 체력! 모든 것의 바탕은 튼튼한 몸이니, 황자는 그의 몸에 어떤 그림이라도 그릴 수 있는 훌륭한 밑바탕을 가지게 된 것이다.

'대단하신 분이다. 하늘이 저분을 돌봐주고 있음이 틀림없어.'

경외와 애정이 가득한 눈빛으로 황자를 좇는 휼이 그의 어린 주군을 보며 다시 한 번 충정을 다짐했다. 그런 휼의 생각을 아는지 모르는지, 황자 태율의 발은 바쁘기만 했다. 어서, 어서 달려가서 그리운 목마름을 채워야 했다. 어찌 일주일이나 보지 못하고 지냈는지, 그 자신이 대견하기까지 했다. 매일 밤마다 당장 뛰쳐나가고자 하는 제 자신을 말리며 괜히 달밤에 검을 휘두르던 그였다. 그의 생일날 저녁조차 펄떡이는 마음을 주체하지 못해 휼을 닦달하던 그였으니 그 보고픔이 얼마나 깊게 새겨졌을까.

'깜짝 놀라게 해줘야지. 그리고 이 선물을 안겨주면서 고 앵두 같은 입술 한 번 더 훔쳐야지. 깜짝 놀라 소리 지르겠지?'

해가 뜨기 전부터 단단히 채비하고 잽싸게 궁을 나온 태율은 그의 품 안에 고이 안고 있는 쌍가락지를 생각하며 벙싯 웃음을 지었다. 옥과 금으로 만든 가락지가 고운 설화의 손에 끼워질 생각을 하니 벌써부터 신이 났다.

'이제 이것만 끼워주면 다신 도망갈 생각 못 할 거야. 어디, 하늘 같은 서방님에게 등을 보이고 돌아서느냐는 말이지. 곧 있으면 내가 훨씬 커질 텐데, 두고 봐라 이거야. 내 철저히 공부해서 나의 내자라고 지장, 인장, 입술 도

장 다 찍어놓을 거라 이 말이야!'

콧김을 흥흥 내뿜는 태율의 얼굴에 불그스름한 딸깃물이 들었다. 한 살 더 먹었다고 더욱 앙큼해지는 그의 속내가 과연 성인이 지나면 어떻게 될지 볼 만해질 것 같았다.

"여봐라!"

대궐같이 으리으리하고 섬세한 조각들과 꽃으로 채워진 저택은 마치 아무도 살지 않는 집 같았다. 수십 명의 하인들과 떠들썩한 주인들로 채워져 있던 집은 마치 태율과 휼을 조롱하듯 고요하기만 했다. 태율이 온 집을 헤집고 다녔지만 개미 새끼 하나 눈에 들어오지 않았다.

"아무도 없습니다."

그보다 먼저 이상함을 느낀 휼이 집 안 곳곳을 둘러보고 황자에게 달려왔다. 그의 말에 태율의 표정이 새벽의 야차보다 험악하게 구겨졌다.

"아무도 없다니, 그게 무슨 말이냐!"

태율이 버럭 소리를 치고는 그 길로 설화의 방으로 뛰어갔다. 이토록 따뜻하고 아름다운 집에 아무 소리도 들리지 않으니 그 묘한 위화감이 그를 숨 막히게 했다.

'이른 아침이라 아무도 일어나지 않은 게야. 그런 게야.'

태율은 애써 불안함을 누르고는 벌컥 그녀의 방문을 열어젖혔다.

　방은 텅 비어 있었다. 마치 처음부터 그곳에 아무도 없었던 것처럼.

　"설화……."

　불안한 마음에 가슴팍에 소중히 넣어둔 쌍가락지를 꽉 쥔 태율이 터벅터벅 그녀의 침상으로 다가갔다. 그의 심장이 쿵쾅쿵쾅 불편하게 날뛰었다.

　'어찌하여 이리 이른 시간부터 아무도 없을 수가 있는 거지? 어찌하여, 그 흰머리 함조차 보이지 않는 거지?'

　곱게 정리한 이불이 머리맡에 얌전히도 놓여 있었다. 진달랫빛으로 수놓은 하얀 이불만 덩그러니 침상에 놓여 있었다. 침상 옆으로 작은 문이 있었다. 설화의 옷가지와 장신구가 정리되어 있던 쪽방이었다. 그 방문을 열어보니 수십여 벌의 고운 여자 옷이 정갈하게 걸려 있었다. 태율은 자신의 눈에 익은 옷들을 손으로 쓸어보았다. 고운 촉감이 그의 손에 가득 잡혔다.

　"어디 간 거지?"

　태율의 불안한 눈동자가 방 안을 샅샅이 훑었지만 그곳에 설화는 없었다. 늘 설화를 쫓아다니던 요랑도 보이지 않았다. 태율의 얼굴에 열이 확 올라왔다. 불편함과 불안함이 섞여 알 수 없는 화로 변했다.

"어디 간 거야!"

집 안을 쩌렁쩌렁하게 울리는 커다란 고함 소리에도 불구하고 새 한 마리 날아다니지 않았다. 서랍, 면경함, 침상 아래 그리고 장식함 아래까지 모조리 훑어보았다. 태율의 뒤에서 휼이 조용히 그를 불렀다.

"황자님."

"뭐지?"

태율은 휼을 쳐다보지도 않고 신경질적으로 대답했다. 휼이 머뭇거리듯 천천히 입을 뗐다.

"함님의 전각 위에 이런 게……."

태율은 재빨리 휼을 돌아보았다. 속이 보일 듯 얇은 종이 위로 꺼무스름한 글자가 어렴풋이 모습을 보였다. 태율의 손이 먹이를 낚아채는 독수리보다 매섭게 그것을 채어갔다. 불안한 숨결이 그의 입술을 마르게 했다.

'연이 닿으면 다시 만날 것입니다.'

"이게 무슨!"

태율은 주체하지 못할 정도로 마음이 심란했다. 문득 며칠 전 함의 말이 떠올랐다.

'잠시간의 이별은 더 기쁜 만남을 위한 숙성의 의식일 뿐입니다. 이별을 두려워하지 마세요, 황자님.'

"이 빌어먹을 늙은 호랑이 같은 놈!"

질펀한 욕지거리가 황자의 입을 타고 흘러나왔다.

*

인간계人間界가 생명의 생기와 생동감을 그대로 느낄 수 있는 역동적인 아름다움을 간직하고 있는 세계라면, 선계仙界는 산과 들, 하늘과 땅 그리고 안개와 바람이 모두 조화롭게 '멈춰' 있는 세계였다. 꿈속의 세계로 들어온 듯 몽롱하고 아찔한 기분에 빠지게 했다. 섬세한 조각이 모두 제자리를 찾아 안착해 있는 그 완벽한 아름다움은 그것을 보는 이들의 눈을 한순간에 사로잡고, 정신이 아득해질 정도로 매력적인 풍경을 펼쳐놓았다.

"정말 훌륭한 절경이네요."

"히야!"

설화와 요랑 또한 난생처음 보는 그 오묘한 아름다움에 눈을 동그랗게 뜨고 감탄을 금치 못했다. 마치 잘 간 먹으로 그려놓은 한 폭의 산수화 같았다. 뿌연 안개와 뾰족뾰족 솟은 돌산 사이로 듬성듬성 보이는 청솔 군락이 설화의 눈을 사로잡았다. 산과 강이 만나는 곳이면 어김없이 정자가 내려앉아 있었다. 맑은 달이 뜨면 달구경을 해야 할 것처럼 탐스러운 자태였다.

"이런 것들은 절경이라 부를 만하지 못하다."

먹보다 검은 머리를 길게 늘어뜨린 갈까마귀 선인 현오가 입을 다물지 못하는 두 사람을 보고 구시렁거렸다.

"어머, 그게 무슨 말씀이세요? 이렇게 아름다운데?"

눈을 동그랗게 뜬 설화가 현오의 말에 반문했다.

"죽은 풍경이야. 1년이 지나도, 10년이 지나도, 아니 평생 이것들은 바뀌지 않아. 궁희님이나 몇몇 선인들이 힘을 합쳐 그때그때 풍광을 바꾸거나 새롭게 돌산을 깎아내지 않는 이상, 이것들은 변화하지 않지. 그러니 죽은 풍경이 아니고 뭐란 말이냐?"

"죽은 풍경……."

설화는 현오의 말을 되새김질하며 다시 아래를 자세히 살펴보았다. 과연 모든 것이 멈춰 있는 듯 보였다. 붉은색과 회색이 적당히 섞여 있는 돌산을 끼고 흐르는 안개조차 일정한 속도와 간격으로 스멀스멀 움직이고 있었다. 정말 눈 아래의 풍경은 산수화山水畵 그 자체였다.

"허면, 이곳에는 생물들이 살지 않는다는 것인가요?"

"허허, 아니지. 이곳에도 엄연히 살아 있는 생물들이 터를 잡고 있지. 허나 선계의 기라는 것이 특별한 데다가, 이곳에 터를 잡은 생물들도 일반 동식물은 아니다.

나름대로의 이지理智를 가지고 있는 것들이지. 거기에 신선처럼 딱히 번식욕이 없어. 그래서 그 개체수가 극히 적다."

"특이하네요. 언뜻 보면 인간계와 크게 다를 바 없는데."

"신선이라는 것들이 오만하니 그 선인들이 몰려 사는 이곳 생물들도 오만해지는 거지. 쯔쯧!"

현오의 말에 설화가 힐끔 그를 돌아보았다. 옅은 한숨을 내쉬며, 안타깝게 아래를 둘러보는 현오의 눈동자에 아쉬운 미련이 슬쩍 모습을 보이다 사라졌다. 설화의 선한 눈망울에 그리 오만 방자해 보이던 현오의 모습이 불현듯 안쓰럽게 다가왔다.

"안타까우신 거죠?"

"뭐?"

인상을 찡그리며 설화를 돌아보는 현오의 눈빛이 슬쩍 흔들렸다. 그 모습에 설화가 빙그레 웃어 보이고는 저보다 1척은 더 큰 현오의 어깨를 토닥거렸다.

"힘내세요, 현오님. 무엇인지는 모르겠지만."

"…… 허어."

손이라도 닿으면 머리라도 쓰다듬어줄 기세인 설화의 말에 황당한 것은 까마귀 신선, 현오였다.

'한참이나 어린 여자가 뭘 안다고 위로하려는 것인지? 아니, 저 온실 속 화초 같은 공주님이 내 마음을 읽기라도 했다는 것인가?'

당혹스러움과 옅은 창피함에 현오의 얼굴이 구겨졌다. 하지만 설화의 손길이 기분 나쁘지는 않았던지 그 손을 굳이 내치지 않았다. 그저 얼굴을 붉히고는 전처럼 버럭 소리를 지를 뿐이었다.

"흥, 지가 뭘 안다고! 아, 이것아. 지금 이럴 때가 아니야. 네놈도 정신 차려라, 이놈아."

버럭 소리치는 현오를 보고도 설화는 슬쩍 어깨를 으쓱해 보일 뿐 별다른 꼬투리를 달지 않았다. 이유는 알 수 없었지만 왠지 그전처럼 그가 마냥 얄미워 보이지는 않았다. 설화는 머쓱한 헛기침만 내뱉으며 죄 없는 요랑의 엉덩이를 걷어차는 현오를 보고 다시 고개를 내저었다.

"이제 뭘 어떻게 해야 하죠? 이 옥패를 가지고 그 사람을 찾을 수 있을까요?"

"일단 네 옷부터 갈아입자."

"네에?"

제 마음을 투명하게 보여주는 설화의 얼굴을 보고 현오가 안타깝다는 듯 그녀의 머리를 투박하게 두드렸다.

"요놈이야 영물이라 그렇다 치지만 너는 천계인의 기

운이 너무 강해. 거기에 그 향긋한 냄새까지 모두 네가 천계인이라는 걸 알려주고 있으니. 옷부터 갈아입어야 겠다."

"에, 그치만 저는 이런 옷밖에 없는걸요?"

당황한 설화가 눈살을 찌푸리며 제 옷을 잡아당겼다. 크고 귀여운 눈망울이 당혹스러움으로 흐려졌다. 그 모 습에 장난기 가득한 미소를 지어 보인 현오가 제 턱을 문지르며 해결책을 제시해주었다.

"너는 내가 누구라고 생각하느냐? 응? 이 현오님이 있 는데 뭐가 걱정인 거지?"

현오의 말이 끝나고 동그란 설화의 눈이 깜빡깜빡 그 의 다음 말을 기대하며 반짝였다.

"아가씨."

입을 쩍 벌린 요랑이 요란스럽게 설화의 주변을 뛰어 다녔다. 그녀의 옷자락을 잡아당기기도 하고, 그녀의 손 을 잡고 빙그르르 돌리기도 하며 요리조리 설화의 모습 을 살폈다. 요랑의 그 요란스러운 행동에 당황한 설화의 얼굴이 복숭앗빛으로 물들었다. 저도 모르게 자꾸만 손 을 내려 제 몸을 감추는 통에 그녀의 작은 몸이 둥그렇 게 말렸다. 그 손을 잡아끌며 요랑이 '와아!' 하는 탄성을 내질렀다.

"아가씨! 엄청, 엄청 아름다우세요!"

"에헴, 이게 다 나의 솜씨다."

"히야, 굼벵이도 구르는 재주가 있다더니……."

"뭐야!"

현오의 솟아오른 턱과 거만한 눈빛이 요랑과 설화를 향해 반짝반짝 빛을 발했다. 고작 제가 한 것이라고는 주문 몇 번 외우고, 손을 몇 번 휘저은 것이 다이면서 마치 몇 날 며칠을 준비한 것처럼 뿌듯해하는 현오였다. 그런 현오를 향해 진심을 담아 칭찬을 건넨 요랑의 머리에 동그란 혹이 하나 더해졌다.

"이게 정말 선계의 복식이랍니까? 선인들은 모두 이리 입고 다니는지요?"

"신선인 내가 준 것인데 그 옷을 의심하는 것이냐? 어허! 내가 그 옷을 어디서 가져온 것인데! 궁희님의 옷을 만드는 직녀들을 닦달하여 얻은 옷이다. 언젠가 쓰일 날이 오지 않을까 해서 고이고이 간직해둔 것을 너에게 이리 내어주었으니 고마운 줄 알아야지."

현오의 말에 깜짝 놀란 설화가 목소리를 높이고 말았다.

"어머, 궁희님의 옷이요?"

"아니, 궁희님의 옷이 아니라, 궁희님의 옷을 만드는 직녀들이 만든 옷이라고."

"그럼, 궁희님 옷 아니에요? 궁희님의 직녀들은 궁희님 옷만 만들잖아요."

현오는 설화의 말을 듣고 고개를 절레절레 내저었다. 이 순진한 아가씨는 그녀들의 꿈수와 뒷거래를 알지 못했다.

"순진한 거야, 멍청한 거야? 어휴, 됐다 됐어. 그냥 입어, 잔말 말고."

"…… 어라? 아닌가?"

갸웃갸웃 고갯짓을 하던 설화가 제 몸에 꼭 맞아 휘감겨 있는 옷을 내려다보았다. 천계와 인간계에서 입던 옷과는 조금 다른 양식이었다. 매번 그녀가 입던 옷은 긴 소매 겉옷과 그 아래로 하늘하늘한 소재의 치마를 한껏 들어 올려 가슴 아래로 띠를 매어 고정시킨 옷이거나, 색채가 곱고 뚜렷한 짧은 저고리와 풍성한 속치마와 겉치마를 겹쳐 입는 화려한 옷이었다.

헌데 선계의 옷은 조금 달랐다. 마치 속치마를 가슴께까지 올려 입은 듯 하나의 옷으로 이루어졌고, 가슴을 둘러싸듯 바짝 조여 몸매를 드러내게 했다. 거기에 널찍하고 하얀 비단 포를 매었고, 그 포 아래에 노리개와 장신구를 매달아놓았다. 투명하고 깨끗한 어깨를 그대로 내보여 고운 여인의 선을 가감 없이 보여주면서 은근히 유혹하는 듯 매혹적인 옷이었다. 설화가 입은 옷은 연한 제비꽃 색으로, 하얀 실로 치마 한편에 고운 꽃을 수놓았다. 남에게 한 번도 보인 적 없는 제 어깨가 부끄러웠던지 설화는 자꾸만 어깨를 감쌌다.

"뭘 부끄러워하고 그러냐? 여기서는 모두 그리 입고 다니는데."

"…… 그치만 아직 아무도 이렇게 입은 이를 본 적이 없는데요?"

"그럼 이제 보러 가면 되지."

장난스럽게 입꼬리를 말아 올린 현오가 냉큼 설화의 손을 잡아챘다. 설화의 입에서 옅은 비명이 터져 나왔지만 현오는 못 들은 척 나머지 손을 들어 설화의 다리 아래로 쑤욱 집어넣었다. 설화가 도무지 어떤 상황인지 파악할 틈도 없이 현오는 한달음에 그녀를 끌어안아 하늘로 솟아올랐다. 그의 어깨 위로 새까맣고 아름다운 여섯 날개가 순식간에 나왔다.

"꺄악!"

그제야 깜짝 놀란 요랑이 재빨리 그를 따라 하늘로 솟구쳐 올라갔다. 여섯 개의 날개로 거침없이 하늘을 가르는 현오의 어깨에 눈을 질끈 감은 설화의 팔이 둘러졌다. 바람을 맞아 차갑게 식어가는 설화의 어깨에 현오 손의 뜨거운 기운이 느껴졌다. 그녀의 겁먹은 모습이 즐거웠던지 껄껄껄 웃던 현오가 더욱 높이 날아오르며 설화를 불렀다.

"죽은 풍경이라고 해도 처음 본 이들에게는 꿈에서나 볼 법한 아찔한 광경이지. 그 겁먹은 눈을 뜨고 아래를 내려다봐. 네가 언제 이곳에 다시 와보겠냐? 안 그래?"

그의 말에 호기심이 생겼던 것인지 설화가 조심스레 실눈을 뜨고 아래를 내려다보았다. 요랑과 함께 바람을 타고 하늘을 가를 때면 늘 요랑은 그녀를 생각하여 속도를 조정하고 바람을 살펴주었다. 하지만 현오는 요랑과 달랐다. 이 투박한 사내는 그녀의 당황한 속도 모르고 거센 바람을 그대로 맞으며 하늘을 갈랐다. 매서운 바람이 그녀의 눈을 따끔하게 했다. 아래를 살펴보던 설화는 매서운 바람에도 불구하고 눈을 동그랗게 떴다. 현오는 그녀에게 자신이 한 마리의 새가 된 듯한 느낌을 선사해 줬다.

"굉장해요!"

"하늘 아래 자유로운 것은 오직 새뿐이니! 새가 되어 본 기분이 어떠냐?"

"굉장해요! 굉장해! 꺄하하!"

처음 느껴보는 비행의 자유가, 답답하던 그녀의 속을 시원하게 뚫어주었다. 처음 그녀를 느닷없이 하늘 위로 데려간 현오에게 화가 났던 요랑도 설화의 생기 가득한 웃음소리에 그저 속도를 맞추며 그들을 따라갔다.

*

여섯 개의 날개를 가진 현오가 하늘을 가르는 속도는 가히 엄청났다. 날갯짓 한 번에 순식간에 백 리를 날아가니 눈 깜짝할 새에 그가 원하는 곳에 도착할 수 있었다. 선계를 이루고 있는 다섯 개의 큰 봉우리 중 가장 유명한 봉래蓬萊에 닿은 현오는 날갯짓을 정돈하며 가장 높은 곳으로 향했다. 힘차게 날아올 때와는 달리 사뿐히 땅에 내려앉은 현오는 설화를 내려놓고 자신의 흐트러진 옷매무새를 정돈했다. 설화도 바람에 날린 머리카락을 정리했다.

설화가 주위를 훑어보니 제법 많은 사람들이 보였다. 여러 사람이 삼삼오오 떼를 지어 있었고, 소나무에 소를 묶어두고 누워 있는 노인도 있었다. 한구석에는 팔각정에 노인들이 모여 장기를 두고 있었다.

"이곳은 어디예요?"

"인간계로 따지면 뭐, 장터라고 할 수 있나? 아니면 노인정? 아, 모르겠다."

"장터요? 아무도 물건을 사고팔지 않는데?"

"물건을 사고팔면 저들이 인간이지, 선인이게?"

"아, 그런가?"

"그런데 어찌 다 노인밖에 없냐?"

요랑이 이상하다는 듯 말하자 그제야 설화도 주위에 온통 노인밖에 없다는 것을 깨달았다. 설화가 현오에게 시선을 돌리자 현오는 어깨를 으쓱하며 특유의 귀찮다는 음성으로 이유를 말해주었다.

"인간계에서 단물 쓴물 다 마신 노인들이지. 뭐 거의 이삼천 년쯤은 산 노인들이니 무슨 재미가 있겠어? 자기들끼리 모여 작은 유희를 벌이거나 재미로 인간들을 도와주거나 하면서 어찌 생을 마감할까 고민하는 팔자 좋은 영감들이지. 인간계로 가면 삶이 느리니까 선계에 남아 있는 거야, 쯔쯧."

혀를 차던 현오가 손을 들어 저 멀리 정자에 앉아 있는 노인 두 명을 가리켰다.

"저기로 가자, 저 영감탱이들 여기 있을 줄 알았지."

"누구신데요?"

"내가 신선이 되는 것을 도와준 영감들?"

"어머, 정말요?"

설화의 말이 끝나자마자 요랑이 뭐라고 구시렁거렸다.

"…… 별 쓸데없는 짓을 다 하셨네."

퍼억!

현오의 주먹이 요랑의 머리 위로 떨어지자마자 요랑이 꼬리를 말고 펄쩍펄쩍 뛰어다녔다.

"말 안 듣는 똥개는 매가 약이니라."

요랑의 머리에 뜨끈뜨끈한 김이라도 올라올 것같이 볼록 혹이 솟았다.

"이 영감들 아직 안 죽었네?"

정자 위로 올라오는 까만 사내를 힐끔 보던 노인 둘이 부채를 펄럭이며 그를 맞아주었다. 새하얀 포를 둘러쓰고 난초가 그려진 부채를 팔랑거리는 둘은 시중에 떠도는 선인의 모습을 그대로 재현해놓은 듯했다. 새하얀 머리에 흰 띠를 둘러매고 폭이 넓은 소맷자락을 펄럭거리며 사람 좋은 웃음을 만면에 걸쳐놓은 모습이 그야말로 '나 신선이오' 하는 듯했다. 한쪽은 배꼽까지 길게 내린 수염이 인상적이었고, 한쪽은 수염 없이 하얀 머리에 상투관을 올려 쓴 모습이 인자한 할아버지 같았다.

인자한 인상의 둘은 현오의 건방진 어투가 익숙한지 껄껄껄 웃으며 오랜만에 보는 까마귀 신선에게 반색을 표했다.

"네놈 먼저 관 들어가는 것 보고 갈 것이니 우리 걱정은 하지 말거라."

"아! 욕심도 많수!"

"살아봤자 도움도 안 되는 네놈보다 우리가 살아 있는 게 더 낫지 않겠니?"

"하이고! 영감탱이들이 무슨 도움이 된다고."

주거니 받거니 안부 인사를 건네는 둘을 보던 나머지 노인 하나가 현오의 뒤를 따라 올라오는 설화를 보며 놀랍다는 듯 탄식을 내뱉었다. 그 소리에 자신을 알아본 것인가 긴장한 설화가 조심스럽게 고개를 숙이며 인사를 건넸다.

"안녕하세요."

"허허!"

뒤이어 현오와 요란한 인사말을 주고받던 노인도 바로 앞의 노인처럼 설화를 보며 탄식했다. 쯔쯔쯧 혀도 차며 고개를 내젓는 모습에 현오마저 긴장하여 노인들을 바라봤다.

"아! 이놈아! 이렇게 어린 색시를 데리고 오면 어떡

혀? 이이! 이거 완전 상도둑놈이네!"

"에잉, 도둑놈! 저 화적 같은 놈. 에잉! 색시, 어쩌다 이런 놈에게 걸려가지고……."

혀를 차며 설화를 안타깝게 바라보는 노인들의 말에 힘이 탁 풀리고 입이 쩍 벌어진 설화가 얼굴을 붉히며 손을 내저었다. 하지만 이미 노인들은 부채를 돌돌 말아 현오의 머리를 내려치고 있었다. 두 노인의 신명 나는 타작 소리에 설화가 놀라서 노인들을 말려보려고 했지만 이미 때리는 흥이 오른 노인들의 손은 마치 요랑이 산을 오를 때처럼 재빨랐다.

탁! 타닥! 탁! 탁!

"아, 아야! 아야야! 크흑!"

"에이 도둑놈! 능력 좋은 놈! 어디서 저렇게 곱고 어린 처자를!"

"이 도둑놈! 아이고, 아이고! 내가 천 살만 젊었어도! 아이고!"

아쉬운 듯 안타까운 듯 힘차게 현오를 두들겨 패는 부채에 힘이 실려 있었다. 머리를 감싸 안고 노인들의 부채 타작을 요리조리 피하며 난리를 피우던 현오도 설화와 눈이 마주치더니 괜스레 얼굴이 빨개졌다. 가무잡잡하고 날카로운 인상의 사내가 얼굴을 붉히니 더욱 눈에 확 들어왔다.

"아니에요! 아가씨랑 이놈이랑 엮지 마세요!"

팔각정 위로 뛸 듯이 날아든 요랑이 설화의 앞을 두 손으로 막더니 두 노인을 향해 빽 하고 소리를 질렀다. 요새 들어 자꾸만 설화 아가씨랑 엮으려는 남자들이 늘어나는 듯해서 요랑의 마음이 편치 않았다. 요랑이 보기에는 아직 설화 아가씨는 이 험한 세상에서 시커먼 남자들과 엮이기에는 너무나 순수한 존재였다. 요랑의 눈에는 어지간한 남자는 눈에 차지도 않는데, 어디서 고작 한 나라의 황자나 신선 따위와 엮으려 드는 것인지!

콧김을 내뿜으며 요랑이 고 귀여운 눈망울에 힘을 주고 노인들을 노려보았다. 늑대 본연의 울부짖는 소리가 섞여 쩌렁쩌렁 울리는 요랑의 외침에 신 나게 매 타작을 하던 두 노인이 손길을 멈추고는 요랑을 돌아봤다.

"저 꼬맹이 뭐냐?"

"아이고, 이리 새끼가 어찌 여까지 왔누?"

두 노인이 현오을 내려치던 손을 거두고 요랑을 향해 손바닥을 보이고는 강아지를 부르듯 간질간질 움직이니 요랑이 움찔 놀라 눈에 힘을 주었다.

"나, 난 개가 아닙니다!"

"아이고, 귀여워라! 이리 오렴. 우쭈쭈쭈."

"여기 육포 있다, 아가. 이리 와보렴."

요랑이 버럭 화를 내듯 소리를 질렀지만 강아지가 짖는 것보다 더 우습게 여기는 신선들은 소매 춤을 뒤지더니 육포 하나를 꺼내 들었다. 두 노인은 그들 앞에서 눈을 동그랗게 뜬 요랑에게 육포를 살랑살랑 흔들기 시작했다.

"우쭈쭈쭈."

"이리 와봐, 슉슉! 슈욱!"

"난 개가 아니라고요!"

눈까지 뻘게지면서 길길이 날뛰는 요랑을 보며 두 노인이 배를 잡고 웃기 시작했다. 요랑의 엉덩이에 볼록 튀어나온 꼬리는 삐죽삐죽 서서 성난 꼴을 그대로 보여주고 있었다. 그 모습을 보다 못한 현오가 나와 늙은 신선들을 저지하고 나섰다.

"거, 애 좀 그만 놀리세요. 영감탱이들이 나이 먹고 애들 괴롭히는 것만 재미 들려서는."

"아이고! 아이고! 귀엽구면, 귀여워. 내 한 마리 키웠음 하는데 말이야."

"예끼 이 사람아! 키워서 복날에 잡아먹을 사람이 키우긴 뭘 키워!"

"개가 아니라고요! 난 개가 아니야!"

울먹이는 요랑을 설화가 뒤에서 말없이 안아줬다. 요
랑은 설화의 품에 안겨 와앙 하고 울음을 터트리고 말았
다. 노인들에게 대들 수도 없고, 대든다고 해도 씨알도
안 먹힐 것 같은 서러움에 어린 요랑의 울분이 터졌다.
요새 들어 자꾸만 자기를 똥강아지나 개 취급 하는 이들
이 많아져 요랑은 속상했다. 자신은 엄연히 늑대의 일족
인데! 똥강아지가 아니라 숲 속의 포식자 늑대의 일족인
데! 바람족의 후손인데!

"…… 히끅히끅. 아니라고요. 난 개가 아니라고요."

설화는 자신의 품에 안겨 끅끅 울음을 참고 있는 요랑
을 가만히 쓰다듬어주었다. 그러자 요랑의 울음이 조금
씩 잦아들었다. 울음을 참아대는 소리에는 요랑의 서러
운 마음이 그대로 묻어 있었다.

두 신선은 그제야 어린 요랑을 놀려먹은 것이 미안했
던지 입맛을 다시며 서로를 마주 봤다. 요새 하 심심하
던 차에 귀여운 강아지 한 마리가 재깍재깍 반응해주며
재롱을 떨어주니 두 노인이 저절로 신이 났던 것이다.
설화가 우는 요랑을 끌어안고는 곤혹스러운 듯 어설픈
웃음을 지어 보이며 신선들을 향해 괜찮다 눈짓해주었
다. 노신선도 마음이 조금 짠했던지 슬금슬금 요랑을 향
해 다가왔다.

"뭐 울고 그러니?"

"심술탱이들, 쯔쯧!"

"시끄러, 이놈아!"

흰 수염을 길게 기른 신선 동방삭이 얼굴에 떠오른 장난기를 다 지우지 못하고 요랑의 앞에 와 털썩 주저앉았다. 그러고는 크고 주름진 손을 들어 요랑의 머리를 슬슬 쓰다듬으며 허허 웃었다. 요랑은 고개를 빠끔히 들고 눈물이 그렁그렁한 눈으로 쳐다보았다.

"요놈아, 할아버지가 좀 놀린 걸로 그리 울면 쓰냐? 사내놈이 주인 품에 안겨 울음을 터트리기는, 쯔쯧. 뚝 그쳐! 이 할애비가 네 녀석 눈물 값이나 좀 쳐줘야겠구나."

장난기 가득한 얼굴로 소매 춤을 뒤적이던 동방삭은 원하는 물건을 찾았는지 '옳다구나!' 소리치고서는 슬금슬금 무엇인가를 꺼내 들었다. 서서히 모습을 드러내는 그것은 칼날은 돌로 되어 있고 손잡이는 나무로 되어 있는 평범한 칼이었다.

"자, 옜다. 이것이 아주 귀한 것이다."

냅다 던져주는 칼을 받은 요랑이 어리둥절한 표정을 짓자 동방삭과 그 뒤의 노인 호공이 낄낄낄 웃으며 설명을 덧붙여주었다.

"그것의 칼날은 서왕모(西王母: 곤륜산에 살고 있는 최고위

직 여신)님 궁전의 기둥 뿌리를 잘라다가 만든 것이요, 손
잡이는 천도 나뭇가지를 잘라 묵히고 묵혔다가 원혼 천
개를 정화해주고 만든 것이니라. 악한 것은 무찔러주고
그 어떤 칼날도 막아낼 수 있는 천하의 명검이니, 그것
가지고 좀더 용맹해져라 이 말이다, 이놈아!"

"저게 볼품은 없어도 동방삭이가 제대로 사고 치면서
만든 것이라 귀한 것이지. 서왕모님께 혼이 나서 머리카
락을 죄다 뽑힐 뻔했으니!"

그 말에 현오조차 눈을 동그랗게 뜨고 요랑이 들고 있
는 물건을 이리저리 살폈다. 그의 얼굴에 문득 심술궂은
표정이 떠올랐다.

"아, 왜 나한텐 아무것도 안 주시오?"

그 말에 두 노인이 얼굴에 표정을 싹 지우고 정색하며
말했다.

"넌 귀엽지가 않잖아."

그 말에 현오는 입을 꾹 하고 다물 수밖에 없었다. 뒤에
서 있던 설화가 저도 모르게 풉 하고 웃음을 터트렸다.

끄응.

"왜요? 모르시나요?"

두 노인이 옥패를 가운데 두고 머리를 맞댄 채 끙끙거

리니 설화가 물었다. 그러자 턱 아래로 짧고 뾰족하게
기른 수염을 만지작거리며 호공이 답해주었다.

"아니, 알긴 알지. 잘 알지."

"아시는 거예요? 누구 꺼죠, 이건?"

"그것이……."

영 뜸을 들이는 모습에 현오가 제 성미를 이기지 못하
고 호공을 닦달하고 나섰다.

"알면 후딱 말해주지, 왜 이렇게 뜸을 들이슈? 우리가
뭐 가마솥 흰 쌀밥도 아닌데?"

"그것이 말이야……. 쯔쯧!"

호공이 뜸을 들이자 동방삭이 그것을 맞받아치며 말
해주었다. 그도 턱 아래로 길게 기른 수염을 만지작거리
며 인상을 찌푸리는 모습이 말해주는 것이 영 탐탁지 않
은 듯 보였다. 그는 짐짓 주위를 휘휘 둘러보더니 허리
를 숙이고 손을 모아 비밀스럽게 이야기를 풀어내기 시
작했다.

"그게 말이지. 궁희님께 따님이 하나 계신데 말이야."

"궁희님 따님들이 여럿 있지 않수?"

"말 끊지 말고 들어 이놈아!"

동방삭이 냅다 현오의 머리통을 쥐어박으며 호통을
쳤다.

"그런 따님들 말고! 잘 알려지지 않은 따님이 있다, 이
말이다. 이놈아! 그게, 한 칠팔백 년 전쯤이었지? 궁희
님께서 여흥을 위해 인간으로 모습을 화하시고 지상으
로 내려가 한 약초꾼을 만났더랬지. 궁희님이야 당시 천
녀님이시니 아름답고 청초한 모습에 약초꾼이 덜컹 궁
희님을 모시고 아끼고 잘살았더랬어. 헌데, 궁희님도 이
약초꾼과 살림 차린 삼사십 년의 삶이 무척이나 행복했
던 거야. 그 남자에게도 남다른 애정이 있었지. 그때 그
인간과 궁희님 사이에 여자아이가 하나 태어났어. 헌데,
천녀님이 나은 아이인데 범상치가 않잖아? 그래서 궁희
님이 인간이 아니라는 사실을 이 약초꾼이 알게 되고,
궁희님은 다 털어놓으시고 선인이 되라 말씀하셨어. 헌
데 자신은 선인이 될 만한 인간이 아니라 거절한 거야,
이 인간이! 그래, 것 참 분수는 아는 양반이었지."

"맞어, 맞어."

동방삭의 이야기에 적당히 고개도 끄덕거리며 추임새
도 넣던 호공이 동방삭의 이야기를 마저 받아 풀었다.

"그런데 궁희님이 포기를 안 하신 거지! 서왕모님을
찾아가 선인 만들어주십시오, 청했지만 서왕모님이 아
니 된다 하셨어. 그것은 신선들에게 맞지 않은 대우이고
또 옥황상제님이 반대하실 거라며!"

설화가 옥황상제라는 단어에 저도 모르게 딸꾹질을 하며 놀랐다. 그에 현오가 눈살을 찌푸리고는 팔꿈치를 들어 쿡 찔렀지만 한번 시작된 딸꾹질이 잘 멈추지 않았다.

"그게, 궁희님이 옥황상제님을 찾아가 선인 만드는 것을 허락해주십시오! 했는데 옥황상제님 일언지하에 거절하시니, 궁희님 속이 바싹바싹 타들어가고 섭섭한 마음에 눈물을 뚝뚝 흘리셨지. 그렇지만 뭐 옥황상제님이 허락하셨어도 본인이 싫다 딱 잡아뗐다는데 선인이 되었을 것 같지도 않드만? 제가 싫다는데 말이지. 아니 그래? 아이고 이야기 샜네. 아무튼 그렇게 약초꾼은 수명이 다해 행복하게 극락으로 갔고, 궁희님만 슬픔에 잠겨 눈물만 흘리다가 천계를 뛰쳐나와 선계로 들어선 거지. 상제님 탓도 아니지만 누굴 탓해야 마음이 조금 풀리잖아, 원래 그런 게?"

"아, 이 사람 자꾸 이야기가 산으로 가네? 지금 그 이야기를 하는 게 아니잖아!"

주저리주저리 이야기를 늘어놓던 호공이 동방삭의 말에 "맞네, 맞어" 하며 제 머리통을 쥐어박으며 호들갑을 떨었다.

"그렇지! 그러니까 그 사이에 낳은 딸! 그 따님이 있다 이거지. 그 따님이 저 대여산 끝자락에 살고 있는데, 이게 그 궁패宮佩인 거 같지?

"암먼, 이게 그 궁패지!"

두 노인의 말에 설화와 요랑 그리고 현오가 눈을 마주쳤다. 셋은 대여산으로 향하기로 동시에 마음을 먹었던 것이다.

"그걸 뭐 이렇게 뜸을 들이고 말하셨소? 그냥 저어기 대여산에 사는 궁희님 딸 성으로 들어가는 옥패다! 하고 말해주면 될 것을."

"아, 이놈아 조용히 해. 쉿!"

"쉬!"

두 노인이 손가락을 입으로 가져가며 쉬쉬거렸다. 그러자 다시 호기심이 동한 설화가 눈을 동그랗게 뜨고 노인들을 바라보니, 두 노인은 목소리를 더욱 작게 낮추어 말을 이어주었다.

"내 말하지 않았느냐, 잘 알려지지 않았다고! 그게 이유가 뭣이겠어? 다 궁희님이 입단속을 하신 거지! 괜히 입 함부로 놀렸다가 궁희님께 호되게 혼쭐이 날 것이야!"

"어머, 왜요? 따님이라면서 왜 숨기시는 거예요?"

"그게 뭐, 우리도 잘 모르지……. 그냥 쉬쉬하시니까 우리도 뭐 덩달아 쉬쉬하는 건데……."

"그런데……?"

동방삭이 헛기침을 하며 묘한 여운을 남기자 설화가 그의 말을 따라하며 반짝거리는 눈으로 바라보았다.

"그런데 내가 하 궁금하여 저 대여산에 가보지 않았겠어? 호기심 하면 이 동방삭 아니겠어? 클클클."

"같이 갔잖아, 이 영감아. 왜 나는 빼는 거야."

"아, 그래. 아무튼 여기 호공과 내가 대여산에 올랐다지? 여자밖에 없는 궁이라 몰래 도술 부려 모습 바꿔 들어갔는데, 거기, 거기에서 그 아가씨를 본 거지! 그 춘려 아가씨를!"

"쉿! 흥분하지 말고. 근데 우리가 본 아가씨가 말이야, 아가씨가 아니었어."

"네에에?"

"그려! 아가씨가 아니라 웬 쭈그렁 할머니가 있는 거야? 이상하지? 분명 궁희님의 피가 들어갔을 터이니 늙어 죽을 리 없는 천인이잖아? 아마, 그것 때문에 쉬쉬거리는 거 아닐까 해."

늙은 신선의 말에 설화와 요랑의 미간이 찌푸려졌다. 물론 선인이나 천인들도 늙을 수 있으나 그들은 인간과는 천양지차 다른 속도로 늙어간다. 거기에 늙는다고 죽는 것도 아니고 마음만 먹으면 고운 모습을 유지할 수 있다. 헌데 이제 겨우 7백여 살인데 쭈그렁 할머니라니?

설화의 짧은 식견으로는 도저히 답을 알 수 없었다. 그것은 요랑과 현오도 마찬가지였다. 몇천 년을 살았다는 동방삭과 호공도 그 답을 모르는데 이제 몇백 년 산 이들이 어찌 그 답을 찾을 수 있겠는가?

설화는 복잡한 생각을 눌러버리고자 머리를 털었다. 그러고는 발딱 일어나 깊이 고개 숙여 두 늙은 신선에게 예를 표했다. 그러자 둘은 껄껄걸 웃으며 부채를 팔랑거렸다.

"감사합니다, 어르신들. 저희는 이제 저 대여산으로 가봐야 할 것 같아요. 시간이 얼마 없어요."

"뭐 감사할 것까지는 없고! 나중에 귀여운 손자들이나 보게 해주면 되오, 아가씨."

"…… 네?"

짓궂은 노인의 말을 알아듣지 못한 설화가 멍한 표정으로 눈을 끔뻑거리자 현오가 설화의 귀를 막고는 정자 아래로 이끌었다.

"귀 썩는다. 이상한 말 듣지 말고 가자."

현오에게 이끌려 정자 아래로 내려온 설화와 달리 요랑은 노인들에게 뭐라 뭐라 소리를 쳤다. 얼핏 들리는 말에 "엮지 말아요! 아니란 말이야! 우리 아가씨랑 저 놈은 아니라고요!" 뭐 그런 소리를 지르고 있는 듯했다.

호공이 그렇게 소리를 지르는 요랑의 볼을 덥석 잡고는 "요놈, 요놈" 하며 놀리는 통에 요랑은 결국 꼬리를 말고 도망치듯 정자를 내려오고 말았다.

다시 설화의 무릎 아래에 자신의 손을 집어넣으려고 하는 현오를 보고 설화가 그의 어깨를 슬며시 짚었다. 그러자 현오가 한쪽 눈썹을 슬쩍 올리고 설화를 마주 보았다.

"이, 이제 요랑이가 같이 가줄 것입니다. 굳이 안 안아 주셔도 돼요."

"저놈이 크니, 내가 크니?"

"네?"

"저놈이 커, 내가 커?!"

"아, 왜 소리를 지르세요!"

버럭 소리를 지르는 현오에게 설화가 인상을 찌푸리며 귀를 막았다. 그러고는 새침하게 눈을 흘기며 타박하자 현오가 "흠흠" 하는 멋쩍은 소리를 내며 머리를 긁었다. 그의 결 좋은 까만 머리가 그의 손을 따라 스륵 움직이다가 제자리로 돌아왔다.

"그러니까 왜 대답을 안 하고 그래, 흠흠."

뜬금없이 물어오는 현오의 말에 잠시 그의 의중을 생

각해보려 뜸을 들이던 설화가 고개를 갸웃하며 현오를 가리켰다.

"현오님이 크시죠?

"그렇지? 이 하늘에서 누가 빠르겠니? 내가 빠르겠지?"

"에?"

"잔말 말고 빨리 가자 이 말이야! 너 여기서 조금만 지체해도 인간계에서 10년은 훌쩍 간다?"

"에?"

현오는 어리둥절하니 아직 상황 파악을 하지 못한 설화를 재빨리 끌어안더니 여섯 개의 크고 웅장한 날개를 다시 펼쳐 올렸다.

"꺄악!"

놀란 설화가 미약한 소리를 지르며 현오의 어깨에 매달렸다. 그 소리에 현오는 단단한 입매를 슬쩍 올려 씨익 웃음을 보였다. 느지막이 정자를 내려오던 요랑은 놀라서 꽁지에 불이 붙은 것처럼 부리나케 달려왔다. 시동을 걸듯 사뿐히 움직이는 날개를 따라 현오의 몸이 하늘로 둥실 떠올랐다.

"아, 저놈이! 게 섰거라, 이 날치기 까마귀 놈! 신선이 뭐 저래!"

방방방 다리를 굴리며 성을 내던 요랑이 재빨리 둘을 따라 하늘로 올라갔다. 요랑은 이미 저 멀리 날아가고 있는 현오에게 제가 아는 최대한의 욕지거리를 뱉어주며 노려봤다.

"이놈이나, 저놈이나! 다 마음에 안 들어!"

그런 셋의 모습을 두 늙은 신선은 팔각정에 늘어지게 누워 재미나게 지켜보고 있었다.

*

황산의 별궁, 황자의 침소를 지나 다시 또 비단잉어가 노니는 작은 못을 지나 야트막한 담이 나올 때까지 걷다 보면 그곳에 황자가 따로 마련한 단출한 공터가 나온다. 그곳은 본디 궁 안을 장식하기 위한 풀과 색색의 꽃을 가꾸는 곳이었는데 그곳을 밀어 노란 흙을 단단히 밟아 만든 공터였다. 그러나 그곳은 이제 황자와 휼 그리고 황자에 의해 허락된 단 몇 사람들만 출입이 허락된 곳으로 변했다. 그 횅횅한 공터에서 황자는 지난 두 달 동안 스스로를 가둬놓다시피 했다. 새벽, 정오, 밤 가릴 것 없이 수시로 그곳으로 향했고, 그 공터에서 하는 일이라고는 검을 뽑아 들고 수천수만 번을 내리긋는 것이었다.

그마저도 지루해지고 성이 풀리지 않으면 휼을 상대로 몇 시간씩 검을 나눴다. 팔이 으스러질 듯 아파올 때까지 그리고 더운 땀이 옷을 흥건히 적실 때까지 매일 그렇게 몸을 혹사시켰다. 그렇게 하지 않으면 황자는 견딜 수 없었다. 밀려오는 그리움, 사무치는 후회와 슬픔이 소년의 가슴을 때려 부수고 있었다. 황자가 느낄 수 있었던 풍족하고 아름다운 감정과 행복의 시간이 날카로운 칼날에 의해 모조리 도려져 그의 가슴에 공허한 구멍을 냈다. 차라리 몰랐다면, 그 뿌듯하고 즐거운 감정들을 몰랐다면 이리 아프지도 않았을 것이었다. 창자가 끊어질 듯 속이 아려왔다. 매일 밤 그를 괴롭히던 폐 속의 괴물과는 비교도 안 될 정도의 아픔이 그를 찾아왔다. 차라리 설화를 몰랐다면 그는 이리 아프고 힘들지 않을 것이다. 그러나 이미 그녀를 알아버렸고, 또 온몸이 녹아내릴 듯한 달콤한 감정도 알아버린 황자였다. 그러니 그런 그가 할 수 있는 것이라고는 그저 쓴물이 올라오는 가슴을 치고, 뚫린 듯 허전하고 조여오는 심장을 움켜쥐고 참아내는 것뿐이었다. 황자는 그렇게 매일 찾아내리라는 다짐과 기필코 다시는 떠나보내지 않으리라는 맹세를 가슴에 새기며 이를 갈았다.

'어찌하여 날 떠난 거지? 어찌하여! 어디로 간 것이

야? 어떻게, 어떻게 그리 가버릴 수 있어, 설화? 어찌 나에게 한마디 말도 없이 사라질 수가 있어? 응?'

지난 두 달여의 시간 동안 수시로 황자 자신이 올라가 산을 샅샅이 뒤져보기도 하고 휼과 무사들을 시켜 저 넓은 산을 남김없이 뒤져봤지만 항상 허탕이었다. 심지어 설화와 함의 거처였던 황산의 꼭대기 대궐 같은 집도 찾을 수 없었다. 귀신이 곡할 노릇이었다. 어떻게 하면 그 커다란 저택이 흔적도 없이 사라질 수 있는지. 휼이 무사들을 이끌고 산을 올랐지만 그들은 항상 안개의 장난에 놀아나야 했다. 산 중턱을 넘어서면 마주하게 되는 안개의 숲에 그들은 어김없이 헤매고 헤매다 해가 뉘엇뉘엇 떨어질 때쯤에야 겨우 밑으로 내려올 수 있었다. 그것은 휼과 태율을 놀라게 함과 동시에 화나게 만들었다. 황산이 더 이상 그들을 허락하지 않는 듯이 보였기 때문이다. 과연 그것은 황산의 의지였을까, 황산 주인의 의지였을까?

황자의 검이 다시 한 번 허공을 갈랐다. 노란 달이 뜬 밤이었다. 대부분의 나인들과 내관들 또한 거처로 돌아갈 시간이었다. 태율도 몸을 뉘였지만 도저히 잠을 이룰 수 없어 다시 검을 들고 밖으로 나온 것이다.

'내일이면 황궁으로 돌아가야 한다.'

가슴이 다시 한 번 무너져 내렸다. 아무것도 찾은 것 없이 빈손과 빈 마음으로 돌아가야 한다는 생각에 황자의 여린 가슴에 수천 개의 바늘이 돋아났다. 가슴을 뚫고 돋아난 뾰족한 바늘이 저 자신을 찔러 새빨간 피를 철철 흘리고 있었다.

황자의 눈이 문득 다시 한 번 황산의 꼭대기로 향했다. 하루가 다르게 성장해가는 황자는 이제 제법 사내의 향을 풍기고 있었다. 그의 눈빛 또한 생과 사를 넘나들며 황궁의 귀鬼들에게 살아남은 이의 독한 빛을 뿜어내니 어엿한 장부와 다름없었다. 황자의 눈동자에 미약한 그리움이 물들었다. 검을 잡은 손에 다시 한 번 힘을 준 그가 힘차게 발을 놀렸다. 그의 몸이 훌쩍 별궁의 담을 넘었다. 그런 황자의 뒤를 휼이 그림자처럼 조용히 함께했다.

그의 앞을 가로막는 것은 모조리 칼로 쳐냈다. 그의 앞을 막아서는 것들을 밟고 또 칼로 쳐내면서 황자는 그렇게 어느 때보다도 빠르게 산을 올랐다. 이미 깨끗하게 씻은 몸에 다시 더운 땀이 흥건하게 차올랐다. 송골송골 맺힌 땀방울이 그의 턱을 타고 툭 떨어졌다. 가쁜 숨을 몰아쉬며 한 번도 발을 쉬지 않고 산을 오른 태율과 휼이 마침내 안개의 숲을 넘어섰다. 유독 태율과 휼만은

이 안개의 숲을 헤매지 않았다. 두 사람은 그 이유를 서로에게 묻지 않아도 알 것 같았다.

태율이 다시 한 번 바닥을 차오르려고 할 때 그를 막는 흉포한 울음소리에 몸이 그대로 굳어버렸다. 더운 숨으로 들썩이는 가슴을 진정하며 조심스럽게 주변을 살피니 그의 눈에 들어오는 것은 까만 밤하늘과 으슥하게 흔들리는 나무뿐이었다. 그의 뒤를 따르던 훌이 조용히 황자의 앞에 섰다. 칼을 빼 들고 주변을 살피는 그의 눈이 날카로웠다.

'크르르릉.'

목을 긁는 굵은 소리가 지척에서 들려왔다. 둘의 몸이 빳빳하게 굳었다. 태율의 눈이 스치듯 발견한 붉은빛에 고정되었다. 어두운 나무숲에서 희번덕 빛나는 안광에 그의 등줄기에 소름이 돋았다.

부스럭거리는 소리와 함께 긴장된 공기가 움직였다. 칼을 쥔 손에 힘을 주어 몸을 낮춘 훌이 나무 사이로 천천히 걸어 나오는 거대한 것을 보고는 숨을 들이켰다. 이 산의 주인이라고 일컬어지는 거대한 백호가 그들을 향해 느릿느릿 다가왔다. 그 여유로운 발걸음은 마치 오랫동안 기다린 손님을 맞이하듯 여유가 넘쳤다.

태율은 손에 쥔 검에 힘을 주었다. 그의 얼굴에 분노가

서렸다. 속을 긁어대는 사나운 분노를 주체하지 못한 그가 한걸음에 앞으로 뛰쳐나갔다. 그의 검이 순식간에 호랑이를 향해 뛰어들었다.

"당장 데려와!"

"황자님!"

놀란 흌이 그를 따라 몸을 움직였다.

황자의 검을 앞발로 가볍게 밀어낸 호랑이는 놀랍게도 그 자리에 얌전히 자리 잡았다. 그를 공격한 황자에게 날카로운 발톱을 보여주지도, 사나운 이빨을 드러내지도 않은 채 그냥 높은 바위 위에 앉아 그를 내려다봤다. 그 오만한 눈동자가 황자를 보며 웃고 있는 것 같다는 착각마저 들게 했다.

'과연 영물이라는 것인가.'

흌은 긴장의 끈을 놓지 않았다. 그런데 이상한 것은 황자였다. 그는 마치 이 거대하고 위협적인 산군을 알기라도 하는 듯 그를 노려보았다.

"데려오라고! 네가 데려간 것을 내가 모를 줄 알아! 모습을 드러내란 말이야!"

다시 한 번 칼을 들고 뛰어들려는 태율을 보며 호랑이의 입꼬리가 슬쩍 올라갔다. 짐승이 웃는다는 것은 꽤나 기이한 일인데, 백호는 그 날카로운 이빨을 드러내며 마치 사람처럼 웃고 있었다. 괴괴한 달빛을 받아 빛나는 새하얀 백호의 나신과 함께 묘하게 웃는 짐승의 모습에 휼의 팔에 소름이 돋았다. 그러나 그의 작은 주인은 전혀 대수롭지 않은 듯 그를 마주 보고 있었다. 오히려 노려보며 악다구니를 쓰는 모습이 맹렬하기까지 했다.

황자의 검이 막 하늘로 다시 치솟아오를 때 백호의 몸에서 하얀 연기가 모락모락 피어올랐다. 휼이 재빨리 황자를 뒤로 당겨 그의 앞을 막았다. 긴장감이 역력한 굳은 휼의 얼굴에 순식간에 두려움과 놀라움이 퍼졌다. 아니 그것은 경이로움에 가까운 놀라움이었다.

"하, 함님!"

"어린 꼬맹이 황자는 이미 나를 알고 있었나 보오?"

항상 그렇듯 여유로운 미소로 하얀 부채를 펄럭거리는 함이 바위 위로 털썩 엉덩이를 붙였다. 한쪽 다리를 치켜세워 그 위로 팔꿈치를 얹어놓고 부채를 팔랑이는 머리 하얀 미남자의 모습은 하늘에서 내려온 신선 그 자체였다.

"그렇게 변태같이 온통 새하얀 놈이 당신밖에 더 있나?"

"허허, 변태라니. 백의의 민족이라 일컬어지는 황국의 황자께서 그렇게 말씀하셔도 되겠소?"

"그 입 닥치시지. 나는 당신과 농 따위 지껄일 기분이 아니야!"

"맹랑한지고, 맹랑해."

끌끌 웃으며 황자를 내려다보는 검은 눈동자에 짐승처럼 사나운 빨간 안광이 스쳤다. 하지만 그 얼굴에 분노는 없었다. 오히려 조롱하듯, 놀리듯 여유로운 표정이었다. 속에 천불이 나는 이는 황자였다. 아드득 이빨을 가는 황자의 턱에 핏줄이 섰다.

"설화는, 설화는 어디에 있지?"

"나도 모르지."

"…… 다시 한 번 말하지만, 나는 지금 장난 따위를 칠 기분이 아니야."

"모르는 것을 모른다고 하는데 그게 어찌 장난이지?"

둘 사이에 팽팽한 긴장감이 오갔다. 죽일 듯이 노려보는 황자의 시선을 함은 부채 아래로 슬그머니 피했다. 펄럭거리는 부채가 마치 황자의 분노를 사그라트리기라도 한다는 듯 연신 가볍게 팔랑거렸다.

"그렇다면."

깊게 숨을 들이마신 황자가 힘을 주어 다시 말을 이었다. 그 말에 함의 시선이 다시 황자에게 향했다.

"당신이 아는 것을 말해봐."

잇새로 간신히 뱉어낸 황자의 말을 듣던 함이 눈을 달

처럼 휘며 나긋나긋하게 대꾸했다.

"말해주세요."

"……."

"자꾸 말이 짧소, 황자. 버르장머리 없는 놈에게 내가 무엇을 알려주고 싶을까?"

그의 말에 태율은 부글거리는 가슴의 열을 누르려 입술을 깨물어야 했다. 비릿한 피의 향이 코를 찌를 때쯤 황자의 입이 열렸다. 그의 눈은 여전히 사나웠지만, 그는 마냥 사납기만 한 짐승이 아니었다. 생각하고 판단할 줄 아는 인간이었기에 인내하고 상대가 원하는 것을 들어줘야 할 때를 알았다.

"말해주십시오. 설화는, 지금 설화는 어디에 있습니까? 왜 그렇게 갑자기 홀연히 사라진 것입니까?"

"하하하! 어린 황자가 인내심이 대단하군. 황족이란 족속들은 머리 숙이기가 하늘의 별 따기보다 어렵다는데 말이야. 안 그래? 그렇게 화난 눈초리로 보지 마오. 우리 그래도 친했잖소, 태율?"

호랑이의 웃음소리가 숲을 울렸지만 그를 따라 웃는 이는 아무도 없었다.

"함님! 그렇다면 어찌, 어찌 그렇게 사라지신 겁니까? 설화는, 설화는…… 꿈이었습니까? 정말 아무것도, 아무런 흔적도 없습니다. 알려주십시오. 설화는 어디에 있습니까?"

"꿈이 아니라는 것은 그대가 가장 잘 알고 있지 않소, 황자?"

함의 말에 태율의 반듯한 이마가 괴롭게 찌푸려졌다. 그 우직하고 맑은 소년의 눈동자는 흉포함과 괴로움에 얼룩져 있었지만 그 안은 여전히 풋사랑을 그리는 순수한 애정이 그득하여 맑기 그지없었다. 그 맑은 구슬에 서린 괴로움을 본 함의 마음도 안타까웠다. 함은 고개를 절레절레 흔들며 어린 황자에게 해줄 수 있는 최대한의 친절을 보였다. 고요한 숲을 울리는 함의 묵직한 음성이 황자를 내리눌렀다.

"운명의 실이라는 것은 생각보다 훨씬 복잡하고 섬세해. 그 운명의 길이 정해져 있다 하더라도 그것은 바뀔 수 있지. 수십 수백의 실이 얽히고설켜 새로운 실을 만들기도 하고 끊어지기도 해. 인간들의 운명이라는 것은 그렇게 섬세하고 복잡하지. 그러면서 단순하기도 해. 실상 운명은 그 인간의, 인간사의 밑그림만 보여줄 뿐이야. 그것을 화려하게 채색하는 것도, 지워버리는 것도, 또한 없애버리는 것도 인간이지."

황자의 미간이 더욱 찌푸려졌다. 아직 저 얄미운 호랑

이의 입에서 나오는 말을 이해하지 못했다. 그를 보며 설핏 웃어 보인 함이 다시 말을 풀어주었다.

"황자, 밑그림을 더욱 보강하시오. 아니면 당신에게 그 귀한 꽃은 가당치 않아. 조금 더 배양토를 마련하지 않는 이상 이 섬세한 꽃은 그곳에서 필 수 없어. 당신은 아직 부족하고 둘의 인연은 아직 미약하오. 그대는 내가 지금 밉겠지만 사실 나는 둘을 응원하고 있는 입장이야. 황자를 도와주고 싶은 것이야. 그러니 내 말을 명심하시오. 그 황궁을 지배하시오. 고작 물려받은 지위에 만족하고 세파에 흔들리는 황자 따위가 되지 마시오. 그런 나약한 '인간' 따위 '우리'에게는 필요 없소. 황자는 아직 너무 어려, 너무 물러. 거기에 아무것도 쌓은 게 없잖아? 꽃이 피는 시기는 따로 있어. 그러니까 그렇게 조급해하지 말고 그 시간에 황자 당신이 할 수 있는 것을 하란 말이야!"

마지막 말에 힘을 실어 황자를 향해 호통을 치듯 말을 하니, 그 말에 보이지 않는 힘이 실린 듯 황자의 어깨를 무겁게 눌렀다. 그 묵직한 통증에 황자는 찢어진 입술을 다시 한 번 깨물어 버렸다. 구겨진 이마가 펴지고, 생각에 잠긴 듯 그의 눈동자에 먹빛 어둠이 그려졌다. 그 모습을 잠시간 바라보던 함이 휙 몸을 일으켰다. 그렇게 가버리나 싶던 함이 돌연 다시 황자와 휼을 돌아봤다.

그의 마음에 남아 있는 작은 애정을 보태어 황자에게 마지막 충고를 건네주고 싶어진 것이었다.

"그대는 원래, 그렇게 병으로 죽을 사람이 아니었어. 아플 사람이 아니었지. 먹고 마시는 것에 주의해. 사람을 들일 때도 더욱 주의하라는 말이야, 황자. 휼, 그대도 너무 사람들을 믿지 마. 진정 주군의 안녕을 위한다면 모든 일을 당신 눈 아래 훤히 보이도록 하라고."

그 말을 마지막으로 함은 뒤도 돌아보지 않고 숲 속으로 들어가버렸다. 그 모습을 홀린 듯 바라보던 두 사람의 눈동자가 새벽의 안개처럼 흐릿하게 흔들렸다. 내일이면 황궁으로 돌아가야 한다. 황궁은 무서운 곳이다. 황자의 변화에 황궁의 흐름 또한 변화할 것이다. 황자도 그것을 염두에 두고 있었지만 그의 생각보다 황궁의 악惡이 깊은 듯했다. 두 사람의 머릿속이 복잡하게 얽히고 있었다.

9장 / 절벽화

"혼자 들어가겠다니까요?"

"말도 안 되는 소리 하지 마."

"그건 저도 이자와 같은 마음입니다, 아가씨!"

요랑의 입에서 나오는 '이자'라는 말에 현오의 진한 눈썹이 꿈틀했다. 웬일로 그 불뚝 같은 성질을 꾹 참은 현오가 설화를 부리부리한 눈으로 마주 보았다. 하지만 두 수컷의 만류에도 설화는 씩씩거리며 앞으로 나가려 안간힘을 썼다.

당최 왜 이리 걱정하는지 이해하지 못하는 설화였다. 선인 아가씨의 궁에 정중히 문을 두드리고 들어가서 용건만 묻고 바로 내려오는 것인데, 뭐가 걱정이라고 이리 난리인지.

"남자들의 출입이 금지된 곳이라잖아. 그러니까 둘은 안 되잖아. 뭐야, 둘 다 변장이라도 할 테야? 치마 입을 테야?"

"금지라는 게 어디 있어! 그냥 들어가면 되지! 안 되면 저들이 나오라고 하면 되잖아. 뭐하러 적의 소굴에 대가리를 들이미느냐 이 말이야!"

"적의 소굴이라뇨? 우리가 저들과 척이라도 졌나요? 그리고 대가리? 대가리라뇨!"

"그래! 누구한테 대가리라고 하는 거야! 아가씨가 너 같은 새대가리인 줄 알아!"

"…… 이놈이! 봐주니까 하늘 높을 줄 모르고!"

요랑의 말을 들은 현오가 길길이 날뛰었다. 으르렁거리는 현오의 말에 요랑은 냉큼 설화의 뒤로 숨어 혀를 내밀었다. 그 모습에 현오의 검은 머리카락이 쭈뼛쭈뼛 뻗쳤다. 그는 힘 좋고 빠르다고 소문난 갈까마귀였다. 현오의 손이 요랑의 혀를 잡아챘다.

"흐에엑!"

혀를 깨문 요랑이 눈물을 찔끔거리며 어찌할 줄 몰라 발을 동동거렸다. 그 모습을 본 현오가 의기양양, 고소한 얼굴로 고개를 팽 돌렸다. 콧김을 횡횡 내뱉으며 걸쭉한 미소가 입에 걸리는 것을 보니 꽤나 고소한 모양이었다. 철부지 둘 때문에 머리가 아파온 설화가 걱정스러운 손길로 요랑의 턱을 들어보았다.

"어머, 피! 요랑아 괜찮아?"

"흐에에, 아 괘아아효. 압흐어어엉…… 흐어어엉……."

요랑이 피를 흘리는 모습을 본 설화의 눈이 세모꼴이 되고 말았다.

"선인이라면서 어찌 이렇게 어린아이 말장난에 일일이 주먹을 휘두르시나요? 차라리 저를 벌하세요! 제 아이니 제가 잘못 가르친 탓입니다! 자, 저도 때려보세요!"

설화가 머리를 들이밀며 성을 내니 현오의 얼굴이 묘하게 일그러졌다.

"허! 그래, 그렇다 이 말이지? 어, 내가 때리라고 하면 못 때릴 줄 아느냐?"

"그래요, 어디 때려보세요. 어서요!"

설화가 다시 한 번 거세게 머리를 들이밀자 현오는 차마 때리지 못하고 성만 냈다. 저 작고 고운 머리에 어찌 주먹을 휘두르겠는가. 아무리 안하무인으로 소문난 현오라도 그것은 못 할 짓이었다. 옥황상제님의 금지옥엽으로 소문난 바로 그 설화였다. 현오는 자꾸만 깜빡하는 그 사실을 잊지 않으려고 제 머리를 손으로 세게 때렸다.

"아오! 내가 진짜, 아오!"

그 모습을 보고 눈이 휘둥그레진 설화가 현오의 손을 덥석 잡아 내렸다.

"누가 현오님 머리 때리라 했습니까? 제 머리를 때리세요. 왜 자꾸 애먼 머리만 때리십니까?"

조곤조곤 귀여운 입으로 놀리는 말이 꽤나 살가웠지만 그 내용은 자꾸만 주먹을 부르고 있었다.

"아효, 되었다. 내가 어찌 너를 때리겠냐? 네가 자꾸 감싸주면 저놈의 버릇이 계속 나빠지지 않겠냐? 이렇게 가끔 맞아야 해. 그러니까 너무 감싸주지 마. 봐라, 저거 또!"

설화의 뒤에 서 있던 요랑이 자꾸 붉게 부어오른 혀를 날름거리며 현오를 바라봤다. 그러다가 설화가 돌아보면 그 혀를 쏙 집어넣었다. 현오의 머리에서 다시 김이 올라오는 듯했다. 하지만 제 손을 잡고 만류하는 설화의 뽀얀 손이 그의 화를 꾹꾹 눌러주었다. 현오는 그녀의 손을 뿌리치지 않고 역정만 낼 뿐이었다.

"요랑이, 너 자꾸 그러면 피리 속에 다시 넣어둔다! 네가 자꾸 이러면 내 흉이 된다는 것을 모르는 거야?"

"…… 자모해씀미아."

요랑은 혀가 아픈지 자꾸만 새는 발음으로 귀여운 사

과를 했다. 설화는 고양이처럼 올라간 눈매가 슬피 내려
가서는 귀여운 옹알이를 하는 요랑을 보니 화가 다 풀려
버렸다. 저도 모르게 요랑을 끌어안고는 머리를 쓰다듬
었다. 현오는 제 손에 있던 온기가 사라진 것에 아쉬운
입맛을 다셨다.

'아이고, 내가 왜 아쉬워하는 거야?'

아쉬운 것 없이 살던 현오는 요즘 자꾸만 뭔가 아쉬웠
다. 그것이 정확히 뭔지 몰라 아리송했는데 오늘 살포시
감이 잡힐락 말락 했다.

'왠지 이 아가씨랑 같이 있다 보면 그게 뭔지 확실해
질 것 같다. 그것을 반겨야 할지 배척해야 할지는 아직
미지수지만.'

"그나저나 이러고 있을 시간이 없다. 어서 들어가보자."

서둘러 머릿속 잡념을 털어내며 현오가 운을 띄우니,
설화가 고개를 끄덕이며 발을 뗐다. 대여산 꼭대기에 지
어진 으리으리한 궁은 겹겹의 안개에 둘러싸여 그 모습
이 희미했다. 화려한 조각이 새겨진 나무 대문 옆에서
옥신각신하던 셋은 그곳에 도착하자마자 대문을 두드렸
다. 하지만 그곳의 문지기는 문 가운데 뚫린 조그만 구
멍으로 그들에게 당장 사라지라고 엄포를 놓았다. 그에
설화가 혼자 들어가보겠다고 난리를 쳤던 것이다. 더 이

상 지체할 시간이 없었다. 셋은 다시 한 번 부딪쳐보고 안 되면 몰래 들어가자고 마음을 먹었다.

"이봐라! 문 좀 열어봐라! 춘려님을 좀 뵙자꾸나!"

탕탕탕. 쇠 문고리를 격하게 내려치는 현오의 손길에 요란한 소리를 내며 문이 흔들렸다. 그에 다시 동그란 홈이 열리면서 화장기 내려앉은 여인의 눈이 설화 일행을 훑어보았다.

"어찌 다시 와서 이러십니까? 안 된다고 하지 않았습니까? 남자는 출입이 안 됩니다!"

"너 내가 누군지 아느냐? 어! 내가 바로 삼족오 현오님이다!"

"…… 다리 하나 뺏겼으니 이족 아니오?"

"어허! 뺏긴 다리야 다시 찾으면 되는 것 아니냐?"

"삼족오고 나발이고, 수컷 출입 금지요!"

앙칼지게 외친 수문장 여인이 냉정하게 작은 홈을 닫자 현오가 다시 문을 거세게 흔들어댔다. 모 아니면 도라고 난리를 치면 들여보내주지 않을까 하는 단순 무식한 작전이었다.

"어찌 이야기도 안 들어보고 이리 내치시나요? 수문장님, 저라도 들어가게 해주세요."

설화가 현오의 거친 손을 조심스레 거두고는 한 발짝

앞으로 나와 간절히 청했다. 그러나 홈은 열리지 않았다. 요랑과 현오가 다시 거세게 문을 두드리자 한참 후에 다시 동그란 홈이 열렸다. 하지만 그 문에서 보이는 눈은 화장기 보이던 여인의 눈이 아니라 길고 시원하게 뻗은 화장기 없는 눈이었다.

"누구십니까."

들려오는 묵직한 목소리에 설화와 현오는 깜짝 놀랐다.

"아니, 남자는 출입 금지라며 웬 남자 목소리?"

"그것은 그쪽이 상관할 일이 아닙니다."

문 뒤로 들리는 냉정한 음성에 절박한 설화가 냉큼 현오의 앞을 박차고 나왔다.

"저는 지상에서 온 설화라고 합니다. 여쭤볼 것이 있어 이리 무례함을 무릅쓰고 문을 두드렸습니다."

"지상……. 그래, 뭘 물어보려고 이리 대여산이 떠나가라 소란을 피우는 것입니까. 시답잖은 것으로 이곳을 두드린 것이면 각오해야 할 것입니다."

지상이라는 말에 인상을 찡그리던 남자는 설화의 뒤에 서 있는 현오를 보고는 이해한 듯 고개를 끄덕였다. 하 시끄럽게 구는 무리들이라 대충 해결하고 돌려보내려는 심산인 듯했다.

설화는 제 신분을 밝히고 지상계와 선계를 요란스레

휘젓고 다닐 생각이 없었다. 만약 그럴 마음이었다면 애초에 하늘 위에서 명령했을 것이다. 하지만 제 손으로 꼭 찾아내고 싶었기에 상대가 알아보지 않는 이상은 제 신분을 밝히지 않았다.

"구월산 절벽 위에서 무엇인가를 찾아다니는 분을 보았습니다. 혹여 어떤 꽃을 찾아 돌아다니시는 것은 아닌지 그것을 여쭤보려고 왔습니다."

설화의 말을 듣던 남자는 대답이 없었다. 설화는 말없이 눈살을 찌푸리고 생각에 잠긴 남자를 초조하게 바라보다가 다시 입을 열었다.

"아니신 겁니까?"

"그것을 당신들이 어찌 안 것입니까? 우리라는 것을……."

남자의 경계 섞인 말에 설화가 냉큼 주머니 속에서 궁패를 꺼내 보였다.

"이것을 주웠습니다. 이곳의 궁패인 것으로 알고 있습니다. 저희에게 나쁜 목적은 없습니다. 그저 그 꽃을 찾으셨는지 여쭤보고자 찾아온 것입니다."

"그 꽃을 당신들은 왜 찾는 것입니까? 아니, 당신들이 찾는 꽃이라는 것은 무엇입니까?"

"그것은……."

설화가 머뭇거리며 말을 잇지 못했다. 그러자 남자의 눈이 문밖에 서 있는 현오와 요랑을 살폈다. 매서운 눈으로 일행을 살피던 남자는 결심한 듯 커다란 대문을 열었다.

"일단 들어오십시오."

문 뒤에서 그들을 맞아준 이는 일전에 도깨비가 설화에게 설명해준 그 인물과 들어맞았다. 설화는 궁패를 떨어트린 이가 바로 이자일 것이라는 생각이 들었다. 검은 옷에 검은 머리카락을 높이 묶은 이는 현오에 버금갈 정도로 어두운 분위기를 가지고 있었다. 그는 현오와 달리 피부까지 가무잡잡하니 영락없는 살수殺手와 같은 모습이었다.

"감사합니다. 그럼 저희는 춘려님을 뵐 수 있는 것인지요?"

"아가씨께 여쭤볼 터이니 잠시 대기해주십시오. 아, 그리고……."

그가 설화 앞에 서자 설화는 저도 모르게 뒤로 물러섰다. 그러자 현오가 그녀를 뒤로 보내고 자신이 앞으로 나와 그와 마주하고 섰다. 요랑 또한 어깨에 잔뜩 힘을 주고 경계 섞인 눈으로 바라보고 있었다.

사내는 그런 두 수컷의 방어에 별말 없이 어깨를 으쓱

하더니 손을 내밀었다.

"궁패를 돌려받아야겠습니다. 그것은 본래 제 것이니까요."

"아!"

사내의 말에 설화가 서둘러 궁패를 돌려주니 사내는 그것을 받아 들고 돌아서서 제 갈 길을 갔다. 설화는 궁을 훑어봤다. 높이 솟은 궁 안은 바깥에서 보았던 으리으리한 위용과는 달리 의외로 아기자기하게 꾸며져 있었다. 여성스러움이 묻어나는 궁이었다. 곳곳에 고운 휘장이 걸려 있었고 갖가지 꽃가지로 장식된 궁 안에는 살금살금 코를 간질이는 분내가 그득했다. 그런 궁 어딘가로 사라지는 새까만 사내의 모습이 이상하게 위화감을 불러일으켰다.

'저 사내도 이미 알고 있으리라.'

"뭐 저리 무뚝뚝해?"

현오가 사라지는 사내를 보며 말을 내뱉었다. 그의 말에 요랑도 고개를 연신 끄덕거리며 수긍의 뜻을 보였다. 웬일로 둘이 죽이 잘 맞았다. 설화는 그들의 얘기를 누가 들을까 싶어 입단속을 시켰다.

"저희가 소란을 피웠으니 기분이 상하실 수도 있죠. 저희 탓이 크니 그만하세요."

그녀의 말을 들을 턱이 없는 현오였다.

"아니, 그래도 앞뒤 사정도 들어보지 않고 내치려 한 저들 탓도 있지! 거기다 웃음기 싹 가신 저 사내도 그렇지. 사내는 출입 금지라며 왜 저치는 여기 있는 거야? 이거 확 선계에 소문 쫙 뿌려버릴까!"

심술궂은 말을 뱉어대던 현오의 입이 순간 꾹 다물어졌다. 그의 예민한 귀에 누군가의 발소리가 들려온 것이었다. 한참을 조잘거리던 현오의 입이 다물어지니 설화와 요랑도 무슨 일인가 싶어 그를 바라보았다. 그러자 그들의 궁금증을 해갈해주는 지친 목소리 하나가 방으로 날아들었다.

"저를 찾는 분들이 당신들인가요?"

그것은 힘이 빠져 느릿하고 목을 긁는 쇳소리마저 들리는 노인의 목소리였다.

*

색색의 전등을 매달아 색감이 화려한 객주에 앉아 밖을 내다보는 사내의 무리가 화사하기 그지없었다. 늘씬한 자태와 훌쩍 큰 키, 떡 벌어진 어깨에서 사내로서의 기강이 보였고, 단정하고 깨끗한 이목구비는 연령을 떠나 모든 여인들의 시선을 휘어잡기에 충분했다. 강한 수컷으로서의 아름다움이 막 개화하기 시작한 무리들이었으니, 객주 내에서도 자꾸만 그들을 훔쳐보는 이들이 많았다. 그러나 그들이 뿜어대는 가장 큰 매력은 강대한 기골이라기보다는 주변을 환기시키는 싱그러움과 깨끗한 기백이었다. 단정히 아무 소리 않고 자리를 지키고 있었지만 사내들 주변에 은은하게 퍼져 나가는 그 기백은 그들을 몰래 훔쳐보는 이들이 감히 그들과 눈을 마주할 수 없게 만들었다. 그중에서도 무리의 가운데 자리한 소년은 특히 단정한 자세와 여유로운 미소로 주변을 압도했다. 그 앞뒤로 비슷한 연배의 소년들이 보였지만 딱히 시끄러운 소리 하나 없이 묵묵한 소년의 눈초리를 따르는 모습에서 보이지 않는 서열 고리가 얼핏 느껴지는 듯했다. 이제 막 이립而立을 넘은 듯 보이는 한 명을 제외하면 나머지는 모두 약관弱冠으로밖에 보이지 않았다.

하얀 종이에 대나무 살을 촘촘히 이어 붙인 부채를 팔랑거리는 어린 사내의 눈동자가 객점 아래에서 벌어지고 있는 씨름 대회를 흥미롭게 바라보고 있었다. 개중 가장 고고한 자태를 가진 바로 그 사내였다. 팔랑거리는 부채 사이로 오만한 듯 총명한 눈초리가 꽂힌 곳은 흙먼지가 낭자한 씨름판 위의 한 소년이었다.

"저놈 아주 심상치 않구나."

"안 그래도 저도 주시하고 있었습니다, 도련님. 힘이 아주 장사입니다요!"

소년의 말에 그의 앞에 앉아 있던 환선이 냉큼 제 말을 가져다 붙였다. 안 그래도 수다스러운 성격인데 묘하게 분위기를 잡아대는 황자 덕분에 팔랑거리고 싶은 입을 억지로 깨물고 있던 환선이었다. 신이 나 저놈이 아까부터 어떻게 상대를 무너뜨리고, 발을 걸고, 눌렀는지 떠벌리는 환선의 말에 적당히 고개를 끄덕여주던 휼이 다섯번째 상대를 무너트리는 씨름판 위의 소년을 바라보았다. 과연 환선의 말대로 힘이 장사였다. 얼굴은 어려 보여 지학志學도 안 되어 보이는데, 쓰러트리고 있는 상대들은 대충 봐도 이립을 넘어선 이들이었다.

"별다른 기술도 없는데 저 덩치들을 쓰러트리다니, 한 손으로 소라도 잡을 수 있겠구나!"

신이 난 태율이 부채를 손으로 잡아 접었다. 탁! 하는 경쾌한 소리와 함께 의자 위를 벌떡 일어서는 그의 발걸음이 가벼웠다. 오랜만에 좋은 인재를 보았다 싶었다. 그런 그의 움직임을 따라 나머지 세 사람도 바짝 뒤를 따라나섰다.

"직접 하시려는 겁니까?"

옥색 포를 휘휘 벗어젖히는 태율을 보며 휼이 눈살을 찌푸렸다. 휼은 태율을 향해 유일하게 얼굴을 찌푸릴 수 있는 사내였다.

"내가 가야 진짜 저놈의 힘이 어떤지 알 수 있지 않겠느냐. 안 그래도 몸이 근질근질해서 안달이 나던 차에 잘되었지, 뭐."

태율은 그런 휼을 보며 허허롭게 웃어넘기고는 허리에 두른 청색 실띠를 조심스레 잡아 풀었다.

그 모습에 그들의 뒤에 기립해 있던 환선과 윤식이 눈을 마주쳤다. 또 저 실띠였다. 그다지 비싸 보이지도 않는 저 푸른 실띠를 어찌나 좋아하는지 밖으로 나올 때면 열 번에 여덟 번은 저것을 차고 나오는 태율이었다. 아무도 태율이 왜 그 실띠에 집착하는지를 감히 짐작조차 못 했다. 그 이유를 감히 물어볼 수도 없었기에 그들은 그저 항상 호기심 가득한 눈으로 바라봤다.

그 이유를 알고 있는 단 한 명의 사내, 휼만이 항상 묵묵히 태율을 대신해서 그 실띠를 고이 받아 들었다. 항상 몸에 지니고 다니는 탓에 이제는 조금 헤져버린 푸른 실 끝을 조심스레 손으로 쓰다듬던 태율이 강하게 입술을 다물고는 뒤를 돌아 씨름판으로 걸어 들어갔다. 황산에서 하산한 이후로 항상 저 끓는 혈기를 주체 못 하는 황자 덕택에 그를 따르는 백호위정랑 단원들은 부단히 몸을 놀려야 했다. 주인보다 게으른 하인이 될 수는 없었으니 말이다. 태율의 뒤를 따르며 환선과 윤식도 씨름판 옆을 둘러쌌다.

"이놈아! 나도 좀 상대해보거라! 어디 그 잘난 힘으로 나도 쓰러트려보거라!"

더 이상 상대가 없었던지 주변만 두리번거리던 소년을 향해 태율이 버럭 소리를 지르며 달려들었다. 푹푹 꺼지는 모랫바닥에서 태율이 바짓단을 끌어올렸다. 호탕하고 맑은 목소리에 놀란 욱태가 뒤돌아보았다. 그는 자신에게로 성큼성큼 다가오는 남자를 보며 속으로 감탄했다.

'참으로 미려한 남자가 아닌가! 전국에 있는 씨름판이고 싸움판이고 다 돌아다녀봤지만 저렇게 호기롭고 시원한 미남자는 처음이다. 어찌 저리 혼자 잘났는고?'

욱태는 치기 어린 마음으로 입술을 심술궂게 구겼다.

"그 잘난 면상이 모랫바닥에 처박혀봐야 정신 차리지? 흥!"

어린 얼굴과는 달리 묵직한 저음과 커다란 덩치는 제법 호젓한 태율을 훌쩍 넘어섰다. 딱 벌어진 어깨를 활짝 펴고 솥뚜껑만 한 손을 펼치며 마치 촘촘한 그물처럼 태율을 압박해오는 소년을 보며 태율 또한 눈을 반짝이며 자세를 낮추었다. 산 중턱에서 성년이 되기 직전의 곰을 마주한 듯 그 커다란 기세가 장대하면서 또 서툴기 짝이 없었다.

'그래, 이런 애들이 상대하는 재미가 있지!'

모래판에 깊이 발을 박아 넣던 욱태가 피식 웃음을 터트리는 태율을 보며 달려들었다.

'어디서 한주먹거리도 안 되는 샌님이 호기를 부리는 것인지, 저 즐거움만 가득해 보이는 눈빛을 꺼트려주리라!'

욱태는 빛만 보고 살았을 태율의 면상을 구겨주겠다 단단히 다짐하며 달려들었다. 욱태는 태율의 고운 옷자락에 반듯한 이목구비가 모두 저 잘났다는 것을 자랑이라도 하는 듯해서 마음에 들지 않았다.

"흐얍!"

설렁설렁 씨름판 상대들을 넘기던 때와는 다르게 기합이 단단히 들어간 욱태가 소리를 지르자 씨름판인지 싸움판인지 구분이 안 되는 모랫바닥을 구경하던 사람들이 수군거리기 시작했다. 저 호리호리하고 잘생긴 도련님이 지저분한 바닥에 깔리게 되는 것을 기대 반 걱정

반 섞어가며 저들끼리 수군거리는 것이리라.

와락 달려드는 욱태를 가볍게 피한 태율이 뒤로 돌아가 그의 어깨를 툭툭 쳐댔다. 그 손짓이 마치 '나 여기 있소' 하듯 가벼워 휙 돌아간 욱태의 눈에 불길이 일었다. 재빨리 다시 손을 뻗어 사내의 벌어진 하얀 상의를 움켜쥐려 했지만 욱태의 손에 들어온 것은 허망한 바람뿐이었다.

"어찌 그리 느려? 이거 곰도 너보다 빠르겠구나!"

"입 다물고 정정당당히 공격을 받아라! 이리저리 피하는 모습이 꽁지 빠진 쥐새끼 같구나!"

"꽁지 빠진 쥐새끼에게 당하는 너는 덩치만 키운 좁쌀벌레인가!"

그들을 지켜보던 환선과 윤식이 숨을 훅 들이켰다. 정작 꽁지 빠진 쥐새끼라는 말을 들은 장본인은 아무렇지 않은 듯 호탕하게 웃어젖혔다. 애송이 씨름꾼의 말재간을 가볍게 받아치며 깊은 눈매를 접고 살살 눈웃음을 보이는 태율이 즐겁다는 듯 경쾌하게 손뼉을 쳤다. 벅찬 기대와 즐거움에 절로 나오는 박수였다. 태율은 오래간만에 옥포를 벗어던지고 몸과 몸을 부딪쳐가며 움직이려니 여간 상쾌한 것이 아니었다.

하지만 그런 태율 때문에 욱태의 가슴은 열기가 훅훅

올라왔다. 이제 막 열다섯 살을 넘긴 욱태는 심리전과 말재간을 웃어넘기기에 아직 수련이 부족했다. 그러니 늘 황궁 정치판을 탐색하고 생과 사를 넘나들며 사람들을 상대해온 태율의 눈에는 아직 그런 욱태가 어리숙해 보일 수밖에 없었다.

"내가 네놈에게 꼭 모래 밥을 먹이고 말겠다!"

"해보라니까?"

발이 푹푹 빠지는 모랫바닥에서 욱태가 일보 달려들면 태율은 다섯 보 휘돌아 사라졌다. 때때로 멈춰 서서 까딱까딱 손짓까지 하며 약을 올리는 통에 어지간한 사람들은 죄다 바닥으로 메다꽂았던 욱태의 자존심이 우지직 소리를 내며 구겨졌다. 욱태의 가슴이 크게 들썩이고 얼굴에 열이 오를수록 태율은 더욱 여유로워 보였다. 태율은 체력 하면 황국 제일이라고 자부했기에 이까짓 모래판 위를 몇 시간이고 달릴 수 있었다.

"벌써 지친 게야?"

욱태는 아직 이런 체력전을 겪어본 적이 없었기에 쉽게 지쳤다. 본격적인 체력 단련이나 훈련을 받아본 적이 없으니 아무리 월등히 강한 힘을 가지고 있다 하더라도 허공에 헛손질만 할 뿐이었다. 처음 욱태의 대경할 만한 힘을 보며 씨름판에 날아든 태율을 걱정하던 구경꾼들

도 슬금슬금 날쌘 태율을 응원하기 시작했다. 웅성거리
는 소리가 점차 커지며 욱태가 지쳐갈수록 "잘생긴 형
씨 잘해봐! 소 한 마리야!"를 외치는 굵은 목소리가 하
나둘 늘어났다.

"어림없는 소리!"

막 손끝에 스친 태율의 옷자락에 간질거리는 손바닥
을 비비며 다시 한 번 욱태가 달려들었다. 숨이 가빠 들
썩이는 숨을 주체하지도 못하면서 성급히 손을 뻗는 욱
태를 보며 태율 또한 그에게 달려들었다. 바람처럼 가벼
운 몸이 품을 파고들고 한 손으로 욱태의 손목을 잡아챘
다. 안다리에 제 다리를 집어넣고 한 손으로 균형을 무
너뜨린 채 재빨리 나머지 한 손으로는 욱태의 반대편 어
깨를 엄청난 힘으로 밀어 넣었다. 욱태가 힘을 써서 지
탱해볼 새도 없이 순식간에 균형이 무너져버렸다.

"어, 어, 어!"

욱태는 눈이 휘둥그레져 이제껏 제가 넘어트린 상대
들처럼 눈만 크게 뜬 채로 정신을 추스르지 못했다. 사
내의 웃는 얼굴이 자신을 내려다보고 있다는 것을 알게
되었을 때는 이미 우레와 같은 함성이 저잣거리를 울리
고 있었다.

"잘생긴 총각이 이겼네!"

"아이고! 저 총각 물건이네, 그려!"

"우리 손녀 좀 데려가겠나, 총각? 거 아주 힘 잘 쓰게 생겼네!"

왁자지껄한 웃음소리가 귀를 찌르자 얼굴을 잔뜩 구긴 욱태가 모랫바닥에 꽂힌 손에 잔뜩 힘을 주어 주먹을 쥐었다. 파르르 떨리는 손에 푸른 핏줄이 튀어나왔다. 그런 욱태의 얼굴 앞으로 자잘한 상처가 가득한, 묵직한 손 하나가 다가왔다. 그 손은 곱상한 얼굴과는 다르게 무척이나 거칠어 보였다. 욱태는 자신에게 다가온 손의 주인을 의심 가득한 눈으로 올려다보았다. 그러자 기분 좋은 호를 그리며 올라가는 입꼬리로 욱태를 보며 말했다.

"너는 지금보다 열 배는 더 강해질 수 있다."

'나와 나이 차이가 그리 많아 보이지 않는데 어찌 저 사내의 목소리는 이렇게 무거운 것이지?'

욱태는 가슴을 때리는 묘한 두근거림을 느끼며 상처투성이 그가 하는 다음 말을 들었다.

"원한다면 힘을 쓰는 법을 알려줄 수 있어. 나를 따라온다면 말이야."

사내가 말하는 목소리가 욱태의 귀에 날카롭게 꽂혔다. 욱태는 상황을 파악하기도 전에 홀리듯 그의 손을 잡았다.

태율이 황산을 내려와서 가장 먼저 한 일은 황실 격구 대회를 개최한 것이었다. 마침 그가 내려오고 얼마 후에 건국 기념 황실 행사가 있었기에 그것을 핑계로 격구 대회를 열었다. 병으로 골골거리던 황자가 주최하는 격구 대회라서 사람들의 기대는 크지 않았다. 갑자기 무슨 바람이 들어 저러나 하는 생각, 혹은 죽기 전에 발악이라도 하려나 하는 비웃음이 낭자했다. 하지만 막상 당일이 되어 쓰러지는 황자를 구경하려던 사람들은 모두 놀라 자리를 박차고 일어서고 말았다. 눈을 비비고 팔을 꼬집어가며 그들이 보고 있는 사람이 과연 지난날의 그 황자가 맞는지를 끊임없이 의심했다. 골격부터가 달라져 있었다. 그리고 무엇보다도 그를 감싸고 있는 기백이 달라졌다. 바람 불면 날아갈 듯 연약하던 황자가 아니었다. 지난날의 황자는 이제 언제든 싸울 준비가 돼 있는 어린 맹수가 되어 있었다. 눈동자에는 자신감이 가득했고, 언제나 우월한 미소를 지을 줄 알았다. 한 치의 흐트러짐도 보이지 않았으며 강렬한 눈으로 마주하는 모든 이들에게 미소를 지었다. 늘 황자가 먼저 웃었다. 격구 대회날도 황자는 처음부터 끝까지 미소를 띠고 있었다. 마치 재미난 경기를 보러 온 것처럼 말이다. 그는 격구 시합보다는 누구의 눈이 두려움으로 빛나나, 누구의 눈이 가장 무섭게 구겨져 있나 관찰하며 웃었다.

　그리고 마침내 그의 채가 하늘 높이 올라가고 경기의
끝을 알리는 피리 소리가 들려왔을 때 인상을 구기며 자
리를 박차고 나가는 몇 사람과 고개를 돌린 몇을 가려
낼 수 있었다. 황자는 그들을 모두 하나하나 가슴에 새
겼다. 과연 그들이 무슨 관계인지, 무슨 일을 꾸미고 있
는지 혹은 누구의 편에 있는 자들인지 철저히 조사했다.
그렇게 황자는 화려하게 황궁으로 돌아왔다. 마침내 제
자리를 찾아 돌아온 것이다.

　그리고 나서 태율은 황자 특별 친위대라는 명목으로
백호위정랑을 만들었다. 하나의 군대와 다름없는 세력
이었기에 이를 경계하는 무리들이 황제를 이간질하며
와해시키려 했지만 그의 군대는 와해되지 않았다. 그 이
유는 간단했다. 백호위정랑의 입단 조건은 귀족의 서자
이거나 천민이었기 때문이었다. 그들의 수는 그리 많지
않았다.

　지원 조건은 간단했지만 합격하기는 쉽지 않았다. 호
랑이를 잡아올 것. 누구든 호랑이를 잡아오면 입대가 가
능했다. 특히 백호랑이를 잡아오는 이는 백호위정랑의
장툝의 지위가 주어졌다. 정식 계급은 아니었지만, 황족
의 인정을 받는 무인이 될 기회에 많은 이들이 달려들

었다. 하지만 그중에 호랑이를 잡아온 이는 단 한 명, 바로 태보 위성성의 서자 위윤식이었다. 윤식이 백호위정랑에 들어온 지도 벌써 세 해가 지났다. 그간 백호위정랑의 단원은 모두 50여 명이 되었다. 호랑이를 잡아오지 못한 이들이 백호위정랑에 들어갈 수 있었던 이유는 간단했다. 태율의 눈에 든 것. 혹은 흘의 눈에 든 것. 지금도 태율은 쉰두번째 백호위정랑 단원의 손을 잡아끈 것이었다. 그의 거친 손길 한 번에 떠돌이 힘꾼 욱태의 운명이 바뀌었다. 먹고살기 위해 억지로 힘을 쓰던 욱태가 누군가를 위해 저를 쓰도록 바뀐 것이었다.

"잠깐."

흐트러진 옷매무새를 바로잡으며 앞장서 걷던 태율의 발걸음이 초라한 노점에 멈춰 섰다. 꺼질 듯 말 듯 가녀린 등불 두어 개만 켜놓고 좌판 앞에서 꾸벅꾸벅 졸던 노인이 앞에 드리워지는 거뭇한 그림자에 스르륵 잠에서 깼다.

"아이고, 아이고. 내가 또 졸고 있었네. 아이고! 나으리 뭐 마음에 드시는 거 있으십니까? 이게 다 바다 건너온지 마누라가 만든 것이라 어디 가서 따로 못 사는 것입죠. 특이하죠?"

검은 비단 위에 고운 수를 놓아 화려한 문양을 새기고 또 그 위에 새끼손톱의 반절만 한 색구슬을 끼워 만든 팔찌가 태율의 눈에 들어왔다. 나비와 분홍 꽃이 새겨져 있고, 고운 도자기 색깔의 구슬이 여간 촘촘한 것이 아니었다. 황궁에 진상되어 오는 것들은 간혹 지나치게 화려한 감이 있는데, 이것은 딱 적당히 화려하고 고왔다.

"나, 이거랑 이거 주오."

태율은 팔찌와 어울리는 도자기 색 쌍가락지를 집어 들고는 점주에게 후하게 값을 치렀다. 능청스럽고 자신만만하던 아까의 미소와는 달리 봄바람처럼 포근한 미소를 지어 보였다. 태율은 장신구를 비단 포에 곱게 싸서 품에 넣고는 말없이 다시 길을 나섰다. 그 뒤를 따르던 윤식과 환선이 태율에게 들리지 않을 만한 작은 소리로 속삭였다.

"왜 항상 여인네 장신구를 사시는 거지?"

"그러게 말이다. 내가 본 가락지만 벌써 열 개가 넘는다. 따로 누구에게 하사하시는 것도 아닌 듯한데 어찌 저리 여인네 장신구를 모으시는 거지?"

"황자님 설마……."

환선이 미간을 수상쩍게 구기며 앞서 걷고 있던 황자의 뒷모습을 힐끔 쳐다보았다. 간질간질하는 입술을 참

지 못하고 얼토당토않은 말을 뱉으려 할 때 두 사람의
머리 위에 강하게 내리꽂히는 손날에 입이 꾹 다물리고
말았다.

"어쭙잖은 생각 말고 길이나 가라. 황자님 아시면 너
희 머리가 날아갈 수도 있어."

으름장을 놓는 휼의 목소리에 환선과 윤식이 자라목
을 하며 뻣뻣하게 저들 갈 길을 걸었다.

사내들의 무리를 따라 객주로 들어선 욱태는 시간이
지날수록 그를 조여오는 위화감에 마른침을 꿀꺽 삼켜
야 했다. 호기롭게 그들을 따라나선 이후로 욱태는 앞서
걷는 젊은 사내에게 단 한마디도 붙일 수가 없었다. 모
래판 위에서의 호탕한 모습과는 달리 그 뒤로 쭉 말없이
과묵하기 그지없는 사내였다. 깨끗한 이목구비를 보아
하면 그리 나이가 많지 않은 듯하나 한편으로는 점잖은
모습이 꽤나 원숙해 보였다. 더구나 미려한 외모나 당당
한 기백을 보고는 꽤나 잘나가는 집안의 사내일 것이라
생각은 했지만, 그의 뒤를 쫓는 나머지 사내들이 함부로
말도 붙이지 못하고 눈치만 보는 것을 보니 '꽤나 잘나
가는 집안' 정도가 아니라 '정말 잘나가는 집안'으로 고
쳐 생각해야 할 것 같았다. 그를 따르는 사내들 또한 하
나같이 담백하게 잘생겼고 누구 하나 기골이 장대하지

않은 이가 없었다. 거기에 옆구리에 칼이나 단도 두어 개씩 차고 다니는 모습이 다들 힘깨나 쓰는 무인들이 틀림없었다.

"나으리, 드셨습니까!"

구월산을 병풍으로 두고 꽤 기름진 땅을 밥줄로 하는 도화桃花에서 몇 해 전부터 유명새를 타고 있는 기생집이 하나 있었다. 그 집 행수가 여간 고울 뿐 아니라, 악기를 다루는 솜씨가 가히 황국에서 제일간다 하여 하나둘 멀리서도 찾아오는 유명한 객점이 되었다.

저잣거리를 조금 벗어나 한적한 샛길로 빠지면 구월산 깎아지는 산벽이 얼핏 보이는데 바로 그곳에 터를 잡아놓은 풍월루風月樓가 바로 그곳이었다. 욱태는 사내들을 따라간 그곳에서 그들을 맞이하는 종자從者 놈을 보고 다시 한 번 놀라고 말았다. 대충 뭐라 지시를 내리는 무리 중에 가장 나이 든 사내의 말을 따라 덩치 큰 하인의 허리가 땅에라도 닿을 듯 굽실거리는 꼴이 꼭 황제라도 맞이한 듯 극진했다.

'이곳은 어지간한 세도가들도 그냥 들어올 수 없다 들었건만.'

욱태는 다시 한 번 침을 꼴깍 삼키고는 조용히 무리를 따랐다. 풍월루가 유명세를 탄 두번째 이유는 바로 그 고고한 자태에 있었다. 고급 기생집의 경우 그 규모가 어마어마하기 마련인데, 풍월루 또한 크기가 꽤나 컸다. 하지만 이곳은 절대 저택의 규모만큼 손님을 들이지는 않는다고 했다. 항상 넉넉하고 여유롭게 운영하여 하루에 열대여섯 무리만 받고 딱 입구에서 닫는다. 그 고고한 자태에 애가 타는 세도가와 졸부들은 더욱 풍월루에 들어가고 싶어 안달이 났다.

이곳의 행수는 수도에 하나, 이곳 도화읍에 하나 해서 두 채의 풍월루를 운영하고 있다. 둘 다 늘 문전성시였기에 미리 말을 해두어야 하는 것은 당연했고, 그 안에서 소란이라도 피우는 무리는 당장 쫓겨나야만 했다. 고작 기생집이면서 하는 짓은 공주의 사가라도 되는 듯 고고했다. 종자 놈조차 콧대가 하늘을 찌른다 하는 곳이 풍월루인데, 이런 곳에 그 고고하다던 종자 놈이 버선발로 맞아주는 이들은 도대체 누구인가? 그것도 한두 번 보는 것이 아닌지 퍽이나 반갑게 맞아주고 있었다.

"행수 어르신 곧 드신다고 하십니다."

"그래, 고기반찬 푸짐히 내오거라. 여기 씨름판에서 뒹굴다 온 이가 있어 무척 배가 고플 듯하니."

"예, 나으리."

덩치 큰 풍월루 심부름꾼의 허리는 펴지는 법을 몰랐

다. 숙인 고개 한번 들지 않고 나가는 모습을 멀거니 바라보던 욱태가 퍼뜩 정신을 차리고서는 뜨뜻한 온돌이 깔린 바닥에 궁둥이를 붙였다. 자리 깔고 놀고먹기 위해서는 온돌이 좋은지라, 침상 문화권인 황국에서도 이러한 기생집 혹은 괜찮은 객주는 거의 온돌을 깔았다. 욱태는 뜨끈뜨끈한 온기를 느끼며 상석의 비단 방석에 앉아 있는 태율을 힐끔 바라봤다.

벽 한 면을 몽땅 창으로 만들어놓은 문 너머로 진분홍 꽃이 부서지듯 쏟아지고 있었다. 그 아래로는 동그란 바위를 이어 만든 작은 연못에서 물줄기가 올라와 주변과 어우러졌다. 물이 솟는 광경을 멀거니 바라보던 태율이 욱태의 힐끔거리는 시선을 느꼈는지 고개를 돌렸다. 그 자리에는 모래판 위에서 기세등등하던 소년은 온데간데없이 사라지고, 화려하고 묵직한 방의 분위기에 눌린 어수룩한 소년 하나가 불편하게 자리 잡고 있었다.

"네 힘이 가히 장사더구나."

태율이 부드럽게 말을 건넸다.

"…… 돼지 한 마리 잡을 수 있는 정도밖에 안 됩니다."

더하지도 빼지도 않은 담백한 소년의 대답이었다. 그 대답에 훌이 슬쩍 웃고 말았다. 어찌 보면 오만하게 들릴 수도 있는 말이었지만 저 소년을 보고 있자니 딱 맞는 말만 하는 듯 만족스럽기만 했다. 그런 휼과 별반 생각이 다르지 않은 태율도 웃음을 터트렸다. 고개를 끄덕이는 모습이 흡족한 듯했다.

"그 돼지 한 마리가 가히 소만 할 것 같구나. 어찌 소라고는 안 하느냐?"

"소는 아직 안 잡아봐서……."

"흠, 그래? 그럼 내가 내일 소 한 마리를 줄 터이니 잡아볼 테냐?"

"예, 나으리."

태율이 휼을 보며 고갯짓을 하니 휼이 황자의 심중에 든 말을 읽고 머리를 굴렸다. 조금 전 씨름판에서 받아온 소 한 마리가 냉큼 머릿속에 떠올랐다.

다시 밖으로 시선을 돌린 태율의 뒤로 소란스러운 발소리가 들려왔다.

"오셨습니까, 나으리."

소란스레 문을 열고 들어오는 여인을 보는 욱태의 눈이 동그래졌다. 빨간 저고리에 새까맣고 풍성한 치맛단을 올려 잡아 냉큼 방 안으로 들어서는 여인의 자태가 가히 화용월태花容月態였다. 눈을 수십 번 껌벅거렸다가 다시 떠도 저 여인이 이 세상 사람이 맞나 싶을 정도로 아름다운 모습이었다.

"어찌 그 유명한 풍월루의 행수라는 여인이 올 적마다 발소리가 이리 소란스러운 게냐."

턱을 괴고 밖을 바라보는 태율이 고개도 돌리지 않고 따가운 일침을 뱉어내니 풍월루의 행수인 사향이 입술을 삐죽였다. 붉고 반짝거리는 입술이 탐스러웠다.

"달포 만에 뵙게 되니 반가워서 그러지 않습니까? 어찌 이리 발걸음이 뜸하실 수 있으십니까? 도성으로 올라가도 통 뵙질 못해 어찌나 애가 타던지……."

애교 섞인 사향의 말에 마침내 태율의 고개가 돌아갔다. 옥태를 볼 적만 해도 입가에 달아놓았던 미소가 어느새 바람결에 날아갔는지 통 보이지 않았다.

"네가 풍월루 행수 노릇에 푹 빠졌나 보구나. 말투에 교태가 과하구나, 운덕아."

"어머나! 누가 들을까 무섭습니다, 나으리."

"네 본명을 잊었을까 봐 나라도 불러줘야겠다."

퉁명스러운 태율의 말에도 사향은 밉지 않은 눈을 흘기며 "너무 하시어요"라는 말만 울음기 섞어 중얼거릴 뿐이었다. 그 애교 섞인 투정에 휼이 피식 웃었다. 요란하고 떠들썩한 사향의 투정이 태율에게 무례하게 비칠 수도 있건만 휼은 그저 웃어넘길 뿐이었다. 태율과 휼 그리고 사향의 사이에는 조금 묘한 사연이 있었다.

흉의 넉넉한 웃음에 사향도 새삼 눈가를 붉히며 고개를 숙여 인사를 건넸다. 요란스럽게 등장했던 조금 전과는 달리 조금은 쑥스러운 듯 혹은 어려운 듯 사향의 눈꼬리가 슬며시 아래로 휘었다. 사향의 말 없는 인사에 흉도 웃으며 고개를 끄덕였다. 흉과 슬쩍 눈이 마주친 사향이 재빨리 고개를 돌렸다. 언제 다시 웃음을 끌어올렸던지, 붉게 올라온 눈가에 주름이 지도록 화사한 눈웃음을 달고서는 태율을 바라봤다.

'운덕?'

그들의 대화를 듣고 있던 욱태는 머리가 갸우뚱 떨어지려는 것을 간신히 다잡았다. 어여쁜 자태와는 도저히 어울리지 않는 이름이었다.

"어머, 이 도령은 뭐래? 처음 보는데?"

"욱태라 합니다."

"욱태? 으흐응, 어려 보이는데?"

"이제 지난달에 열다섯이 되었습니다."

"어머, 어려! 이곳에 오기에는 아직 어려."

사향의 호들갑에 환선과 윤식이 입을 삐죽거렸다. 그들도 이미 열일곱, 열여덟 살에 그곳에 드나들었던 것이다. 달라진 것이 있다면 사향의 나이가 이십 줄에서 삼십 줄로 들어선 것뿐. 환선과 윤식이 삼십이 어쩌고 숙덕거리자 사향의 눈초리가 그들에게 매섭게 꽂혔다. 사향은 안 그래도 눈가에 주름이 늘어가는 듯해서 여간 속상하지 않았다.

"거기 못생긴 도령들! 조용히 좀 하죠? 어휴, 시끄러워!"

"운덕 누님 소리가 제일 크다는 거 모르오?"

"운덕이라니, 어디 하늘 같은 누님한테. 사향 누님이라고 하라 했지? 내 목소리야 옥구슬 굴러가는 소리니까 아무리 커도 피리 선율처럼 달콤하다지만 너희들 목소리는 걸쭉하고 팍팍한 것이 영 듣기가 거북스럽잖니?"

"옥구슬은 무슨! 삼십 줄 들어선 옥구슬이 어딨소? 뭐, 악기라도 하나 물고 있으면 모를까."

"뭐야! 이 건방진 것들."

오래간만에 만나서 씩씩거리는 세 사람 사이로 장정 두 명이 방 안으로 들어섰다. 푸짐한 상이 열린 문 사이로 들어오니 욱태의 입에서 맑은 침이 고였다.

"부족하지는 않을 듯하나 모자라면 말하거라. 네 힘쓰는 거 보니 꽤나 배가 고플 것 같은데."

태율의 말에도 멀뚱히 상만 바라보던 욱태는 환선과 윤식을 바라보니 이미 두 사람의 손에는 통통한 닭다리가 하나씩 쥐어져 있었다. 입가는 기름이 묻어 반지르르

했다. 그제야 욱태도 허겁지겁 음식에 손을 뻗었다. 그렇게 후한 밥상은 처음 받아봤다. 입안에 들어가는 것이 꿀인지 구름인지 모를 정도로 살살 녹았다. 욱태의 유순한 눈동자가 태율과 휼을 보며 반짝였다. 저들은 분명 좋은 사람들일 것이라는 단순하고 순진한 마음이 그 우직한 눈동자에 고스란히 투영되어 반짝거리고 있었다. 욱태의 그 순진한 눈망울을 보며 태율은 알 듯 말 듯 묘한 미소를 입가에 걸쳤다.

*

설화는 힘없고 미약한 목소리에 화들짝 놀라 뒤를 돌아봤다. 설화의 입이 저도 모르게 슬쩍 벌어졌다. 두 노인의 말을 듣고 설마설마했건만, 혼자서는 서 있기도 힘들 정도로 등이 굽은 여인 하나가 그들을 향해 힘겹게 발을 옮기고 있었다. 진정 궁희님의 따님인 춘려 아가씨를 제대로 찾아온 것인지 의심되기까지 했다. 반투명한 면포로 얼굴을 가리기는 했지만, 조금 전 설화 일행을 맞아준 남자의 손을 잡고 있는 여인의 손에는 자글자글한 주름이 가득했다.

"아, 안녕하세요. 저는 지상계에서 올라온 설화라고 합니다."

놀란 마음을 추스른 설화가 서둘러 인사를 건넸다. 설화의 목소리를 듣고 정신을 차린 요랑과 현오 또한 재빨리 인사를 했다. 일행의 인사를 받은 춘려는 힘없이 고개만 끄덕이며 근처 탁상 옆 작은 의자에 몸을 의지했다.

"앉으세요. 무슨 일인지 모르지만 이야기를 들어봐야 할 것 같군요."

목구멍을 긁는 힘겨운 목소리를 들으며 설화도 춘려의 맞은편 의자에 엉덩이를 붙였다. 그녀를 따라 자리를 잡은 두 수컷은 아무 말이 없었다.

"다름이 아니라."

설화의 입이 어렵게 떨어졌다.

"어떤 꽃을 찾고 있습니다."

면포를 쓴 여인의 머리가 가만히 끄덕였다. 사내에게 들은 말이 있는 듯했다.

"헌데 이분께서도 어떤 꽃을 찾는 듯하더군요. 혹시 그 꽃이 황후화입니까?"

설화의 말에 춘려와 검은 머리 사내가 눈을 마주한다. 한참을 마주 보던 두 사람의 고개가 떨어지면서 마침내 설화를 향했다. 그러고 나서 설화에게 답을 해준 것은 춘려 옆을 지키고 서 있는 검은 머리의 무뚝뚝한 사내,

갈이었다.

"황후화라는 것은 어찌 생긴 꽃인지 물어봐도 되겠습니까?"

차분한 사내의 말에 설화가 고개를 끄덕였다. 어쩐지 긴장되는 순간이었다.

"저도 직접 보지는 못했습니다만, 황금 줄기에 비단으로 된 꽃잎 그리고 진주가 박힌 꽃술을 가진 아름다운 꽃이라고 합니다. 지상에서 백 년에 한 번 핀다고 알려져 있습니다. 저는 그 꽃을 찾고 있습니다."

설화의 말을 듣고 있던 사내의 눈이 춘려를 향했다. 춘려는 그 구부러진 등을 최대한 반듯하게 펴고 아무 말 없이 설화의 말을 새겨듣고 있을 뿐이었다. 갈은 그런 가려진 춘려의 얼굴이 보이기라도 하듯 하염없이 그녀의 얼굴을 바라봤다.

"…… 다릅니다."

한참을 그렇게 고요한 춘려를 바라보던 갈이 느릿하게 고개를 돌려 설화를 바라봤다. 그리고 그 단단한 잇새를 열어 어렵게 말을 뱉어냈다. 어쩐지 실망한 기색이 얼굴 가득 퍼져 있었다.

"네? 다르다뇨?"

"저희가 찾는 꽃과 그쪽이 찾는 꽃은 다른 꽃입니다.

저희는 황후화가 아닌 '다리꽃'을 찾고 있습니다."

"다리……꽃?"

설화의 미간에 작은 주름이 잡혔다. 그녀의 머릿속에
꽃 하나가 떠올랐다.

"다리꽃이라 함은……."

"절벽에 핀다 하여 절벽화라고도 합니다. 보름달이 뜬
날 만개하여 달의 모습이 일그러지기 전에 사그라지는
꽃이지요. 생김새는 노란 달맞이꽃과 비슷하지만 그보
다 꽃이 더 작습니다. 색깔도 연하고요. 지상계에서는
그 꽃이 황제에게 진상되는 귀한 약재라고 합니다. 굳은
다리를 움직이게 하고, 차가운 손과 발을 따뜻하게 해준
다고 알려져 있습니다."

사내의 말을 듣고 있던 설화는 몽실몽실 피어오르는
의문을 감추지 못했다.

'지상계의 귀한 약재라 한들 그게 선인들에게도 귀한
약재이던가? 오히려 천상에서 피어나는 초목들이 선인
들에게 더 귀한 것이지. 그런데 이들은 왜 다리꽃을?'

호기심을 참지 못한 설화가 입을 열었다.

"헌데 그 다리꽃을 춘려 아가씨께서는 어찌 찾으시는
겁니까? 인간들에게 용한 약재라고 한들 선인에게는 큰
효험이 있지 않을 텐데요."

설화의 말에 갈의 얼굴이 어두워졌다. 뽀얀 면사포에 가려져 있는 춘려의 얼굴도 어두워진 듯했다. 힘을 주어 반듯하게 세워져 있던 춘려의 어깨가 조금 아래로 처졌다. 갈이 그 모습을 안타깝게 곁눈질했다.

설화는 두 사람을 감싸고 있는 공기가 너무나도 처연하고 무거워 더 이상 그들의 대답을 강요할 수 없었다. 그저 그들의 연약한 마음의 살갗을 헤쳐놓은 것은 아닌지 도리어 걱정되었다.

"…… 예전에."

무거운 공기 속에서 어찌해야 하나 힐끗 현오와 요랑을 보던 설화의 귀로 힘없는 여자의 목소리가 파고들었다. 그 목소리에 화들짝 놀란 설화가 다시 두 사람을 바라봤다. 저도 모르게 긴장된 설화의 허리가 빳빳하게 서 있었다.

"어떤 남자를 한 명 구해준 적이 있습니다. 날도 좋고, 바람도 좋고, 또 기분도 좋아 오랜만에 인간 세상에 내려갔죠. 무슨 특별한 목적을 가지고 간 것도 아니고, 그저 잠시간의 나들이였을 뿐이었습니다."

지독한 목감기에 걸렸을 때처럼 춘려의 목에서 나오는 쇳소리는 설화를 더욱 이야기에 빠져들게 만들었다. 어딘지 안타깝고 괴로운 음색에 벌써부터 설화의 미간에 걱정의 주름이 잡혔다.

"저는 계곡을 좋아했습니다. 물도 좋고 산도 좋으니까요. 깊은 산속에서 혼자 고고히 소리 지르는 폭포 소리도 좋았습니다. 그날도 그 소리를 듣기 위해 이름 모를 산 어딘가로 향했죠. 헌데 그날따라 절벽 아래에서 부는 바람을 맞고 싶더군요. 제가 왜 그랬는지. 차라리 그냥 바로 폭포로 갔더라면, 그랬더라면……."

무척이나 오랜만에 꺼내는 이야기였다. 춘려는 몇백 년이나 지난 그 이야기를 다시 떠올리며 악몽이 시작된 그날로 돌아갔다. 이제는 끔찍한 저주를 받아들이고 체념했다고 생각했는데, 아직도 멀었나 보다. 춘려는 자꾸만 저도 모르게 아랫입술을 아프게 깨물었다. 비루한 몸뚱이에서 분노를 표현할 수 있는 방법은 고작 그런 것뿐이리라.

"어떤, 어떤 사내가 다 죽어가는 몰골로 나타났습니다. 옷은 찢어지고 머리는 깨져서 피가 흥건했습니다. 절뚝거리는 다리도 힘이 없는 목소리도 모두 처연한 사내였습니다. 어찌 그런 몰골로 우리 앞에 나타났던 것인지. 하지만 그 사내의 눈동자는 참으로 맑고 깨끗했습니다. 곧고 바른 사내라는 것을 나는 알 수 있었습니다. 어찌나 절박해 보이던지, 어찌나 간절해 보이던지 나는 그 사내를 도와주고 싶었습니다. 사내는 자신을 숨겨달라고, 아니 차라리 죽여달라고 부탁했습니다. 어찌 자신을 죽여달라 말하는 사람의 눈이 그렇게 맑을 수 있는지."

말을 잇던 춘려가 물을 찾았다. 너무 오랜만에 긴 이야기를 풀어내고 있었다. 하루에 두어 마디 하는 것이 고작이던 그녀의 생활을 돌이켜보면 분명 무리하고 있었다. 하지만 백여 년 만에 꽁꽁 싸매고 있던 이야기를 풀어내고 있자니 조금 억울하고 분한 마음이 가시는 듯했다. 그녀의 이야기를 들어주는 눈앞의 여인의 눈도 그때 그 사내만큼이나 맑고 투명했다. 뽀얀 면포를 사이에 두고 여인의 맑은 기운이 그녀에게 그대로 느껴졌다. 어쩐지 마주하고 있으면, 제 이야기를 모두 풀어낼 것 같은 저 눈망울 앞에서 오랜 시간 묵혀놨던 춘려의 이야기가 흘러나왔다.

"나는 당연히 그 사내를 죽이지 못했습니다. 어찌 내려오자마자 살생을 할 수 있겠습니까. 헌데 그의 뒤로 무시무시한 새 한마리가 날아들더군요."

새라는 말에 현오의 눈썹이 비죽하게 위로 솟아올랐다. 근 8백 년을 살아온 까마귀 신선이 모르는 그런 괴물 같은 새는 없었다.

'무엇을 말하는 거지? 갑자놈? 효퇴?'

현오는 자신이 아는 무시무시한 생김새의 새를 모조리 떠올려봤지만 알 수 없었다. 현오의 그런 궁금증을 풀어주기라도 하듯 느릿한 춘려가 말을 이었다.

"아니, 그것은 새라고 부를 만한 것도 못 되었습니다. 여인의 머리에 몸은 새 몸뚱이인 비천야차였으니까요."

"어머나, 그런 귀鬼가 어찌 지상에……!"

저도 모르게 숨을 들이켠 설화가 그녀의 옆에 얌전히 서 있던 요랑을 끌어당겼다. 쫑긋거리는 귀로 용케 얌전히 곁을 지키고 있던 요랑이 그런 설화의 품에 쏘옥 들어가 어리광을 부리듯 안겼다. 그 모습에 현오의 눈썹이 심술궂게 올라갔다.

"비천야차는 사내를 찾고 있었죠. 내놓으라고 성을 내며 길길이 날뛰더군요. 마침내 우리가 아무런 대답이 없자 발톱을 세우고 달려드는 통에 이 사람……."

말을 끊고 춘려가 힐끔 위를 올려다봤다. 그녀의 시선에 갈이 조용히 눈을 내렸다. 어쩐지 숙연하기까지 한 광경이었다.

"갈이 그녀를 죽였습니다. 아니 정확히 말하면 죽이려고 휘두른 칼날에 양 날개가 찢어져 절벽 아래로 내몰렸죠. 이를 갈며 악을 써대는 비천야차는 죽어가면서도 그 사내를 요구했습니다. 피눈물을 흘리며 사내를 내놓지 않으면 저에게 저주를 내린다고 악을 썼죠. 평생 지워지지 않을, 여인으로서 가장 고통스러운 저주를 내릴 것이다."

"…… 설마."

설화는 숨을 들이켜고 요랑을 더욱 세게 끌어안았다.

"추한 늙은이로, 주름이 자글자글하고 허리도 다 펴지 못할…… 그런 늙은이로 만들어버렸죠. 비천야차 따위가 저주를 내릴 수 있을 거라고 생각도 못 했는데, 그런데……."

춘려의 목소리가 감정이 북받치듯 떨리고 있었다. 이를 앙다문 탓에 그녀의 이야기가 끊기고 조용히 갈의 입이 열렸다. 설화는 어쩐지 사내의 나직한 목소리에 울음이 섞여 있는 것같이 느껴졌다.

"제가 그때 바로 죽여버렸더라면, 고작 날개 따위만 부숴놓는 것이 아니라……. 그 비천야차는 죽음으로서 저주를 완성했습니다. 피눈물로 서약하고 제 스러지는 몸뚱이를 제물로 춘려 아가씨께 저주를 내렸습니다. 저주를 건 장본인은 죽음으로 화해버렸으니 궁희님 또한 이 저주를 풀 방도가 없었습니다. 옥황상제님께서 직접 거둬주시지 않는 한 말이죠."

'아바마마는 인간계나 선계에 직접 손을 대는 일이 거

의 없으시다.'

설화는 옥황상제가 이 가여운 아가씨의 말을 듣고도 손수 그를 거두실 것 같지 않았다. 그렇다면 자신이 도울 수 있는 방법은 없을까. 설화는 이 눈앞의 안타까운 남녀를 도와주고 싶었다. 어딘지 모르게 애틋한 두 사람을 도와주고 싶었던 것이다.

"…… 그러면 그 다리꽃은 왜 찾는 것입니까?"

묵묵히 그들의 말을 듣고 있던 현오가 불쑥 입을 열었다. 춘려의 이야기에 까맣게 잊고 있던 꽃의 존재를 현오가 다시 일깨워줬다. 설화의 눈이 갈의 입술로 향했다.

머뭇거리던 갈이 허락을 구하듯 춘려를 바라봤다. 춘려가 고개를 살짝 끄덕였다.

"아무리 피와 생명으로 건 저주라고 하더라도 무작정 선인에게 잔악한 저주를 내릴 수는 없습니다. 중간 매개체가 필요했죠. 그 비천야차는 마침 절벽 어귀에 피어 있던 다리꽃을 움켜쥐고 저주를 걸었습니다."

"너의 그 고귀한 명줄과 삶은 이 비천한 절벽꽃에 좌지우지 될지어다. 나라를 다 뒤지고 억겁의 시간을 이 꽃만 바라보며 살거라. 네놈들도 평생 무엇인가를 애타게, 숨이 끊어지는 순간까지도 애타게 찾아봐. 이 꽃이

없으면 평생 발걸음도 저 혼자 떼지 못하는 늙고 추한
모습으로 살아가리라."

갈의 말이 끝나고 악귀의 중얼거림을 그대로 읊은 춘
려가 주먹을 움켜쥐었다. 바르르 떨리는 그 손이 그날의
잔상에 사로잡혀 있었다. 바다 너머로 사라지는 붉은 황
혼 빛처럼 아스라한 목소리였다. 발아래로 떨어져 깨지
는 사기그릇처럼 날카로운 목소리였다. 그 목소리가 잊
을 만하면 그녀의 꿈속을 두드렸다.

"좌지우지된다 하면……?"

현오의 물음에 갈이 이를 악물었다. 그는 이내 칼집 옆
에 고이 차고 있던 향낭을 꺼내 들었다. 붉은 비단 주머
니를 봉인하고 있던 금색 띠실이 풀리면서 그 안에 고이
모셔놨던 옅은 노란색 꽃이 모습을 드러냈다.

"10년에 한 번씩 내려가 이 꽃을 한 아름 따 와야 합니
다. 수백 송이의 꽃을 찧고 또 찧어서 그 진액을 마셔야
건강하신 아가씨의 몸이 유지될 수 있습니다. 헌데 최근
백 년 동안 이 꽃을 찾기가 부쩍 어려워졌습니다. 원체
많이 피지도 않지만, 피어 있는 것을 보면 인간들이 죄
다 휩쓸어 가니 꽃 찾기가 여간 어려운 게 아닙니다."

"그렇다면 근 백 년간 이 상태였다는 건가요?"

설화의 조심스러운 질문에 갈이 무겁게 고개를 끄덕

였다. 하루하루 쇠해지는 아가씨의 몸 상태를 볼 때마다 그날 비천야차를 죽이지 않은 제 자신이 그렇게 죄스러울 수가 없었다. 가능하다면 자신의 목숨을 바쳐서라도 저주를 풀어주고 싶었다.

'내 모든 것을 다 주고서라도 그 곱고 아름다웠던 아가씨를 다시 볼 수 있다면. 그렇다면 여한이 없을 텐데.'

무너지고 있는 것은 아가씨의 외형이 아니라 삶에 대한 의지였다. 스스로를 대하는 태도였다. 자꾸만 숨으려 들었다. 가리고 또 가렸다. 이제는 꽃이 없으면 걸음조차 떼기 어려울 정도니…….

어찌 주름 따위가 아가씨의 아름다움을 막아설 수 있을까. 갈에게 그녀는 항상 천상인보다 아름다웠다. 보지 않아도 눈부신 이였다. 그런 아가씨가 스스로를 옭아매고 가두려 하니 갈의 마음이 무척이나 아팠다. 참으로 아팠다.

칼집을 쥔 갈의 손등 위로 푸른 핏줄이 불거져 올라왔다. 설화는 파들파들 떨리는 갈의 손이 보여준 꽃을 지그시 내려다봤다. 그녀의 눈을 따라 요랑도 꽃을 가만히 내려다봤다.

"어라?"

요랑의 귀가 쫑긋, 꼬리가 살랑 하고 움직였다.

"아가씨?"

설화가 가늘게 눈을 뜨고 꽃을 들어 올렸다. 그녀가 고개를 끄덕였다.

"이 꽃만 있다면, 그렇다면 춘려 아가씨는 금세 건강해지시는 건가요?"

설화의 물음에 갈이 가늘게 눈을 뜨고 그녀를 바라봤다. 설화는 그런 그를 향해 말간 웃음을 띠며 다시 한 번 물었다.

"꽃만 있으면 되는 거 맞죠?"

"…… 그저 아가씨의 목을 타고 흐를 정도의 진액만 있으면 됩니다."

갈의 의심 가득한 목소리를 들으며 결연하게 고개를 끄덕였다. 잠시간 자신이 누구라는 것을 밝히는 것에 대해 고민했지만 자신이 도울 수 있는 이들이 눈앞에 있는데 스스로 안위를 걱정해 모른 척할 수는 없는 노릇이었다.

"제가 도와드리겠습니다."

"예?"

"제가 두 분을, 아니 춘려 아가씨를 도와드릴 수 있을 것 같아서요."

방긋 웃는 설화의 웃음을 보는 갈의 가슴이 철렁 내려

앉았다. 그와 동시에 춘려도 고개를 번쩍 들었다.

"설마!"

"이것도 전부 천연天緣인 듯합니다."

설화가 두 사람 앞에서 손바닥을 펼쳐 보였다. 그녀의 손에는 같이 그토록 조심스레 꺼내 보인 꽃이 한 아름 담겨 있었다. 춘려는 놀라움을 숨기지 못하고 떨리는 손으로 같의 손을 잡았다.

"처, 천인입니까?"

"예, 그것도 다리꽃을 가지고 있는 천인입니다. 다행히 제가 아가씨를 도와드릴 수 있을 것 같네요."

"아, 아아……."

춘려는 헐떡거리는 숨결을 가누지 못하고 손으로 제 입을 막았다. 거친 숨과 함께 눈물이 울컥 나오려는 것을 간신히 참았다.

길고 괴로운 시간이었다. 천계에 올라가볼까 했으나 궁희님과 천인들의 눈이 무서워 움직일 수 없었다. 시간이 지날수록 두려움과 괴로움이 늘어나 마침내 손 하나 까딱할 수 없을 만큼 무서운 무기력으로 자라났다. 여자이되 여자일 수 없었다. 귀하다고 칭송받되 누구 앞에서도 얼굴 한번 보일 수가 없었다. 심지어 그녀가 그토록 가슴에 품고 있던 단 하나의 연정 앞에서도 그녀는 얼굴 한번 보일 수 없었다. 그것이 가장 괴로웠다. 매일같이 옆에 있는 이인데 마주 보며 웃어줄 수가 없었다. 저리 고고하고 아름다운 사내인데, 혹여 이런 자신을 보며 눈살을 찌푸릴까 봐 두려워 견딜 수가 없었다. 만에 하나라도 찡그려지는 그의 눈을 본다면 그 자리에서 심장이 갈가리 찢어질 것 같았기에 그녀는 궁에서도 항상 면포를 뒤집어쓰고 살아야 했다. 답답한 세상에 스스로를 가둬야 했다.

춘려는 자신의 손을 단단히 맞잡아주고 있는 갈을 바라봤다. 울컥 눈물이 터져 나올 것만 같았다. 자신만큼 놀라고, 자신만큼 힘든 시간을 보냈을 사내는 딱딱하게 굳은 입매와는 달리 유순한 눈동자로 춘려를 잡아주고 있었다. 홀로 백여 년이 넘는 시간 동안 사내는 항상 그래왔다. 항상 묵묵히 그녀를 지켜줬다.

"아! 감사합니다! 감사합니다!"

터져 나오는 감격을 참지 못하고 춘려가 울음기 섞인 말을 쏟아냈다.

"궁희님께서 천계인을 배척한다 하시기에, 궁희님의 따님께 정체를 말씀드리기 어려웠습니다. 헌데 제가 천계인이라는 것을 밝히지 않으면 도와드릴 수 없을 듯하여……."

"어머님의 미움은 뿌리가 깊어 뽑아내기가 어려울 것입니다. 하지만 저희 또한 천계인을 모두 배척하는 것은 아닙니다. 감사합니다, 이렇게 찾아와주셔서."

"도와드릴 수 있어서 다행이라는 마음뿐입니다."

"이봐, 이봐."

감격에 쌓여 있는 두 사람 사이에 뜬금없이 들어선 이는 현오였다. 설화의 손이라도 움켜쥘 기세인 춘려 앞에서 슬쩍 설화를 빼온 그가 한껏 친절한 미소를 보였다. 하지만 그 방에 있는 모두는 그 미소가 그의 진심이 아니라는 것을 알고 있었다.

"감격에 휩싸이기 전에. 설화 네가 확실히 이 꽃을 저들에게 줄 수 있는 거지?"

"네. 아주 어렸을 때 마고님께 받은 꽃이에요. 아주 오래전에요."

"흐음. 그럼 당신들은 이 다리꽃이 얼마나 필요하지?"

"한 바구니 정도만 있으면 됩니다."

갈은 두려움 섞인 눈빛으로 현오를 바라봤다. 이제 와서 아니한다 하면 그것만큼 낭패가 없었기 때문이다.

"그럼, 여러분."

씨익 웃는 현오의 눈이 앙큼하게 빛나고 있었다.

"당신들은 이 아이에게 무엇을 해줄 수 있지? 분명 10년에 한 번은 이 꽃이 필요할 것인데. 그때마다 설화가 당신들을 도와줄 수도 없는 거잖아?"

"그건……."

당황한 춘려가 이를 앙다물었다. 놀라 휘청거리는 그녀를 대신해 갈이 선뜻 앞으로 나왔다.

"제가 매번 찾아가겠습니다. 어디에 있든, 언제든 제가 설화님을 뵈러 가겠습니다."

"10년에 한 번씩 설화가 당신들을 도울 이유는 없는 거잖아. 번거롭게 왜 이이가 당신들을 위해 그런 수고를 해줘야 하지? 우리도 우리가 필요한 것을 찾다가 이곳으로 온 것인데, 되레 우리가 당신들을 도와주고 가야 할 판이야."

"저, 저희도 도와드리겠습니다. 그 황후화를 찾는 것을 저희도 도와드겠습니다."

갈은 절박한 음성으로 현오에게 말했다. 갈의 눈빛은 애절했다.

"어? 난 괜찮은데. 난 매번 도와줄 수 있어요. 현오님, 난 괜찮다니까?"

설화는 현오가 왜 그리 나오는지 알 수 없었다. 현오는 설화에게 가만히 있으라며 눈을 부라렸다.

'왜 항상 이 남자는 제멋대로인지. 내가 괜찮다는데 왜

자기가 난리인 거야?'

설화가 막 뭐라고 하려 입을 열려던 차에 현오가 그녀의 입을 커다란 손바닥으로 막아버렸다. 요랑이 그 모습을 보고 달려들려고 하자 나머지 한 손으로 요랑의 머리를 옆구리에 끼워 넣고는 입을 막아버렸다.

험상궂게 인상을 구긴 현오가 속으로 끙 하고 올라오는 한숨을 간신히 집어삼켰다. 이 정신머리 없는 것들이 자기들 도와주려는 것도 모르고 자꾸 반항하려고 하니 불뚝 같은 성질이 솟아나려는 것을 간신히 내리누르는 현오였다.

"그것보다 당신네 정원에 다리꽃을 심어놓는게 낫지 않겠어?"

"예전에 저희도 다리꽃을 심어보려 했는데 이것이 어쩐 일인지 옮겨 오기만 하면 바로 죽어버립니다. 생태가 맞지 않는 것인지 어쩐지 모르겠지만 도저히 이곳에서는 자라지 않더군요."

갈이 더욱 실망한 기색으로 말을 이었다.

"허공에다가 꽃을 피울 수 있는 것이 이 아가씨인데 정원에서 꽃이 나게 하지 못할까? 자연적으로 나온 꽃이라면 그렇겠지만 주인의 손에 창조된 꽃이라면 어딘들 자리를 잡지 않겠어?"

"아……!"

현오의 말에 다시 번쩍 고개를 든 춘려가 눈을 반짝이며 설화를 바라봤다. 그런 춘려를 바라보며 현오가 다시 한 번 자신만만한 웃음을 지어 보였다.

"그러니까 당신들도 우리를 위해 뭔가를 해줘야 하지 않겠어?"

"제가 해줄 수 있는 것이라면 무엇이든 해드리겠습니다. 아니, 설령 제 능력을 벗어난 일이라 할지라도 능력을 키워서, 아니 명계를 넘어서라도 해드리겠습니다."

결연한 그의 말을 듣던 현오가 껄껄껄 웃으며 고개를 끄덕였다. 기분이 좋은지 가슴을 팡팡 내려치는 그를 보며 입이 막힌 설화가 바동거리며 그를 세차게 째려봤다. 그녀의 눈에 현오는 지금 천하의 불한당과 다를 바 없었다. 설화가 그를 선인으로 보든 악당으로 보든 괘념치 않고 호탕하게 웃어젖힌 현오는 고개를 끄덕이며 흡족하게 갈을 바라봤다.

"사실 뭐 그렇게 거창한 것을 바라는 것은 아니야. 그렇게까지 긴장하지 말고."

춘려와 같은 현오의 말에 왠지 더욱 어깨가 빳빳하게 긴장되었다.

10장 / 그리워할 연戀

"황자님, 곧 식이 거행될 것입니다."

휼이 아련한 눈동자로 허공을 응시하던 태율에게 조심스레 다가갔다. 하얀 꽃이 만개한 누각 위에서 황자는 아스라이 사라질 듯 위태로워 보였다.

"알고 있다, 휼아."

황자가 16세가 되는 날, 특별히 지시하여 황자궁 안에 작은 뜰을 만들었다. 황자는 여인네들이나 좋아할 법한 온갖 꽃이 그득한 작은 뜰에 설련각雪戀閣이라는 누각을 지어 새벽녘이면 그곳에서 하염없이 시간을 보내곤 했다. 여인네 장신구를 모으고, 꽃이 가득한 아름다운 누각을 지은 황자를 보며 몇몇 입이 가벼운 이들이 수군 거렸다. 수군대기를 좋아하는 사람들은 황자의 꼬투리를 잡고 싶어 환장한 듯했지만, 정작 그 누구도 황자에게 이를 들먹이는 사람은 없었다. 막연한 추측과 억측으로 그를 깎아내리려 하지만 조가비보다 꽉 다물린 황자의 입은 그 어떤 해명도 하지 않았다. 그랬기에 그에게 함부로 입을 놀릴 수가 없었다. 마치 그들이 토를 달기를 기다리기라도 하듯 전투적인 그 눈빛을 섣불리 건드릴 수가 없었다.

눈을 그리워하는 마음. 설련雪戀이라는 명패를 달아놓은 누각을 사이에 두고 많은 억측들이 나돌았다. 냉혹하고 차가운 군주로서의 자세를 말하는 것이다, 태율의 정혼자인 윤 태사의 여식이 눈처럼 하얀 여인이라 그분을 그리워하는 것이다, 눈처럼 깨끗한 마음을 가지고 싶어하는 마음이다……. 하지만 그 답을 알고 있는 것은 그 누각에 명名을 하사한 본인밖에 없으리라.

황자는 지금 바로 그 설련각 아래에서 흩어지는 꽃처럼 부서질까 무서운 마음을 다잡고 있었다. 어느덧 그날로부터 4년이 훌쩍 지나 있었다. 4년간 그는 흙먼지 나부끼는 벌판을 달리는 한 마리 말처럼 앞만 보며 달려왔다. 앞으로. 앞으로. 어떠한 것에도 한눈팔지 않고 앞으로. 모든 것이 꿈일지도 모른다는 불안한 유혹에 흔들리지 않으려고 앞으로. 다시 볼 수 없을지도 모른다는 아찔한 절망에 흔들리지 않으려고 앞으로. 나를 부러 떠나간 것은 아닐 것이라는 아슬아슬한 위로를 하며 다시 앞으로. 그 모든 흔들림을 뿌리치고 황자는 앞으로 나아갔다. 오직 다시 만날 날만 기다리며.

'그러니 어서 와. 제발…… 빨리 와, 내 곁으로.'

아무리 생각하고 생각해도 바래지 않는 설화의 얼굴이 눈앞에 아른거렸다. 기억이라는 것도 아련해지기 마련인데, 어찌 그녀는 눈에서도 기억에서도 바래지 않는 것인지. 그 뽀얀 웃음과 순한 눈망울, 보드라운 입술 하나하나 모두 어제 일처럼 선명했다. 그랬기에 태율의 마음은 더욱 아팠다. 묵직한 방망이가 그의 심장을 두드리는 듯 통증이 느껴졌다. 그의 마음은 점점 멍들어갔다. 그녀가 곁에 올 수 있도록 자리를 마련하고, 그녀를 위한 터를 준비하면서도 애타게 그리운 마음에 가슴은 무너졌다. 어린 사내의 가슴에 깊이 박혀버린 풋풋한 연정은 어느새 가시가 되어 그를 찔러오고 있었다.

'어서 와, 설화. 나 이렇게 기다리고 있어……. 조금만 더 기다릴게. 조금 더.'

환청처럼 멀어지는 아련한 웃음소리를 뒤로하고 황자

가 일어섰다. 그의 눈에는 어느새 냉한 웃음이 돌았다.

"가자꾸나."

"예, 황자님."

휼이 태율의 뒤를 조용한 발걸음으로 따랐다. 단단한 어깨 위로 금박을 입힌 황룡포를 걸친 태율의 모습이 휼의 눈에 황송하기만 했다. 어쩐지 눈이 아픈 듯 시큰거리는 통에 무뚝뚝한 무사는 이를 악물 수밖에 없었다. 저 뒷모습을 쫓은 지가 벌써 15년째였다. 침대 위 아픈 몸으로 어린 무사의 소매를 잡고 늘어지며 지켜달라고 칭얼거리던 세 살배기 어린 황자는 이제 그가 감히 올려다볼 수 없을 정도로 강해졌다. 그런 그의 웅장한 자태에 휼은 더없이 마음이 뜨거워졌다.

"태사는 왔느냐?"

"예, 황자님 방에 드셨습니다."

"그래."

황자궁으로 들어가는 두 사람의 조용한 모습을 보며 저 멀리 시립하고 있던 백호위정랑의 젊은 장들이 모여들었다.

"휼아."

"예, 황자님."

"고맙다."

"……."

"그들을 기억하는 게 나뿐이 아니라서, 참 좋구나."

"황자님."

성큼 다가와 두 사람의 뒤를 따르는 호위들의 모습을 훑던 황자는 흉의 대답을 못 들은 척 시선을 돌렸다. 저 무식하리만치 우직한 무사가 어찌 고맙지 않을쏘냐. 그 마음은 그저 고맙다는 한마디로 대신할 뿐이었지만 흉은 충분히 그의 마음을 알 것이라 태율은 생각했다.

"황자님, 아니 이제 황태자님이라 불러야겠군요."

무리를 밖에 대기시키고 홀로 방 안에 들어선 태율을 맞이한 이는 황국의 태사 윤원각이었다. 넉넉해 보이는 순한 미소를 보이는 이였지만 황국의 태사로 20년을 넘게 지낸 이였다. 저 넉넉하고 인자한 미소를 감히 가늠할 수 있는 이는 많지 않았다. 태사의 사람 좋은 미소를 보며 태율도 마치 판에 박은 듯 넉넉한 웃음을 지어 보였다. 널찍한 방을 울리는 태율의 웃음소리가 호탕한 듯 했지만 황자의 눈은 슬쩍 떨리고 있었다.

"아직 즉위식 전이네."

"이제 일각도 남지 않은 것을요. 황자님으로서 뵙는 것도 마지막이겠군요."

말을 마치며 깊게 고개를 숙이는 태사를 보며 황자는

떨리는 눈빛을 순식간에 다잡았다. 아직도 태사가 그의 곁으로 온 것인지, 혹은 무슨 생각을 가지고 있는지 확실치 않았다. 어쩐지 태사의 약점을 알고 있으면서도 이이 앞에서는 묘하게 긴장되었다. 하긴 30년을 넘게 황궁을 굴려온 사람이니 이제 10년을 넘긴 자신과 같을 수가 있을까.

"이리 축하 인사를 받으려 태사를 부른 게 아니네."

"말씀하십시오."

태율은 자리에 앉으며 태사에게도 앉기를 권했다. 그는 웃는 낯으로 눈을 내리고 있는 태사를 바라봤다. 몇 초간의 정적을 즐겁게 즐기기라도 하는 듯한 노익장의 웃음을 보며 태율의 입이 열렸다.

"나는 태사의 여식을 후(后)로 맞이할 것이네."

그의 말에 태사의 고개가 다시 아래로 깊이 숙여졌다.

"소신, 태자님의 말씀에 감읍할 뿐이옵니다."

"그를 위한 준비를 나는 태사에게 맡겼지."

"준비에 소홀함은 없을 것입니다."

"나는 그를 위해 어마마마를 이용했네. 태사를 잡기 위해서."

태사는 부정도 긍정도 하지 않았다. 그저 가만히 다시 한 번 고개를 숙여 태율의 말을 받들 뿐이었다. 그를 보는 태자의 마음이 복잡했다. 하지만 그 복잡한 마음을 다시 한 번 다잡고 독한 빛을 머금었다. 연약한 황자는 그날 황산의 백호랑이에게 잡아먹혔다. 그는 이미 죽은 것이다. 이제는 그 백호랑이를 잡을 황자만 살아남았을 뿐이다. 잔인하고 철저한 황국의 황태자만이.

"나는 그것에 후회는 없어. 그리고 태사에게 부끄럽거나 미안하지도 않네."

태사는 여전히 말이 없었다. 가만히, 그저 가만히 태율의 다음 말을 기다릴 뿐이었다.

"허나 태사의 수고에 대해서는 후에 반드시 값을 치러 줄 것이야. 나는 그리할 것이야. 힘을 써야 할 때는 힘을 쓰고, 수그릴 때는 수그릴 줄 아는 그런 군주가 될 것이네. 조일 때를 알고 베풀 때를 아는 그런 군주가 될 것이야. 성군이 될 생각은 없어. 착한 황제가 될 생각도 없네. 하지만 꽤나 괜찮은 황제가 될 것이야. 그러니 태사는 나를 도와주게. 아니, 나는 이미 그대가 나를 도울 것이라 믿고 있네."

황자의 말에 태사의 허리가 더욱 깊숙이 숙여졌다. 하얀 눈이 소복이 쌓인 듯 허연 머리를 깊이 숙여 황자를 위해, 아니 황태자를 위해 제 허리를 굽혔다. 오래도록 그의 허리는 펴질 줄 몰랐다. 태율의 눈은 그런 태사에게서 잠시간도 눈을 돌리지 않았다. 그 고고하고 총명한 눈으로 태사를 매섭게 직시했다. 그리고 마침내 태사의 허리가 다시 세워졌을 때, 태사의 입도 동시에 열렸다. 조용하게 울리는 그의 목소리가 태율의 귓속으로 파고 들었다.

"전하, 저는 무엇을 바라고 황자님의 명을 받든 게 아닙니다. 다만 그리해야 한다 생각했고, 당연하게 이행했을 뿐이옵니다. 저는 황국이 꽤나 괜찮은 나라로 오래도록 남기를 바랍니다. 그를 위해 황제를 성심을 다하여 보필할 것입니다. 이 태사의 목숨은 그를 위해 존재하나이다."

태사의 말에 황자는 빙그레 미소 지었다. 그를 위해 충성을 맹세하는 말은 아니었다. 하지만 태사는 자신을 배신하지 않을 것이라는 것을 알고 있었다. 황자는 우선 그것만으로도 충분하다 생각했다. 구렁이를 삼킨 듯 속을 알 수 없는 태사였지만 청렴하고 곧은 성미라는 것은 충분히 알고 있었으니.

"이제 나가봐야겠군. 식이 시작되겠어."

"천복을 누리소서. 만복을 누리소서, 전하."

읍하며 사라지는 태사를 뒤로하고 태율은 지척으로 다가온 즉위식을 거행하기 위한 준비를 서둘렀다. 여유를 부릴 시간이 없었다. 마침내 그들이 그토록 끔찍해하던 일이 벌어질 시간이었다. 오늘도 태율은 미소를 지을 것이다. 그의 머리 위에 태자면류관太子冕旒冠을 쓰고 그를 죽이려 했던 간악한 무리들을 향해 미소 지어줄 것이다.

"가자."

태율의 발걸음 뒤로 그를 따르는 젊은 무리가 뒤따랐다. 하나같이 단정하고 당당한 풍채였다. 백호위정랑. 아무것도 아니었고, 아무도 아니라고 생각했던 무리를 이끌고 아무것도 되지 못한 채 이 세상을 떠날 것이라 여겼던 황자가 황궁 중앙으로 향했다. 그 각양각색의 젊은 무리는 풍악이 퍼지고 있는 황궁 깊은 곳 풍안궁風眼宮으로 향하고 있었다. 휘몰아치는 폭풍의 한가운데를 향해 위풍당당한 발걸음을 옮기고 있었다. 어떤 길이라도 힘차게 걸어갈 것이라는 기개가 눈에 선연히 보일 것만 같은 걸음이었다.

다리꽃을 심어준 설화에게 춘려는 하룻밤 묵어갈 것을 부탁했다. 하지만 설화는 간신히 뿌리치고 나왔다. 설화는 꽃을 달인 물 한 모금에 단숨에 뽀얗고 탱탱한 젊음을 되찾은 춘려 아가씨를 보고 놀라움을 금치 못했다. 아가씨는 무척이나 어여뻤다. 그녀의 아름다움을 앗아간 비천야차가 미워질 지경이었다. 저 자신이 이렇게 미운데 그녀와 갈, 그녀의 수복들은 어찌나 안타까웠을지 상상이 가지 않았다.

선계는 천계나 인간계와 달리 얼마든지 시간이 어그러질 수 있는 공간이었다. 그랬기에 그녀는 마음이 바빴다. 사실 인간계에 얼마나 시간이 흘렀을지도 슬쩍 걱정이 되기도 했다. 춘려의 손을 기어이 뿌리치고 나오는 길에 설화는 춘려가 가지고 있던 수장의 궁패를 건네받았다. 그것을 고이 무낭에 집어넣은 설화가 호기심을 이기지 못하고 입을 열었다. 한사코 자신이 데리고 가는 게 빠르다고 그녀를 품에 안는 까마귀 신선의 얼굴이 지척에 보였다.

"어찌 그것을 받아 오셨나요?"

"뭐?"

"궁패요."

현오의 품에 안겨 선계의 하늘을 가르고 있는 설화의 목소리에 호기심이 걸려 있었다. 그를 힐끔 내려다본 현오의 가슴이 참으로 훈훈해졌다. 동그랗고 투명한 눈동자에 통통하고 붉은 입술을 앙다물어 그를 올려다보고 있는 설화가 참으로 사랑스러워 보였다. 당찬 듯 보이면서 어딘지 맹한 이 작은 천인을 보고 있자면 현오는 저도 모르게 제가 다 일러주어야 할 것만 같았다. 한 번도 누구를 위해 무엇을 해줘야겠다고 생각해본 적 없는 현오였지만 이 작은 여인네에게만은 달랐다. 현오는 그것을 인정하기 싫었다. 갑자기 까마귀 신선 특유의 까슬까슬한 심술이 돋은 현오는 불퉁스럽게 설화의 말에 답했다.

"그냥 받으면 좋은 일이 있지 않겠어? 그것도 수장의 패니 얌전히 가지고 있지 뭘 말이 많니. 지 좋으라고 받아낸 것이건만."

"좋은 일이요? 수장의 패로? 음, 이거 가지고 있으면 춘려님처럼 예뻐지나?"

"…… 뭐?"

설화의 말을 듣고 반문하는 현오의 말에 황당함이 가득했다. 설화는 조금 전에 본 뽀얀 춘려를 생각하며 제 말을 마저 이어 붙였다. 그 말을 들으면 들을수록 현오의 얼굴이 기괴하게 구겨졌다.

"춘려님 너무 고우신 것 같아요. 비천야차도 그런 고운 아가씨에게 질투가 일어서 저주를 내린 거겠죠?"

힐끗 그녀를 내려다보는 현오의 눈살이 잔뜩 찌푸려져 있었다. 조목조목 따져봐도, 멀리서 힐끗 봐도 설화의 외모가 결코 춘려에게 뒤지지 않았다. 오히려 뽀얀 피부와 맹한 눈동자 그리고 밝은 표정의 설화가 더욱 빛나 보였다. 적어도 현오의 눈에는 춘려보다 설화가 훨씬 더 빛나 보였다. 기가 차다는 듯 헛웃음을 웃던 현오가 이를 꽉 물고 으름장을 놓았다.

"너 내려가면 면경 하나 사줘야겠다."

"네?"

"아니, 면경도 없어? 상제님이 너 면경도 안 주시디?"

"무슨 말씀이세요? 저 면경 있어요!"

주섬주섬 허리춤에 달린 무낭에서 손바닥만 한 작은 면경을 꺼내 보인 설화가 그것을 현오 앞에서 마구 휘두르며 보여줬다. 뽀득뽀득 소리가 날 것 같은 투명한 유리에 까마귀 신선의 선 굵은 얼굴이 비쳤다가 이내 사라졌다.

"알았다, 알았어. 면경 좀 치워."

"흥!"

"그럼 눈에 이상이 생긴 건가? 너 눈깔이 삐었나?"

"누, 눈깔이요?"

"아차차! 눈이 삐었어?"

"저 눈 말짱한데요?"

"에이씨! 근데 왜 눈깔이 삔 것처럼 행동해!"

"왜 소리를 지르세요? 제가 언제 눈깔이 삔 것처럼 행동했다고 그래요!"

"면경도 가지고 있고, 눈도 말짱한 애가 왜 그런 말을? 아하, 너 면경 안 보는 구나? 네 얼굴 좀 보고 살지그래?"

"뭐예요?"

현오의 품에 얌전히 안겨 있던 설화가 부글부글 끓어오르는 성질을 참지 못하고 마구 발버둥 쳤다.

'이 못돼먹은 까마귀 신선 같으니라고! 어쩐지 저 두툼한 입술에서는 못된 말만 튀어나온다 했더니!'

제법 순하다고 자부하던 설화도 이 까마귀 신선 앞에서는 불뚝불뚝 '성깔'이 나오는 것만 같았다. 이리 싸울 바에는 조금 느리더라도 요랑이와 같이 가는 편이 낫겠다 싶었다.

"이이익! 저 요랑이랑 갈 거예요."

"가만히 있어! 아유, 가볍지도 않은 게!"

"어, 어떻게 그런 말을! 내려주란 말이에요! 저 요랑이랑 갈 거예요."

"그래도 내가 처음부터 데리고 왔으니, 내가 데려다줘야지! 까마귀는 한번 맡은 책임은 다하는 종족이야."

"거짓말! 난 그런 말 처음 들어요."

"에잇, 그런다면 그런 줄 알라고."

버둥대며 반항하는 설화를 더욱 힘주어 끌어안은 현

오가 세차게 날개를 퍼덕이며 속도를 올렸다. 설화를 위한답시고 속도를 조절해주던 그가 바동거리는 그녀의 입을 봉하기 위해 찍소리도 못 낼 만큼 엄청난 속도로 하늘을 갈랐다. 놀란 설화는 파드득 그의 어깨에 손을 둘렀다. 작은 몸에서 쫑알대던 목소리가 사그라졌다. 현오는 낄낄거리며 인간계로 가는 길을 재촉했다. 그 뒤를 빠르게 추격하는 요랑이 바람결에 흩어지는 것을 틈타 시커먼 까마귀 신선에게 저주와 육두문자를 날리고 있는지도 모른 채.

예전에 보았던 그 도깨비의 거처 근처에 사뿐히 발을 내린 현오가 두리번거렸다. 코를 찡긋거리며 풀 냄새를 맡고, 날카롭게 주변을 살피는 눈빛이 매서웠다. 그런 현오의 눈치를 살피며 그의 품에서 냉큼 뛰어내린 설화도 입을 꾹 다물고 주변을 살폈다. 분명 해가 떠 있을 때 이곳을 나섰건만, 어쩐 일인지 해는 여전히 중천에 걸려 있었다.

'내가 생각했던 것보다 선계에 오래 안 있었나?'

어리둥절한 마음에 현오에게 말을 붙여볼까 하다가 조금 전 그의 품 안에서 투덕거리던 생각에 입을 꾹 다물고 말았다. 그냥 빨리 황산으로 돌아가는 것이 낫겠다 싶었다.

'함에게 물어봐야지. 시간이 느리게 갔다면 더 좋은 일일 것이다. 아니, 혹여 하룻밤 정도 지났을 수도 있고.'

"요랑아, 너 그 도깨비님 동굴이 어디 있었는지 기억나지?"

설화가 어느새 그녀의 곁으로 와 허리를 꼭 끌어안고 있는 요랑에게 부드럽게 말을 붙였다. 요랑은 재빨리 신나게 고개를 끄덕이며 그녀의 손을 이끌었다.

"이놈들이."

현오는 그런 둘의 뒷덜미를 냉큼 잡아챘다.

"에구머니! 어찌 여인네의 뒷머리를 이리 잡아채시는 거예요? 아휴, 정말이지."

"여기까지 너를 배달해주고, 안내해주고, 수고해준 나에게 의사도 물어보지 않는 건 어디서 배운 예의범절이냐?"

"…… 칫!"

현오의 말에 부루퉁 입을 내민 설화가 고개를 살짝 수그리고 감사의 뜻을 표했다. 재미있어 보인다고 따라나서서는 대뜸 짐짝 들듯이 그녀를 둘러메고 하늘을 날아다닌 것은 저의 의사였으면서 이제 와서 감사 인사를 바라다니. 그래도 현오 덕분에 일이 제법 빨리 풀린 것은 사실이었다.

"감사합니다. 덕분에 궁패의 주인을 찾았습니다. 다음에 다시 볼 일은 없겠지만 그때까지 만수무강하시어요. 그럼 소녀는 이만."

"잠깐, 잠깐."

"왜 그러세요, 또."

"이거 놔, 이 까마귀 놈아!"

요랑이 설화의 손목을 잡아채는 현오를 노려봤다.

"같이 가자."

"예?"

"같이 가줄게, 내가."

"허! 이거 참……."

설화와 요랑의 눈이 동시에 마주쳤다. 둘의 표정은 판이라도 밝은 듯 일치했다. 수상한 눈으로 현오를 힐끔 올려다본 설화가 고개를 설레설레 저었다. 그녀는 지금 몹시도 애타고 답답한 심경이었다. 자꾸만 속을 긁어대는 까마귀 신선까지 옆에 있다면 그녀의 마음 한편에 뾰족한 가시 돋친 심장이 새로 생길 것이 분명했다.

설화가 냉큼 요랑의 손을 붙잡았다. 요랑도 설화의 마음을 알아챘는지 말이 없었다. 현오는 호기심 어린 눈으로 둘을 바라봤다. 그러자 설화가 현오에게 사르르 녹을 듯한 고운 미소를 보냈다. 그 미소에 현오의 까만 얼굴이 붉어졌다. 그는 목소리를 다듬으며 고개를 돌렸다.

설화는 그 틈을 놓치지 않고 냉큼 요랑의 손을 잡고 숲으로 달렸다. 요랑이 그런 그녀의 발걸음에 가벼운 바람을 실어줬다.

"어? 어라!"

어찌나 날래게 도망가는지, 그들을 황당한 눈으로 바라보던 현오가 헛웃음을 터트렸다.

'제까짓 것들이 이 구월산 자락에서 얼마나 빨리 벗어날 수 있을 거라고. 요랑이 저놈 혼자라면 또 모를까.'

설화는 그 작은 발로 그를 단숨에 벗어날 수 없었다. 현오의 눈에 사냥의 즐거움이 스쳐 지나갔다. 현오는 여유 있게 한 쌍의 날개를 펼쳐 설화와 요랑이 사라진 곳으로 날개를 펄럭였다.

덩치 큰 사내가 누워도 제법 넉넉할 듯한 커다란 탁상 위에 손때가 낀 누런 책장이 스륵스륵 넘어가고 있었다. 창호지를 덧바른 육각 창 안으로 솜털처럼 간지러운 햇살만 분주히 방 안을 오갔다. 책장이 넘어가는 고요한 움직임만 가득한 방 안에는 황국의 태자 태율이 있었다. 탁상의 위용에 뒤지지 않는 화려한 용이 새겨진 의자 위에 비스듬히 다리 하나를 올리고 팔꿈치 하나를 기대어

앉은 그의 눈은 자세와는 달리 참으로 단정했다. 그런 태율의 고요를 깬 것은 문밖에 대기하고 있던 홀의 목소리였다.

"태자님, 공장工匠 이원호가 태자님 뵙기를 기다리고 있습니다."

"들라 이르라."

얼마 안 있어 한 무리의 사람들이 움직이는 소리가 분주했다. 그 분주한 소리가 창호지를 넘고, 문간을 넘어 들어왔지만 태자의 눈은 책에서 떨어지지 않았다. 조용히 훑어 내리는 그의 눈동자가 열리는 문소리에 우뚝 멈춰 섰다. 허나 그의 눈은 여전히 종이 위를 바라보고 있었다.

"미천한 공장 이원호 태자님을 뵙습니다."

"네가 황궁에 소속되기를 거부하고 산속에 은거하고 있다던 그 건방진 공장이 맞느냐."

"송구하옵니다. 죽여주시옵소서!"

책에 고정되어 있던 태율의 눈동자가 스르륵 올라갔다. 넙죽 읍하고 엎드린 후줄근한 사내의 뒤통수가 눈에 걸렸다. 태율은 그를 아무 감정 없이, 아무 감흥 없이 지그시 바라봤다. 정적과 고요로 사내를 압박하기라도 하듯 태자는 그를 그렇게 한참을 말없이 바라봤다. 덜덜 떨리는 몸을 주체하지 못하던 원호의 이마에 송골송골 땀이 맺혔다. 마침내 차를 한 모금 마실 정도의 시간이 지나자 그의 이마에 맺힌 땀방울이 똑똑 아래로 떨어졌다. 마치 도망가지 못하는 주인을 대신하듯 동그란 땀방울들이 정신없이 그의 몸 아래로 떨어졌다. 고요하기만 한 방 안에 떨어지는 땀 소리가 요란했다.

이원호는 드디어 자신이 죽는구나 싶었다. 한평생 제 즐거움을 쫓아 살아왔고, 그를 귀여워해준 장인들을 만나 재능이라는 것도 활짝 꽃을 피워봤다. 여인을 만나 가슴에 품고 그 여인에게 건네줄 장신구며 다기를 만들며 살아왔다. 별다른 욕심은 없었다. 그저 즐겁고 평안하게 살다 가고 싶었다. 제 옆에 있는 여인을 아끼며, 그 여인의 품에 고이 안겨 있는 제 아이를 키우면서 살고 싶었다. 헌데 나라에서 그를 불렀다. 황궁 공장으로 들어와 살라는 것이었다. 이원호는 명을 받들 수 없다고 했다. 궁에 귀속되어 황상을 위해, 황궁의 여인들을 위해 물건을 만들 수 없을 것 같았다. 자신의 손은 그리 고귀한 것들을 만들어내기에는 너무나 투박했다. 원호는 소소한 것들이 좋았다. 산처럼, 들처럼 자유롭고 제멋대로인 것들이 좋았다. 그 자연스러운 아름다움을 추구했기에 황궁의 황상을 위해, 그 안의 여인들을 위해 물건을 만들지는 못할 것이라고 생각했다. 그랬기에 감히 거절했다. 못난 손이라 못할 것이다 정중이 거절했다. 처음에는 황궁 쪽에서도 쉬이 물러나는 줄만 알았다. 이제 괜찮겠구나 싶었는데. 3년이 지난 마당에 다시 그를 찾아온 것이었다.

'아아, 우리 상목이 목비녀 깎는 법도 못 가르쳐주고 나는 가려나 보다.'

왜 3년이나 지나서 다시 저를 부르나 덜덜 겁부터 나던 원호는 눈을 딱 감았다.

"죽고 싶은 것인가? 왜 그대의 입에서 죽음을 찾는 것이지? 나는 그대의 목을 치라 한마디도 하지 않았거늘."

"사, 살려주십시오!"

"겁이 많은 사내로군."

시큰둥한 태자의 말에 원호의 이마가 태자궁이 무너질 듯 세게 바닥을 내리쳤다. 그는 정말 겁이 많았다. 살고 싶기에 겁이 많았다. 지켜야 하는 가족이 있기에 겁이 많았다.

"살려주십시오. 화, 황궁에 들어와 살라 하면 살겠습니다. 황궁 공장이 되라 하면 그리하겠습니다. 살려만 주십시오. 우리 아이 크는 것을 보고 싶습니다. 제발, 제발 살려주십시오."

"어허, 누가 그대를 황궁에 들인다 했는가. 나는 그대를 황궁에 들이고 싶지 않아."

"...... 예?"

울음이라도 터트릴 것처럼 격하게 올라오는 감정을 추스르지 못하던 원호의 이마가 그제야 슬그머니 올라왔다. 감히 바라보아서도 안 되는 이건만 저도 모르게 놀라 동그래진 눈으로 태자를 바라봤다. 턱을 팔에 괴고서는 그를 재밌다는 듯 바라보던 태자의 눈과 겁에 질린 원호의 눈이 허공에서 만나고 말았다. 태자가 그의 눈을 보며 입을 열었다.

"만들어줘야 할 것이 있네."

"무엇이든 하명하십시오!"

저도 모르게 마른침을 꿀꺽 삼킨 원호가 태자의 입에서 다음 말이 떨어지기를 애타게 기다렸다. 이대로 살려만 준다면, 제 가족의 품에 온전히 돌아갈 수만 있다면 원호는 제 뼈를 깎아서라도 무엇이든 만들겠다고 생각했다. 그런 원호의 애달픈 마음을 아는지 모르는지 태자의 입은 빙글빙글 가벼운 웃음만 띄었다.

"꽃을, 꽃을 하나 만들어야 할 것 같아."

"꽃...... 말씀이십니까?"

되묻는 원호의 말에 태자가 히죽 웃음을 터트렸다.

"세상에서 가장 귀한 꽃을 말이야."

태자는 원호에게는 들리지 않을 정도로 말했다. 태율의 검은 눈에 뜻을 알 수 없는 빛이 일렁이고 있었다.

*

듬성듬성 칸이 비어 있는 노란 나뭇빛 장기판을 들여다보는 녹우의 눈이 진지했다. 길게 자란 수염을 슬슬 쓰다듬는 모습에서 저절로 흐르는 고고한 여유가 느껴졌다. 그 앞에 마주 앉아 슬쩍 찌푸린 눈썹을 들어 올린 함의 눈도 진중하기는 매한가지였다.

"한 수 물러주십시오. 어찌 매번 이기려 드십니까."

"이기려고 하는 거 아닌가? 허허, 자네 어찌 실력이 늘지가 않는군? 쯔쯧."

"장기판에서 실력보다는 침상에서의 실력이 중요한 것 아니겠습니까?"

함의 은근한 농에 녹우가 피식 웃음을 터트렸다. 산속에 사는 구렁이만 잡아먹고 있는 듯 혀가 매끄러워지는 함이었다.

"아이고, 이거 역시 젊구먼. 헌데 그거야 월하가 따져줄 일이고. 자, 어서 두게. 여기 장기 두는 호랑이 영역 표시라도 하러 갔나? 어찌 소식이 없어."

"끄응."

농담으로 한 수 물려보려 했던 함이 하는 수 없이 지는 판을 끌고 가야 했다. 천 년이 넘는 시간 동안 장기만 둔 것인지, 녹우에게 한 판 이기기가 보통 어려운 일이 아니었다.

"아, 그나저나 내 재밌는 소문을 들었네. 자네도 들었는가?"

"예?"

갑자기 껄껄껄 웃으며 무릎을 치는 녹우를 보며 함이 눈을 동그랗게 떴다. 고개를 절레절레 내저으며 웃는 늙은 호랑이를 보며 함이 몰래 판을 옮겨보려 했지만 그의 손등을 내려치는 녹우의 손에 의해 저지되고 말았다.

"하, 하핫! 말이 떨어지려고 해서……."

슬슬 팔등을 문지르며 어물쩍 웃음 짓는 함을 향해 혀를 찬 녹우가 다시 눈을 빛내며 말을 이었다. 그 소문을 듣자마자 어찌나 맹랑하고 즐거운 기분이 들던지.

"이 사람아! 황궁에 황후화가 있다는 소문 못 들었나 보군."

"아, 그 소문이요!"

"들었던 게야? 난 그 말을 듣자마자 어찌나 재미나던

지, 그 꼬마 황자 짓이겠지?"

"그렇겠지요, 이 황국에 황후화라는 것을 아는 이는 그이밖에 없을 테니."

함도 그 말을 듣고서는 어찌나 배를 잡고 웃었는지, 오래간만에 마주하고 차를 마시던 월하에게 미안할 정도로 전각 위를 굴러다녔다. 어쩐지 그 속이 훤히 보이는 깜찍한 계략이었지만 여간 영특하고 재미난 생각이 아니었다. 찾을 수 없으니 찾게 만든다.

"재밌는 젊은이야. 이제 이립이 넘었다고 했던가?"

"아, 예. 아마 스물두어 살 되었을 겁니다. 벌써 8년이나 지났으니요."

"허! 8년! 시간이 정말 쏜살이야. 그렇지 않나?"

"우리 같은 선인들이야 10년이나 50년이나 금방이지만 그 황자는 꽤나 애가 타는 시간이었을 겁니다. 틈만 나면 황산을 찾아와 행패를 부리고 가더군요. 아! 저번에는 또 찾아왔기에 몇 자 적어 던져줬더니 화살을 날리대요."

"허허! 당돌해, 당돌해! 암, 그 정도 배짱은 돼야 우리 공주님 짝이 될 수 있지. 암!"

고개를 흐뭇하게 끄덕이는 녹우의 모습으로 보아 태율이 꽤나 마음에 든 듯했다. 그 모습에 함도 같이 웃음을 지어 보였다.

함은 몇 년 전에 황산 꼭대기에 찾아온 그를 놀려준 적이 있다. 황태자 즉위를 했으니 이제 빨리 내놓으란 말이었건만. 그네들에게 즉위라든지 지위가 그리 중요할까? 코웃음 치고 몇 자 멋들어지게 적어 던져주니 그 왈패 같은 성질 못 이겨 꼭대기를 향해 화살을 쏘아 올렸더랬다. 나름 멋있는 말이었건만, 뭐 그리 화난다고. 듣자 하니 황궁에서는 그 성질머리 다 죽이고 사는 듯하니 그것도 참 신기한 일이었다.

"그러고 보니."

흐뭇하게 웃던 녹우가 따뜻한 눈빛 그대로 다시 함을 바라봤다. 함도 상념에 젖어 있는 머리를 맑게 하여 녹우의 다음 말을 기다렸다.

"이제 슬슬 오실 때가 되지 않았나? 그리 오래 걸릴 여정은 아니었을 테니."

"예, 안 그래도 사나흘 안에 오실 것 같습니다. 월하가 일러준 것이니 정확할 테지요."

"호! 딱이군, 딱이야! 나이가 드니 영 낙이 없어. 그래서 자꾸만 이렇듯 주변 이야기가 궁금해지는 게지. 어서 뵙고 싶네그려."

"눈 깜짝할 새에 오실 텐데요, 뭘."

함의 말에 맞장구쳐주던 녹우가 슬쩍 장군을 들더니 판을 장악해버렸다. 아무 생각 없이 그것을 보고 있던 함이 앗! 하는 비명과 함께 두 손으로 머리를 감싸 쥐었다. 이번 장기판에는 내기가 걸려 있었기에 기필코 이기려고 했건만 역시 오늘도 이길 수가 없었던 것이다. 어째 녹우가 한 수 물러주고 시작한다 했을 때부터 말려들 것 같더니.

속으로 한숨을 내쉰 함이 애절한 눈빛으로 녹우를 바라봤다.

"전각 짓는 것이 쉽지 않습니다. 오야산 봉우리가 보통 험준합니까?"

"그래, 그래서 내가 짓는 것보다 자네가 짓는 것이 낫지 않겠나. 이 늙은이가 기력이 없네. 에고고고."

팔을 들어 어깨를 툭툭 내려치는 녹우를 보며 함의 얼굴이 찌푸려졌다. 올라간 소매 사이로 튼실하게 자리 잡은 호랑이 근육이 떡하니 보였던 것이다. 허나 이미 내기에 진 것을 무를 수도 없으니 힘깨나 쓰고 돌아가야 할 판이었다.

"알겠습니다. 지어드립죠, 제가!"

"고마우이."

"아, 그런데. 그 전각 이름이……."

"오야봉! 오야봉이라네. 꼭 오야봉이라고 새겨 넣어주게나."

자랑스럽게 호명하는 녹우를 보며 뭔가 찝찝한 이름이다 생각한 함이 마지못해 고개를 끄덕였다.

황국의 수도 단하^{丹霞}의 남쪽으로 내려오면 섬나라 대마국^{大馬國}으로 통하는 물길이 열리는 도시가 있었다. 물론 다른 곳에서도 대마국으로 통할 수 있지만, 그곳 하늘을 비춰내는 도시인 수문경^{壽門鏡}을 통해 가는 것이 가장 빠르고 안전했다. 수문경은 대마국뿐만 아니라 근처로 크고 작은 섬들이 있었기에 수로가 발달하고 나루터가 크게 이루어진 곳이기도 했다.

물길이 열리는 곳에서는 으레 그렇듯 물에서 나는 고기가 신선하고 풍족하여 그것을 이용한 진미가 풍부했다. 근처 어느 객점에 들어가도 싸고 맛있는 해산물을 배부르게 먹을 수 있었다.

"주모, 여기 얼큰한 오모가리탕 한 그릇 주오."

"이예, 나으리! 큰 걸로 드릴까요?"

"응. 푸짐하게, 큰 걸로!"

우렁차게 대답하는 환선을 보며 피식 웃던 태율의 시선이 창밖으로 향했다. 달포에 한 번씩 나라 안을 짧게 돌아다니는 그였지만, 수문경까지 오는 것은 꽤나 드문 일이었다. 더군다나 황태자 즉위가 끝난 이후부터는 이리 자유롭게 밖으로 나오기가 쉽지 않았다. 그것도 아흐레씩이나. 위험하다고 말리는 중신들과 어마마마를 설득하는 것이 꽤나 힘든 일이었다. 하지만 아무리 봐도 황궁 안이 가장 위험한 장소인 것을. 선선히 불어오는 바람결에 짠 내가 느껴지는 것을 기분 좋게 즐기던 태율의 눈에 늙은 노비 하나가 주인을 따라 빈 수레를 끌고 가는 것이 보였다. 자기 몸의 두 배나 되는 커다란 나무 수레를 허리로 밀고 뒤룩뒤룩 살찐 주인을 쫓아 종종거리는 걸음에 힘이 하나도 없었다. 그를 돌아보고 타박하는 여주인을 보며 연신 고개만 수그리던 그가 돌부리에 걸려 비틀거렸다. 그 때문에 빈 수레도 요란하게 덜컹거렸다.

불현듯 태율의 이마에 내 천 자가 그려졌다. 그의 머릿속으로 기분 나쁜 호랑이 웃음소리가 들리는 것만 같았다.

황태자 즉위식이 끝나고 얼마 후 다시 한 번 황산을 찾은 그는 뿌연 안개 속에서 한참을 헤맸다. 길을 도통 열어주지 않는 못돼먹은 호랑이놈이 그를 가지고 노는 것이 자명하게 느껴졌다. 한참을 그렇게 헤매고 나니 해가 산 아래로 저물어갈 때쯤 커다란 소나무 하나가 불현듯 선명하게 태율의 눈에 들어왔다. 소나무 한 면으로 글자 몇 개가 물이 흐르듯 그려져 있기에 저도 모르게 태율의 발걸음은 그곳으로 향했다.

쿵쿵 떨리는 심장을 진정시키고 읽어본 소나무에 쓰여 있는 말은 가관이었다.

"공수래공수거空手來空手去라니……."

"예? 수레요? 수레가 뭐요?"

저도 모르게 머릿속 말을 중얼거린 탓에 윤식이 고개를 돌려 태율에게 되물었다. 하지만 태율은 살짝 도리질 치고는 다시 시선을 돌렸다. 그를 보며 윤식과 환선이 눈을 맞추며 의중을 헤아려보려 했다.

'공수래공수거라니. 결국 빈손으로 돌아가라는 말 아닌가?'

안 그래도 답답하고 분한 마음이었는데 염장을 지르는 그 한마디에 태율의 이성이 뚝 끊어지고 말았다. 이를 바득바득 갈며 흌의 등 뒤에 매달려 있던 화살통을 낚아챘다. 태율은 황산 꼭대기를 향해 화살 끝을 겨누고 기필코 그 하얀 엉덩이에 꽂히라고 간절히 염원했다.

'쯧, 어림도 없었겠지.'

"황궁에……."

문득 그런 태율의 귀로 날카로운 단어 하나가 꽂혀 들

어왔다. 일순 모여 앉은 다섯 사내가 입을 다물며 말이 오가는 사람들 사이로 귀를 기울였다.

"그려? 그런 게 있다고?"

"들리는 소문에 의하면 희한한 꽃을 가지고 계시다고⋯⋯. 그게 그렇게 신기한 꽃이디야!"

"뭔디?"

"그 뭐시기, 꽃인데 꽃이 아녀! 그려, 꽃이 아닌데 또 꽃이여!"

"아, 뭔 말이여."

"아, 긍께. 그 뭐시기 진주? 그게 꽃술이고, 꽃잎은 비단인가? 아무튼 뭐 그런 거고 또 줄기는 황금이랴!"

"그게 뭐여, 그게? 보물이네! 보물이야!"

"그려, 근데 신기한 게 그게 꽃이랴!"

시끌벅적한 사내들의 말에 주변 사람들의 시선이 모아졌다. 사람들의 시선에 신이 난 사내들은 더욱 큰 소리로 흥겹게 떠들어대기 시작했다. 가만히 귀를 기울여 그들의 말을 듣고 있던 태율은 비실비실 웃음을 터트렸다.

"잘하고 있나 보군."

"역시, 우리 애들 입은 날아다닌다니까요! 아주 날개를 달았어."

"자랑이다!"

혀를 차는 윤식의 말에 환선이 입을 삐죽였지만 그의 눈에는 자랑스러움이 은은히 묻어나 있었다. 무리가 생기면 그 무리는 희한하게도 장의 성격에 얼추 비슷한 사람들이 모여들었다. 환선이 이끌고 있는 백호위정랑 제3부대 괵虢의 단원들이 특히 그러했다. 모두 하나같이 입이 날래고 성격이 호탕했으며 사람들을 선동하는 데 특출한 재원들이 많았다. 그랬기에 환선이 황후화의 출몰 소식을 퍼트리는 임무를 맡게 되었다. 덕분에 서너 달 만에 소문은 나라 구석구석으로 퍼져 나갔다.

"헌데 도련님."

불현듯 그의 앞에 묵묵히 자리하고 있던 욱태가 입을 열었다. 씨름판에서 태율에 의해 건져진 지 벌써 네 해가 지났다. 성미가 무뚝뚝하기 그지없던 욱태는 해가 갈수록 입이 무거워지고 생각이 깊어졌다. 변화된 성격만큼이나 묵직한 외양을 갖추어가고 있었다. 두툼한 눈썹과 오뚝한 코 그리고 적당히 각진 얼굴이 무척이나 남자다웠다.

머뭇거리던 욱태가 두툼한 입술을 열었다.

"어찌 꽃에 대한 소문을 내라 하셨습니까? 제 미천한 머리로는 소문이 나면 되레 도련님께 해가 될 것 같다는 생각에…… 걱정이 앞섭니다."

"해라……. 무엇이 나에게 해가 될 것이라 생각한 것이냐."

재밌다는 듯 웃음기 섞인 태율의 말에 욱태가 진중한 목소리로 제 의견을 덧붙였다.

"귀한 것입니다. 소문으로는 그것은 생화라고 알려져 있으니 그 얼마나 귀하고 신비한 꽃입니까. 귀한 것을 가지고 있을수록 욕심은 모여들고, 아름다운 것일수록 그 욕심은 추하기 마련입니다. 그 추악한 욕심들이 분명 어떻게든 그것을 보려 하고 그것을 탐하려 할 것입니다. 그 과정이 하 더러워 도련님께 해가 될 것 같아 걱정이 됩니다."

"푸하하!"

태율이 크게 웃었다. 즐겁다는 듯 배를 잡고 웃은 것은 아니지만 화통한 목소리로 크게 웃었다. 그 웃음소리에 객점 안에 있던 사람들이 그들을 힐끔 쳐다보았다.

욱태는 태율의 웃음소리에도 걱정에 찬 눈을 거두지 못했다. 그들의 대화를 멀거니 듣고 있던 윤식과 환선 그리고 그의 옆으로 자리하고 있는 휼을 태율이 쳐다봤다.

"너희들도 걱정이 되느냐? 응?"

"……."

"해가 될 것이라 그리 생각하느냐, 추악한 무리들로

인해?"

"……."

태율이 묻는 이유를 알 수 없었기에 모두들 침묵하고 있었다. 다만 흏만 아무런 흔들림 없는 눈동자와 표정으로 태율을 바라볼 뿐이었다.

'그래, 너는 아는가 보구나.'

그런 흏을 보며 태율은 그저 웃음 지었다.

"너희들은 이미 가장 추악하고 더러운 늪 한가운데 있는 것이다. 나는 그런 곳에서 태어났고, 또 자랐다. 헌데 내가 뭘 새삼스레 더러워지는 것을 두려워하겠느냐."

열린 창문 사이로 미풍이 불어왔다. 산들산들 불어오는 바람이 어깨 아래로 내려온 태율의 머리카락을 슬쩍 어루만지고 지나갔다. 선선히 웃으며 대답하는 태율의 모습은 그의 말과는 다르게 무척이나 고귀해 보였다. 그랬기에 욱태는 더욱 그의 말뜻을 헤아리기 어려웠다. 그가 알고 있는 한 세상에서 가장 고귀한 이가 바로 눈앞의 태자였다. 그런 그가 추악하고 더럽다는 것은 어불성설이었다.

"그리고 미끼라는 것은 어느 정도 위험을 가지고 있을 때 더욱 탐스러운 것이란다."

피식 웃으며 말하는 태율의 말이 참으로 서늘하고 공

허했다. 분명 웃으며 뱉은 말임에도 어쩐지 목소리는 텅텅 비어 울리는 것 같았다.

흔들리는 욱태의 눈빛을 바라보던 태율이 다정히 올라간 입매를 내렸다. 그의 얼굴에 불현듯 지배자의 단호함이 서렸다. 눈에는 냉한 기운마저 감돌고 있었다.

"그런 것을 걱정하는 것은 나의 몫이다. 너희들이 할 것이 아니야."

태율의 말이 끝나자마자 큼지막한 그릇에 보기만 해도 얼큰한 탕이 나왔다. 저 냉혹한 말에도 욱태는 전혀 마음이 상하지 않았다. 그 자리에 있는 모두가 마찬가지였으리라. 그 누구도 태자의 말에 토를 달거나 반발하지 않을 것이다. 아니, 이들뿐만 아니라 백호위정랑 누구도 마찬가지리라. 태어나도 태어난 취급 한번 제대로 받아보지 못하던, 항상 초대받지 않은 이방인의 삶을 살던 이들에게 손을 내밀어준 분이었으니. 그런 그들의 삶에 주인이 되어준 고귀한 인물이었으니 말이다.

욱태는 늘 그래 왔듯 무거운 입을 꾹 다물었다. 그를 이리 쓰임새 있는 인물로 만들어준 것만으로, 곁에 두고 당신을 위해 일하게 해주는 것만으로 황송하다는 말은 속으로 삼켰다.

"아니, 정말 같이 가시려는 거예요?"

"응, 사내가 한 입으로 두말하나?"

"피!"

설화는 그녀를 따라오는 현오를 슬쩍 흘겨보았다. 곧
죽어라 요랑을 붙잡고 구월산 자락을 벗어났지만 얼마
못 가 따라잡히고 말았다. 둘의 주위를 빙글빙글 맴돌며
재촉하는 모습이 어찌나 얄밉던지. 설화가 아무리 따라
오지 말라고 소리쳐도 소용없었다.

"아니, 현오님. 일 없으세요? 도력 수행을 하신다든가,
저 아래 사람들을 도와준다든가 이런 거 안 하세요?"

"난 이미 도력이 충분하다 못해 넘치고 있는데 뭐하러
수행을 해? 저 밑에 인간들이야 알아서 잘 살고 있구먼
뭘 나까지 도와주고."

"…… 진짜 엉터리 선인이야!"

입술을 삐죽이며 황산 자락을 올라가는 설화의 뒤로
현오가 피식 웃음을 터트렸다. 그가 슬슬 건드리는 대로
탁탁 반응하는 모습이 여간 재미나지 않았다. 조그마해
가지고 귀여운 얼굴로 심술궂은 표정을 지어 보이지만
그 모습이 도통 귀여워 보이기만 하니. 저래가지고는 못

된 악귀들이나 도깨비들에게 잡혀갈까 봐 현오의 마음
이 다 불안했다. 목 뒤로 팔짱을 끼고 설화의 뒤를 터벅
터벅 따라가던 현오의 눈에 동그랗고 불그스름한 꽃 하
나가 들어왔다. 냉큼 그것을 똑 따고서는 그 자리를 다
독여주니 꽃이 꺾인 자리에 다시 분홍빛 꽃망울이 올라
왔다.

"거기, 남우세스러운 옷 입은 아가씨!"

엄지손톱만 한 동그란 꽃봉오리를 흔들거리며 앞서
걷는 설화를 불렀다. 선계에서 그가 입혀준 어깨가 다
드러난 옷을 입고 있던 설화가 붉어진 얼굴로 휙 그를
돌아봤다. 그녀의 옷은 어디로 가져갔는지 도통 주지 않
으니 갈아입지 못했던 것이다.

"하나도 안 이상하다면서요!"

"누가 이상하대? 자꾸 눈에 아른거리는 게 요망해 보
인다 이거지."

"가, 갈아입을 옷 주시어요!"

입술을 삐죽이며 얼른 어깨에 두른 속이 환히 비치는
비단을 움켜잡은 그녀가 동그란 눈을 한껏 추켜올렸다.
작은 콧등 위로 붉은 기운이 올라와 있는 것이 현오의
말에 당황한 빛이 역력했다. 현오가 그런 설화의 모습에
비죽비죽 웃음을 흘리더니 제가 꺾어 온 꽃을 그녀의 귀

옆에 덜컥 꽂아주었다. 오밀조밀하고 귀여운 꽃의 모양
과 동그랗고 뽀얀 설화가 썩 잘 어울렸다.

"예쁘네."

"…… 예?"

설화의 반문에 그제야 현오는 공중에 떠 있는 제 손을
소스라치게 놀라 바라보았다.

'아니, 지금 내가 뭐한 거야?'

저도 모르게 올라간 손이 엉거주춤 하늘에 떠서는 갈
곳을 잃어버렸다.

"이, 이러니까 좀 봐줄 만하다 이거야!"

당황한 빛이 스쳐 지나가는 설화의 얼굴을 보고 현오
또한 괜히 눈을 부라리며 흠흠 헛기침을 했다. 아무 생
각 없이 저지른 일이라 생각보다 민망하고 부끄러웠다.

"아, 안 올라오고 뭐해? 저기 기와 보이는구먼……."

귓불을 새빨갛게 물들인 현오가 뒤도 돌아보지 못하
고 버럭 소리를 질렀다. 그 모습에 설화는 요랑과 눈을
마주하며 고개를 갸웃했다.

"기다리고 있었습니다."

"월하님!"

설화가 솟을대문을 넘자마자 청아한 목소리가 그녀를

맞아주었다. 여전히 아름다운 월하가 그곳에 서 있었다.
그녀를 본 요랑이 먼저 쪼르르 달려가 안기니 월하가 가
만히 요랑의 머리를 쓰다듬어주었다.

"오랜만이 뵙는군요, 형수님."

"여전히 입이 참 자유분방하시네요."

월하를 보자마자 슬쩍 농을 건네는 현오의 모습에 월
하도 마주 웃으며 그를 맞아주었다. 오래전부터 아는 사
이였으니 따로 인사는 필요하지 않았다. 현오까지 솟을
대문을 넘어오니 월하가 요랑의 손을 슬쩍 잡아끌며 길
을 안내했다.

"곤하시겠지만, 잠시 따라오시겠습니까?"

무척 오랜만에 보는 듯한 기분이 들었다. 설화는 모든
것이 그대로인 집도, 그 모습 그대로인 월하도 묘하게
시간에 슬쩍 바랜 듯한 느낌이었다. 분명 모든 것이 그
색깔, 그 모양 그대로인데. 그 알 수 없는 위화감에 설화
가 연신 다시 집을 둘러보았지만 집은 그녀가 마지막에
본 모습 그대로였다.

'뭐지? 산수가 조금 비틀어진 것 같기도 하고? 왜 자
꾸 이상한 느낌이 드는 거지?'

설화가 무언가 이상한 느낌을 월하에게 물어보려고
할 때 그들은 아슬아슬한 절벽 위에서 아래를 내려다볼

수 있도록 지어진 월향정月向亭에 들어서고 있었다. 그곳
에서 함이 맛깔나 보이는 다과를 차려놓고 그들을 기다
리고 있었다.

"오셨습니까! 생각보다 일찍 오셨군요."

"아, 함님! 잘 다녀왔습니다. 제가 선계에 다녀오는 바
람에 지금 시간이 얼마나 지났는지 짐작이 안 되네요."

함이 설화를 반갑게 맞아주며 그녀를 자리에 앉혔다.

"후후, 알고 있었습니다. 곤하지 않으신지요?"

"저는 괜찮습니다. 저는 그냥 길고 긴 하루를 보내고
온 느낌이거든요."

"하루, 하루였습니까? 그렇다면 설화 아가씨께서 조금
놀라실 수도 있겠군요."

"예?"

설화의 동그란 눈이 막 함을 향해 그게 무슨 말이냐며
물어올 참에 현오가 함에게 발길질을 하며 달려들었다.
현오는 그를 본체만체하는 친구를 보고 뿔이 났던 것이
다.

"이 허연 짐승 놈아! 나는 보이지도 않냐?"

"아, 거참. 자네 오는 소리는 백 리 바깥에서부터 들었
다네. 까악! 까악! 어찌나 시끄러운지!"

"어허, 그래서 형수님을 먼저 내보낸 것이냐? 이 까마

귀 신선이 무서워서 꽁지를 뒤로 숨겼구나! 내 안 그래
도 네놈을 만나면 늘씬하게 두들겨 패줘야겠다고 마음
먹고 있었다."

"누가 누굴 팬다는 것이야? 자네가, 나를? 허허! 남은
두 다리 중 하나마저 부러져봐야 정신 차릴 친구로군!"

"후후후! 내가 다리가 하나가 남게 될지, 네 꼬랑지가
없어질지 두고 봐야 할 일……."

설화가 험악해지는 분위기에 겁을 집어먹고 월하를
바라보자 그녀는 걱정 말라는 듯 설화의 손을 토닥거렸
다. 월하는 뜨끈한 차를 들이켜며 노릇노릇 구워진 타래
과 하나를 집어 요랑에게 건네주었다. 그사이에 설화만
안절부절 걱정이 한가득이었다.

"이 새끼!"

험한 말소리에 놀라 돌아보니 어느새 두 사람은 얼싸
안고 서로의 어깨를 팡팡 두드려대고 있었다.

설화의 눈이 혼란스럽다는 듯 찌푸려졌다. 잡아먹을
듯 으르렁거리더니 순식간에 반가운 친우를 맞이하듯
서로의 머리를 흐트려놓고 있었다. 원수인지, 벗인지 참
으로 헷갈리는 설화였다.

"으하하! 이놈! 이놈! 한 백 년 만에 보는 것 같구나!"

"무슨 소리! 고작 20년밖에 지나지 않았으이."

"20년? 아아! 선계 다녀왔지, 나는."

"후후, 그래 오랜만에 다녀온 선계 이야기도 해주게나. 나도 안 간 지 꽤나 오래되어서."

"거기야 뭐 항상 똑같지 않나."

"두 분의 회포는 밤에 따로 푸시어요."

"아아! 그렇지."

함이 부드럽게 설화를 돌아봤다. 눈만 데굴데굴 굴리며 향긋한 국화차를 마시던 설화가 쫑긋 귀를 열었다.

"그나저나, 조금 이상한 것 못 느끼셨습니까?"

"어! 맞아요. 조금 이상해요. 그대로인데 뭔가 변한 기분이 들고……. 아무튼 이상하네요."

"인간들 사이에 이런 말이 있습니다. 10년이면 강산도 변한다고."

'그런가? 10년이면 강산이 변하던가?'

지상계의 시간은 그녀가 아는 시간과 흐름이 달랐다.

'10년이면 꽤나 긴 시간일지도 모른다. 세월이라는 것이 있어 더 열심히 살아가는 인간들이니까.'

설화가 고개를 끄덕이며 국화차에 입을 댔다. 그런 설화를 보며 슬슬 미소 짓던 함이 즐거운 눈을 반짝이며 마지막 말을 내뱉었다.

"이곳도 8년이라는 시간이 흘렀으니 많은 것들이 변해

있을 테죠."

"풉!"

설화는 마시고 있던 국화차를 쏟아냈다. 그런 설화를
보고 현오가 쯔쯧 혀를 차며 품에 가지고 있던 마른 수
건을 꺼내어 그녀 아래 쏟아진 물을 조심스레 닦아줬다.
그 모습에 눈을 동그랗게 뜬 것은 함이었다.

'아니, 저 친구가 설마……?'

말도 안 된다고 생각했지만 설화의 옷을 조심스레 털
어주는 모습을 보고 있자니 어쩐지 자명한 느낌이었다.

함이 끄응 소리 내며 머리를 잡았다. 그사이에 무슨 일
이 있었는지 모르지만, 현오의 저런 모습은 함에게도 참
으로 생소했다.

"콜록콜록! 그, 그러니까 여기서도 지금 8년이나 지났
다는 말씀이세요? 저는 오늘 아침에 떠난 것이라고 생
각했는데?"

"아아, 예. 그렇게 됐습니다."

함이 손을 들어 애꿎은 부채를 탁 소리 나도록 펼쳐 연
신 부채질을 시작했다. 답답한 열이 올라오는 속에 부채
질로 식혀보려 했지만, 웬걸 불난 곳에 부채질하는 꼴이
었다. 속만 더 답답해지는 것 같아 그는 눈앞으로 월하
가 내미는 미지근한 차를 꿀꺽꿀꺽 들이켰다. 그런 함의

마음도 모르고 현오는 다시 소매를 뒤져 마른 천 하나를
꺼내 설화에게 건네주었다.

"칠칠치 못해서는, 으휴!"

'8년이라니.'

설화는 한숨만 나왔다. 머리 위로 돌이 하나 떨어진 것
만 같았다. 고작 하루 정도 지났을 것이라 생각했건만,
인간계와 선계의 시간은 그렇게나 어그러져 있었던 것
이다.

'…… 그럼 태율이는?'

며칠 후에 보자고 꼭꼭 약속하고 산을 내려간 그는 어
떻게 되었을까? 선물 들고 올라온다고 했는데……. 설화
의 마음 한편이 묵직하게 내려앉았다. 정체를 알 수 없
는 시꺼먼 돌덩이 하나가 그녀의 심장 아래 어딘가를 꾹
꾹 누르고 있었다.

"황자는……."

"예?"

그녀의 마음을 읽기라고 한 듯 함이 다시 입을 열었다.
현오를 한번 바라보던 함이 한숨을 내쉬고는 다시 입매
에 웃음을 걸었다. 이것이 운명이라면, 저 친구의 연이
라면 흘러가는 대로 내버려둬야겠지.

"황자는 계속 이곳을 찾아왔습니다."

"태율이가요?"

다과를 먹느라 정신없던 요랑이 입안 가득 빵빵하게 들어 있던 음식을 꿀꺽 삼켰다.

"그놈 되게 집요하군!"

인간에게 8년이라는 시간이 짧지 않다는 것은 요랑도 잘 알고 있었다. 헌데 그 시간 동안 용케 잊지도 않고 찾아왔다니. 하여튼 옹고집에 집착 하나는 끝내주는 성미라고 생각했다.

그런 요랑의 말에도 설화는 말간 웃음을 터트리고 말았다.

'갑자기 없어져버려서 당황했을 텐데. 하여튼 복숭아 도령, 참 대단해…….'

맹랑하고 대담한 그 성깔머리에 남자다운 기개가 서려 있는 고집스러운 까만 눈동자가 선연하게 떠올랐다.

'많이, 변했겠구나.'

"어찌, 어찌 되었나요? 그래서 태율이 아직도 황산 별궁에 지내는 것은 아니죠?"

"암요. 돌아갔지요. 더군다나 이제는 더 이상 황자도 아닙니다."

"예……?"

호기심과 망설임이 어우러진 설화의 얼굴을 마주 보

며 함이 월하를 힐끔 바라봤다. 월하는 그저 말없이 고개를 끄덕이고 있었다. 그를 보고 있자니 마음이 든든해진 함이 마저 말을 이었다.

"황자가 아닌 정통 계승자가 되었지요. 황태자가 되었습니다."

'아아! 황태자.'

어쩐지 막연한 단어였다. 인간 세상 일이야 뭐든지 생소하기만 하니 황자가 황태가자 되었다고 한들 그녀에게 그리 직접적으로 다가오지는 않았다. 다만 그 바뀐 단어 하나가 '그만큼 태율이 컸겠구나' 하는 생각을 더욱 여실하게 했다.

"거기에다……."

'어떤 모습일까? 키는 많이 컸을까? 여전히 어린 능구렁이 같은 모습일까. 혹시 나를 잊었을까. 나는 바로 어제처럼 생생한데……. 많이 변했으려나? 이제는 완연히 남자의 모습일 테지?'

어쩐지 가슴이 울렁거렸다. 그 반듯한 콧대가, 깊은 눈매가 장난기 가득하던 목소리가 어찌 변했을지 상상하는 것만으로도 설화의 가슴에 미약한 진동이 일었다. 정신없이 저만의 세계에 빠져 있던 설화의 귀로 함의 청천벽력 같은 목소리가 꽂혔다.

"황궁에 황후화가 나타났다고 하더군요."

"네?"

설화가 번쩍 고개를 들었다.

'황궁에 황후화가 나타났다니!'

"아무래도 황자, 아니 태자가 찾아낸 것이겠지요? 그리 한번 가보시겠습니까?"

설화의 마음에 북이 울렸다. 저 멀리 천만 대군을 이끌고 오는 대장군의 말발굽 같은 소리였다.

'태율이를 보러, 황후화를 찾으러 황궁에?'

지저귀는 아기 새처럼 작고 앙증맞은 입술이 뻐금뻐금, 할 말을 잃고 벌어졌다. 요랑과 현오만 기괴하게 구겨진 얼굴로 두 사람을 훑어보고 있었다.

〈2권에 계속〉

옥황상제 막내딸 설화 1

© 이지혜, 2013

초판 1쇄 인쇄일 | 2013년 12월 4일
초판 1쇄 발행일 | 2013년 12월 20일

지은이 | 이지혜
펴낸이 | 정은영
편 집 | 최민석 이수지 박소이
마케팅 | 박제연 전연교
제 작 | 이재욱

펴낸곳 | 네오북스
출판등록 | 2013년 4월 19일 제2013-000123호
주 소 | 121-840 서울시 마포구 서교동 396-33
전 화 | 편집부 (02)324-2347, 경영지원부 (02)325-6047
팩 스 | 편집부 (02)324-2348, 경영지원부 (02)2648-1311
E-mail | neofiction@jamobook.com
독자카페 | cafe.naver.com/jamoneofiction

ISBN 979-11-85327-07-5 (04810)
    979-11-85327-06-8 (set)

이 도서의 국립중앙도서관 출판시도서목록(CIP)은 서지정보유통지원시스템 홈페이지
(http://seoji.nl.go.kr)와 국가자료공동목록시스템(http://www.nl.go.kr/kolisnet)에서
이용하실 수 있습니다.(CIP제어번호: CIP2013025859)